中國語言文字研究輯刊

十一編

許錟輝 主編

第 13 冊

《通鑑音註》語音研究（第二冊）

馬君花 著

花木蘭文化出版社

國家圖書館出版品預行編目資料

《通鑑音註》語音研究（第二冊）／馬君花 著 -- 初版 -- 新北市：花木蘭文化出版社，2016〔民105〕

目 4+220 面；21×29.7 公分

（中國語言文字研究輯刊 十一編；第 13 冊）

ISBN 978-986-404-740-6（精裝）

1. 資治通鑑音注 2. 語音 3. 研究考訂

802.08   105013768

ISBN-978-986-404-740-6

9 789864 047406

中國語言文字研究輯刊

十一編　　第十三冊　　　　　ISBN：978-986-404-740-6

《通鑑音註》語音研究（第二冊）

作　　者　馬君花

主　　編　許錟輝

總 編 輯　杜潔祥

副總編輯　楊嘉樂

編　　輯　許郁翎、王筑　美術編輯　陳逸婷

出　　版　花木蘭文化出版社

社　　長　高小娟

聯絡地址　235 新北市中和區中安街七二號十三樓

　　　　　電話：02-2923-1455／傳真：02-2923-1452

網　　址　http://www.huamulan.tw 信箱 hml810518@gmail.com

印　　刷　普羅文化出版廣告事業

初　　版　2016 年 9 月

全書字數　296665 字

定　　價　十一編 17 冊（精裝）　台幣 42,000 元

《通鑑音註》語音研究（第二冊）

馬君花　著

目
次

上 冊

第一章 緒 論 1
　一、《通鑑音註》概述 1
　二、《通鑑音註》的特點及本書的研究範圍 8
　三、《通鑑音註》在漢語語音史上的研究價值 17
　四、前人研究概況 19
　五、本書的研究方法 21
　六、幾點說明 34
　七、附錄 35
　　　附錄 1：胡三省墓誌銘（胡幼文）................... 35
　　　附錄 2：《新註資治通鑑序》（胡三省）............. 36
　　　附錄 3：《通鑑釋文辯誤後序》（胡三省）........... 39

第二章　被註字在《廣韻》中的分布 41

第三章　《通鑑音註》的聲母系統 55
　第一節　唇音 56
　　一、重唇音 56
　　二、輕唇音 63
　第二節　舌頭音 73
　　一、定母的清化問題 74
　　二、端母與透母字混註 78
　　三、端組聲母知、章、莊、精組聲母混註的情況 79
　　四、同組塞音、塞擦音與鼻音的混註情況 86
　　五、特殊音註 87
　　六、端組聲母的演變特點 87
　第三節　齒頭音 87
　　一、從母、邪母清化的問題 88
　　二、同組聲母混註的現象 92
　　三、齒頭音演變特點 97
　第四節　舌上音和正齒音 97
　　一、知組聲母的演變 97
　　二、莊組聲母的演變 104
　　三、章組聲母的演變 107
　　四、中古知、莊、章、精四組聲母混註情況分析 112
　　五、舌上音、正齒音演變特點 135
　第五節　牙喉音 136
　　一、牙音 137

　　　二、喉音 ……………………………………………… 145
　　　三、牙喉音混註的問題 ……………………………… 153
　　　四、喉牙音與舌音、齒音混註現象 ………………… 162
　　　五、喉牙音與唇音聲母的混註現象 ………………… 169
　　第六節　半舌音 ……………………………………… 170
　　第七節　半齒音 ……………………………………… 174
　　第八節　《通鑑音註》聲母系統的特點及音值構擬 … 183
　　　一、聲母系統的特點 ……………………………… 183
　　　二、音值構擬 ……………………………………… 184

下　冊

第四章　《通鑑音註》的韻母系統 ……………………… 187
　　第一節　-ŋ 尾韻的演變 ……………………………… 188
　　　一、東鍾部 ………………………………………… 188
　　　二、江陽部 ………………………………………… 192
　　　三、庚青部 ………………………………………… 195
　　　四、-n 尾韻和-ŋ 尾韻的混註現象 ……………… 201
　　第二節　-n 尾韻的變化 ……………………………… 202
　　　一、眞文部 ………………………………………… 202
　　　二、寒仙部 ………………………………………… 208
　　　三、-m 尾韻與-n 尾韻的混註現象 ……………… 218
　　　四、陽聲韻和陰聲韻的混註現象 ………………… 219
　　第三節　-m 尾韻的演變 ……………………………… 220
　　　一、侵尋部 ………………………………………… 220
　　　二、覃鹽部 ………………………………………… 222
　　第四節　陰聲韻（一）………………………………… 229
　　　一、齊微部 ………………………………………… 229
　　　二、支思部 ………………………………………… 243
　　　三、皆來部 ………………………………………… 257
　　　餘論：止蟹分合 ………………………………… 265
　　第五節　陰聲韻（二）………………………………… 266
　　　一、歌戈部 ………………………………………… 266
　　　二、家麻部 ………………………………………… 271
　　　三、車遮部 ………………………………………… 281
　　　四、魚模部 ………………………………………… 285
　　　五、尤侯部 ………………………………………… 290
　　　六、蕭豪部 ………………………………………… 293

第六節　入聲韻 …………………………………………… 299
　　一、屋燭部 …………………………………………… 300
　　二、藥覺部 …………………………………………… 304
　　三、質物部 …………………………………………… 306
　　四、薛月部 …………………………………………… 308
　　五、陌職部 …………………………………………… 312
　　六、緝入部 …………………………………………… 316
　　七、葉帖部 …………………………………………… 317
第七節　《通鑑音註》韻母系統的特點及其音值構擬 321
　　一、關於主元音問題 ………………………………… 321
　　二、關於介音的問題 ………………………………… 322
　　三、關於入聲韻尾的問題 …………………………… 323
　　四、關於陽聲韻尾的問題 …………………………… 325
　　五、唇音字的開合問題 ……………………………… 326
　　六、《通鑑音註》韻母系統的特點 ………………… 327
　　七、《通鑑音註》音系韻母表 ……………………… 329

第五章　《通鑑音註》的聲調系統 …………………… 331
第一節　《通鑑音註》聲調的考察方法 ……………… 332
　　一、胡三省的聲調觀念 ……………………………… 332
　　二、研究《通鑑音註》聲調系統的方法 …………… 334
　　三、《廣韻》四聲系統在《通鑑音註》中的反映 … 335
第二節　《通鑑音註》聲調演變的幾個問題 ………… 336
　　一、關於全濁上聲變去聲的探討 …………………… 336
　　二、關於平分陰陽的探討 …………………………… 343
　　三、關於入聲字的演變方向的探討 ………………… 344
第三節　《資治通鑑音註》的四聲八調系統 ………… 346
　　一、四聲八調的理論依據 …………………………… 346
　　二、《通鑑音註》四聲分陰陽的討論 ……………… 350

第六章　《通鑑音註》的音系性質 …………………… 355
第一節　《通鑑音註》音切的性質 …………………… 355
第二節　《通鑑音註》音系的語音基礎 ……………… 357
第三節　《通鑑音註》音系的性質 …………………… 359
　　一、內部證據 ………………………………………… 359
　　二、與南宋等韻圖《皇極經世解起數訣》音系的
　　　　比較 …………………………………………… 361
　　三、與同時代的北方詞人白樸的詞曲韻部的比較 361
　　四、與元代吳語方言音系的比較 …………………… 363

第七章 《通鑑音註》與元代漢語語音的比較················· 367
  第一節 聲母的比較·· 369
    一、聲母對照表··· 369
    二、濁音清化··· 371
    三、各組聲母的對照····································· 371
  第二節 韻母的比較·· 375
    一、韻母對照表··· 375
    二、舒聲韻部的比較····································· 378
    三、入聲韻部的比較····································· 383
    四、總體特點的異同····································· 384
  第三節 聲調的比較·· 385
第八章 與江灝先生商榷的幾個問題····················· 387
  第一節 兩種研究結論······································ 387
  第二節 聲母分析·· 390
    一、關於知照組聲母分合的討論··························· 390
    二、關於從邪、船禪分合的討論··························· 392
  第三節 韻母分析·· 393
    一、關於止蟹二攝的分合································· 393
    二、臻攝的演變··· 393
    三、山攝的演變··· 394
    四、效攝的演變··· 394
    五、假攝的分合··· 395
    六、咸攝的演變··· 395
  第四節 關於聲調和音系性質的不同看法····················· 396
    一、聲調系統··· 396
    二、音系性質··· 398
  第五節 研究方法的探討···································· 399
    一、窮盡性的語料分析法································· 399
    二、反切比較法··· 399
    三、層次分析法··· 400
參考文獻··· 401

第四章 《通鑑音註》的韻母系統

　　中古漢語韻母系統的演變，如果以等韻的 16 攝爲單位作爲考察的出發點，則可以大而別之爲兩種類型，即同攝音變和異攝音變。同攝音變指的是同一韻攝內諸韻的音變現象，通常有三、四等韻的合流、重韻的合流等；異攝音變指的是不同韻攝之間的音變現象。以《四聲等子》、《切韻指掌圖》等宋元等韻圖而論，其江宕同圖、梗曾同圖、果假同圖即是這種異攝音變的表現。我們研究《通鑑音註》的韻母系統，以 16 攝爲單位，考察它們的音變現象，藉此歸納出《音註》的韻母系統。我們將胡三省的音註的音韻地位與被註字的《廣韻》和《集韻》的音韻地位作了比較，從中發現它有以下主要特點：

　　第一、同攝同開合而又同等位的韻母合流，一、二等韻合流，三、四等韻合流，重紐韻的區別特徵消失。第二、江宕、梗曾異攝韻合流。第三、止攝、蟹攝和假攝都發生了合流和分化的音變：止、蟹二攝由原先的 13 個韻系變成了 3 個韻部，即支思、齊微、皆來；假攝則分化成了家麻和車遮兩個韻部。第四、異尾陽聲韻、入聲韻有混同的現象，陰聲韻和入聲韻也有相互註音的現象，但是依舊保持著中古-m、-n、-ŋ 和-p、-t、-k 三分的格局，等等。

　　下面我們從陽聲韻、陰聲韻、入聲韻三個方面分別討論，由於內容較多，陽聲韻依韻尾的不同分成三節討論，陰聲韻則分成了兩節，入聲韻一節。有關韻母音變的一些討論放在相關韻部的討論裏，如-m 尾與-ŋ 尾韻字的混註情況以及通攝韻字與梗曾攝的韻字的交互等討論放在東鍾韻部，-m 尾與-n 尾的混同分

析放在寒仙部部，而臻攝韻字與山攝韻字的混同的討論則放在眞文部，止遇混註的現象的討論放在魚模部裏，等等。本章最後還歸納出了《通鑑音註》的韻母系統，構擬了韻母的音值，總結了韻母的特點。

第一節　-ŋ 尾韻的演變

一、東鍾部

東鍾部主要來自《廣韻》通攝。《廣韻》通攝包括東一、東三、冬、鍾四個韻（舉平以賅上、去，下同），這四個韻母在胡三省的《通鑑音註》中發生了變化：即東一和冬相混，東一、東三分別和鍾韻相混，則說明東韻與冬韻、東韻與鍾韻已經混同。《廣韻》是按照主元音和韻尾的不同而分韻的〔註1〕，中古東、冬、鍾三個韻，在宋末元初《通鑑音註》所代表的音系中變得相同了。

《通鑑音註》中，通攝舒聲字的註音有238條，其中與《廣韻》音韻地位相同的音註188條〔註2〕。東一的註音有76條，其中有67條與《廣韻》的音韻地位完全相同。東三韻的註音有33條，其中與《廣韻》音韻地位完全相同的有24條。冬韻字的註音有15條，與《廣韻》音韻地位完全相同的有11條。鍾韻字的註音有113條，其中與《廣韻》音韻地位完全相同的有86條。

（一）同攝韻的合併

1、東一、東三相混（2例）

1）漎 之戎 章 東 合 三 平 通 ‖ 徂聰 * 從 東 合 一 平 通

按：「漎」，唐玄宗皇子名，僅1次註音：「漎，徂聰翻，又徂宗翻，又將容翻，又之戎翻。」（p.6802）《廣韻》無「漎」字；此處註音取自《集韻》。《集

〔註1〕 馮蒸：《論〈切韻〉的分韻原則：按主要元音和韻尾分韻，不按介音分韻——〈切韻〉有十二個主要元音說》，載《馮蒸音韻學論集》，學苑出版社，2006 年版，第240～262 頁。

〔註2〕 註：這裏所説的與《廣韻》註音音韻地位完全相同指的是聲、韻、調的完全相同。還有一些分別是聲同韻異、韻同聲異的例子。如東一韻76條註音中，與《廣韻》音韻地位完全相同的有64條，發生音變的是4條，其餘的8條音註聲母不同但是韻母還是東一韻。單就韻母而言，這8條音註還是屬於東一自註。以下的情況都是這樣，就不再特別交代了。

韻》潨、灇、潀，互爲異體字，徂聰切，僅 1 讀。再考《廣韻》，「潨」有「職戎」、「徂紅」、「藏宗」3 切，小水入大水也。《五音集韻》「潀」僅 1 讀；其「叢」，徂紅切，下收「潨」，註云：「水會也。或作灇、潀。」又，「灇、潀，並同上。」[註3] 其「潨」有四音，與《廣韻》音、義同者有 3 個，新增「即容切」，義爲「水外之高者。」可見，《五音集韻》「潨」、「潀」已別爲二字。依照《集韻》、《五音集韻》，「潀」是《廣韻》「潨」字之異體。若取《廣韻》「潨」之「職戎切」與胡三省「潀，之戎翻」相對應，則其音韻地位完全相同。

胡三省《通鑑音註》用章母和東韻三等字拼切《廣韻》東韻一等韻韻字，說明在東₃與章母拼切時，東₃韻的[i]介音被吞掉了；而且《通鑑音註》中知莊章合流並且有歸併到精組裏的方言現象，所以此例中有章、從聲母的不同。

　2）夢 莫公 明 東 合 一 平 通 ‖莫中 明 東 合 三 平 通 【謨蓬】

按：「夢」，吳王壽夢、雲夢之夢，音莫公翻，註音 1 次。《廣韻》「瞢」下註云：「雲瞢澤，在南郡，亦作夢。」莫鳳切；《集韻》亦曰：「雲瞢，澤名，在荊州。李軌說。」謨蓬翻。《集韻》音與胡三省音相同。

東一、東₃相互混註的條件是聲母，反映的是三等韻的[i]介音在一定聲母條件下丟失並與東一韻合流的音變現象。

2、東一與鍾混切（2 例）

　1）恟 許洪 曉 東 合 一 平 通 ‖許容 曉 鍾 合 三 平 通 【許容】

按：「恟」，恟懼，共 26 次註音，註音爲「許拱翻」18 次、「許勇翻」7 次，「許洪翻」1 次。《集韻》卷一：「兇、恟、忷，《說文》擾恐也，引《春秋傳》『曹人兇懼』。或作恟、忷。」許容切；又卷五：「兇、忷，《說文》擾恐也，引《春秋傳》『曹人兇懼』。或作忷。」詡拱切。

　2）寵 力董 來 東 合 一 上 通 ‖丑隴 徹 鍾 合 三 上 通 【盧東】

按：「寵」，寵洲，地名，僅 1 次註音，胡三省音註：「楊正衡《晉書音義》曰：寵，力董翻。」（p.4214）《集韻》：「龐寵，鄡寵縣，在九眞，或作寵。」力鍾切；又，「寵，都寵，縣名，在漢九眞郡。」盧東切。《集韻》所註與《通鑑音註》聲調不同。

〔註 3〕按：即同「潀」。

按：東–是《廣韻》的一等韻，東三、鍾都是《廣韻》的三等韻。《音註》裏將東–與鍾混註，說明二者的主元音是相同的。鍾韻的[i]介音在徹母和曉母后丟失，與東–混同，反映了中古同攝韻的合併。

3、東三、鍾相混（2例）

1）充 音衝 昌 鍾 合 三 平 通 ‖ 昌終 昌 東 合 三 平 通 【昌嵩】
2）充 昌容 昌 鍾 合 三 平 通 ‖ 昌終 昌 東 合 三 平 通 【昌嵩】

按：「充」，充城、充縣，地名。註音2次。《廣韻》與《集韻》音同。

東三與鍾相混說明鍾韻與東韻的主要元音已經變得相同，反映了中古通攝三等重韻合併的音變特點。

4、東–、冬相混（2例）

1）粽 子宋 精 冬 合 一 去 通 ‖ 作弄 精 東 合 一 去 通 【作弄】

按：《廣韻》：「糭，蘆葉裏米，作弄切。」其下有「粽，俗」。

2）漎 徂宗 從 冬 合 一 平 通 ‖ 徂聰* 從 東 合 一 平 通

按：上文已經述及胡三省「漎」有4個讀音：「漎，徂聰翻，又徂宗翻，又將容翻，又之戎翻。」同義又音的材料也為我們提供了東、冬混例證，說明其時詞彙的演變呈現出演變尚未完成時期的特點，即原先的狀態和變化以後的狀態都同時存在於一個共時語音體系中，因而我們說《廣韻》東冬韻在《通鑑音註》中混併了。

《廣韻》東獨用，冬鍾同用，是說寫詩時東韻字只能自押，而冬、鍾二韻字可以互用，這反映的是音變發生的一種趨向。《通鑑音註》中，冬韻與東–相混的例子說明中古同攝一等的冬韻與東韻也合併了。《廣韻》冬韻在胡三省《音註》中沒有發生音變的例子，但是胡註中冬韻與鍾韻都與東韻合流，則說明三者合流了。由此可見《廣韻》通攝諸韻在《通鑑音註》中已經合併為一個韻部了，我們稱之為東鍾部。

（二）通攝韻與其他攝韻的混註情況

中古通攝韻字除了同攝合併這個音變現象外，還有陽韻字、江韻字與東鍾韻字混註、覃韻字與東韻字、凡韻字與鍾韻字混註的現象，詳下。

1、與宕攝、江攝韻混註的情況

（1）陽與鍾混切（2例）

1）獷　九勇　見　鍾　合　三　上　通　‖居往　見　陽　合　三　上　宕　【古勇】

2）獷　音鞏　見　鍾　合　三　上　通　‖居往　見　陽　合　三　上　宕　【古勇ˊ】

按：「獷」，獷平，地名，據胡三省音註，服虔音鞏，師古音九勇翻（p.2061）。

（2）江韻與東鍾混切（1例）

1）淙　音崇　崇　東　合　三　平　通　‖士絳　崇　江　開　二　去　江　【鉏弓ˊ】

按：「淙」，淙頭，地名，胡三省音註：「杜佑曰：淙，音崇。水所沖曰淙。《考異》曰：《太清紀》作『潼頭』。」僅 1 次註音。「潼」，《廣韻》有尺容切，昌東合三平通。胡三省音註中東三韻字與陽、江韻字混註的現象是古地名保存了古讀的緣故，不可作爲中古音或近代音演變的例證。

《通鑑音註》中胡三省以東韻字註陽韻、江韻字，都是對古地名的註音，反映的是上古音的特點，不應當作爲中古到近代音的演變來看待。

2、通攝韻字與咸攝韻字混註的情況

《通鑑音註》中，有覃韻、凡韻的字與東韻字混註的現象，呈現出-m、-ŋ尾韻的混切現象（3例）：

1）戇　下紺　匣　覃　開　一　去　咸　‖呼貢　曉　東　合　一　去　通　【呼紺】

按：「戇」，共 9 次註音，愚也；用「降」作下字 6 次，用「巷」作下字 2 次；引師古音「古者下紺翻，今則竹巷翻」（p.406）1 次。從師古的註音看，「戇」字的古音與今音不但不同，且差距很大，顏師古指出這是古今語音的差別。《集韻》收此音。

2）泛　方勇　非　鍾　合　三　上　通　‖孚梵　敷　凡　合　三　去　咸　【方勇】

3）泛　音覂　非　鍾　合　三　上　通　‖孚梵　敷　凡　合　三　去　咸　【方勇】

按：「泛」，翻覆義，共 3 次註音：①「《漢書音義》：泛，音幡；《索隱》音捧。余據泛駕之泛，其義爲覆，則音『覂』亦通」（p.411）。②「孟康曰：泛，方勇翻，覆也。師古曰：字本作『覂』，此通用」（p.451）。③「方勇翻」（p.694）。《廣韻》「覂」，方勇切，其註云：覂，覆也，又作泛。《集韻》亦曰：覂、泛、趵，方勇切，《說文》反覆也，或作泛、趵。此處「泛」是個假借字，通「覂」。

《集韻》「罗」有房用切，與《索隱》音有聲母清濁的不同。假借字的材料也不能簡單用來作爲研究近代語音特點的依據。

據上分析，胡三省用覃韻字爲東韻字註音、用鍾韻字爲凡韻字註音是古（上古）今（唐宋）語音變化的問題，不是近代漢語音變的現象。

《通鑑音註》中，中古通攝東冬鍾 3 韻發生合流音變，合併爲 1 個韻部，我們名之爲東鍾部。東鍾部的主要元音是後高元音[u]，其韻母有 2 個，其音值爲[uŋ]、[iuŋ]。

二、江陽部

江陽部主要來自《廣韻》江攝、宕攝，還有梗攝的庚韻部分字。《廣韻》江攝江韻、宕攝的陽韻、唐韻的韻尾相同，但其主要元音不同，所以各自獨立分韻。發展到《通鑑音註》時代，這三個韻的主要元音已經變得相同，所以就合併成了一個韻部。同時，梗攝的庚韻的一些字也與唐韻、陽韻發生混同。

江攝舒聲字有 52 條註音，與《廣韻》音韻地位完全相同的有 46 條。宕攝舒聲字的註音有 411 條，其中與《廣韻》音韻地位完全相同的有 324 條。陽韻字的註音有 242 條，其中與《廣韻》音韻地位完全相同的有 192 條。唐韻字的註音有 169 條，其中與《廣韻》音韻地位完全相同的有 131 條。

（一）江宕攝韻合併

1、陽與唐混切（7 例）

1）方 音旁 並 唐 開 一 平 宕 ‖ 符方 奉 陽 合 三 平 宕 【蒲光‧】

按：「方洋」，猶翱翔也，僅 1 次註音：「音房，又音旁。」（p.518）

2）眶 乎曠 匣 唐 合 一 去 宕 ‖ 于兩 云 陽 合 三 上 宕 【于放】

按：「眶」，人名，共註音 4 次，其中「于方翻」3 次，「于放翻又乎曠翻」1 次。

3）怳 呼昉 曉 唐 合 一 上 宕 ‖ 許昉 曉 陽 合 三 上 宕 【虎晃】

4）怳 虎晃 曉 唐 合 一 上 宕 ‖ 許昉 曉 陽 合 三 上 宕 【虎晃】

按：「怳」，怳然，自失貌，共 2 次註音。

5）暢 仲郎 澄 唐 開 一 平 宕 ‖ 丑亮 徹 陽 開 三 去 宕 【仲良】

按：「暘」，地名，胡三省音註：「暘，徐廣音場，《索隱》音暢，《類篇》又直亮翻、仲郎翻」（p.209）

　　6）將　息浪　心　唐　開　一　去　宕　‖子亮　精　陽　開　三　去　宕　【即亮】

按：「將」，將兵，共 2105 次註音，以「亮」作反切下字者 2061 次，以「浪」作反切下字者 1 次。〔註4〕

　　7）喪　息亮　心　陽　開　三　去　宕　‖蘇浪　心　唐　開　一　去　宕　【四浪】

按：「喪」，喪失、喪氣義，音息浪翻 203 次、音息亮翻 1 次。

根據對 6、7 兩例的分析，可以看出對「將」、「喪」的註音，不發生音變的例子占絕對多數。這裏不是註音用字有問題。陽韻合口與唐韻混同，陽韻開口的徹母、精母、心母與唐韻混同。從陽與唐的混註看，是陽韻變到唐韻裏去了，陽韻合口變同唐韻，陽韻的開口字則因失去三等介音而與唐韻混同。

《廣韻》宕攝唐韻一等[ɑ]，陽韻三等[ia]，二者介音和主元音都不同〔註5〕。在《通鑑音註》中，陽韻與唐韻的主元音變得相同而合併爲一個韻了，按照語音演變的規律，a 類韻母後化爲[ɑ]，因而陽唐合併後的主元音應當是[ɑ]。

2、唐與江混切（1 例）

　　1）行　戶江　匣　江　開　二　平　江　‖胡郎　匣　唐　開　一　平　宕　【寒剛】

按：「行」，中行氏、行陣義，共註音 128 次，其中戶剛翻 124 次、戶江翻 2 次、戶郎翻 1 次、胡剛翻 1 次。

《廣韻》匣母唐韻「行」在《通鑑音註》中變成了匣母江韻字，說明唐韻與江韻在匣母的條件下變得相同。《廣韻》唐韻的主元音是[ɑ]，江韻的主元音是[ɔ]。江韻是中古二等韻。中古二等韻的合口介音-ɰ-〈-ɣ-〈 * -r-有使其後主要元音前化或低化的作用〔註6〕。在音變過程中，[ɔ]低化爲[ɑ]，原本是兩個不同的韻由於發生了音變而混同爲一了。江陽部的主要元音是[ɑ]。

〔註4〕在《通鑑音註》中，「將」註音爲「息亮翻」6 次，「息浪翻」1 次，皆用「息」作反切上字。

〔註5〕本書中關於《廣韻》韻母的音值均根据邵榮芬《切韻研究》，中國社會科學出版社，1982 年版，第 132～133 頁。

〔註6〕詳參許寶華、潘悟雲：《釋二等》，載《音韻學研究》（第三輯），中華書局，1994 年版，第 119～135 頁。

　　江韻與唐韻發生趨同音變的現象出現在匣母字裏。宋元時期的等韻圖《四聲等子》、《切韻指掌圖》將江攝附於宕攝圖內、梗攝附於曾攝圖內、假攝附於果攝圖內，這些在《韻鏡》時代各自獨立成圖的攝在這裏附於其他攝，則表明在宋元時期它們的讀音已經很接近。江攝附於宕攝，正與當時北方韻書中合江韻於陽唐韻的做法相合〔註7〕。江陽部裏，二等韻喉牙音字沒有與陽韻字合流，卻有與唐韻字合流的例子。

　　《通鑑音註》中沒有陽韻字與江韻字混註的例子，其相應的入聲韻也沒有混註的例子，這是由於音註材料的限制，不能據此說它們不混。在我們所撰寫的《〈資治通鑑音註〉二等韻喉牙音開口字的介音》（詳見 2008 首都師範大學博士論文《資治通鑒音註語音研究》之附論）一文中，已經證明了《通鑑音註》二等韻的喉牙音開口字的[i]介音已經產生，江韻就是如此。陽韻、唐韻、江韻的一部分在《通鑑音註》中韻母變得相同，並且合併爲一個韻部了，我們稱之爲江陽部。江陽部的主要元音是[ɑ]。江陽部除了包括《廣韻》陽、唐、江三個韻之外，還包括梗攝的庚韻字「倞、鍠、瑝、羹」。

（二）宕攝與梗攝韻字混註的情況

1、陽韻與庚三韻混註（1 例）

　1）倞 音諒 來 陽 開 三 去 宕 ‖渠敬 群 庚 開 三 去 梗 【力讓ˊ】

按：「倞」，楊倞，僅 1 次註音。《集韻》諒、倞同音。

2、唐韻與庚二混切（4 例）

　1）鍠 戶虓 匣 唐 開 一 平 宕 ‖戶盲 匣 庚 開 二 平 梗 【胡光】

　2）鍠 音皇 匣 唐 合 一 平 宕 ‖戶盲 匣 庚 開 二 平 梗 【胡光ˊ】

按：「鍠」，人名，共 8 次註音，音戶盲翻 5 次，音「戶盲翻，又音皇」1 次、音「戶萌翻，又音皇」1 次，音戶虓翻 1 次。《廣韻》曰：「《說文》又音皇。」

　3）瑝 音皇 匣 唐 合 一 平 宕 ‖戶盲 匣 庚 開 二 平 梗 【胡光ˊ】

按：「瑝」，人名，共 3 次註音，皆爲「戶盲翻，又音皇」。《廣韻》戶盲切，又曰：「《說文》又音皇。」

　4）羹 音郎 來 唐 開 一 平 宕 ‖古行 見 庚 開 二 平 梗 【盧當ˊ】

〔註 7〕李新魁：《漢語音韻學》，北京出版社，1986 年版，第 241 頁。

按:「羹」,不羹,地名,註音 2 次。

胡三省以梗攝庚韻二等韻在給唐韻作音註,說明在一定聲母條件下庚韻二等韻字讀同江陽部,關於這一點,我們也有同義又音爲證(2 組):瑝,戶盲翻,又音皇;瑒,徒杏翻,又音暢。

3、青與唐混切(2 例)

1)並 蒲浪 並 唐 開 一 去 宕 ‖蒲迥 並 青 開 四 上 梗 【蒲浪】
2)並 步浪 並 唐 開 一 去 宕 ‖蒲迥 並 青 開 四 上 梗 【蒲浪】

按:「並」,傍也,是「傍」的假借字,義爲「沿著……旁邊走」,共 21 次註音,其中直接註音 20 次,言「讀曰」1 次;音步浪翻者 18 次、音蒲浪翻者 2 次、「讀曰傍,步浪翻」。者 1 次。

庚韻與陽唐混註的現象反映的是上古語音的特點。上古音陽部到中古分化出唐、陽、庚三韻,王力先生說:「在西漢(西元前二世紀至西元前一世紀初期),陽部韻基本上和先秦一致;到了東漢(西元一世紀至二世紀),『英』『兄』『明』『京』『行』『兵』等字由陽部轉入了耕部,和『生』『平』等字合成庚韻,而這個韻在東漢又和耕清青相通。從此以後,陽唐是一類,經常同用。庚耕清青是一類,也經常同用。」〔註8〕就是說中古的庚韻和陽唐韻,在上古卻是同一來源。此處所分析的梗攝字与宕攝字混註的情況,其被註字有人名、地名、假借字,反映的是保留上古語音的特點。但是胡三省的註音卻與《集韻》的註音相同,則說明:從古至今,這樣的語音演變被文獻保存下來了,作爲宋元時代的共同語音被保留在文獻中。

江陽部包括《廣韻》的江韻、陽韻、唐韻,還包括梗攝庚韻、青韻的倞、鍠、瑝、羹、並等字。由於材料性質的限制,研究江陽部的例子比較少。往往在相同的條件下會發生相同的音變,所以雖然我們看到的是幾個個別的例子,但這也能夠說明在整個音系中,這樣的演變是存在的。江陽部的主元音是[ɑ]。韻母有[ɑŋ]、[iɑŋ]、[uɑŋ]三個。

三、庚青部

《通鑑音註》中,《廣韻》青韻與庚三、清韻合併,清韻與庚三韻合併,庚二

〔註 8〕王力:《漢語史稿》(重排本),中華書局,2005 年第 10 版,第 92~93 頁。

與耕合併，表現出同攝三、四等韻合併、相同等位韻的合併現象，同時庚三、清韻字的莊組聲母字有變洪音的情況存在。另外，曾攝的蒸韻與清韻混同。登韻沒有與梗攝韻混同的例子，但其入聲德韻有與陌二、麥混切的例子（詳見入聲部分），根據四聲相承的原則，我們認爲登韻的舒聲也與庚二、耕韻混同了。登韻與蒸韻沒有相混的例子，但其所配的入聲職、德相混，則說明登與蒸的主要元音也變得相同了，梗攝與曾攝諸韻合流爲庚青部。

梗攝舒聲字的註音有 361 條，其中與《廣韻》音韻地位完全相同的有 293 條。耕韻字的註音有 44 條，其中與《廣韻》音韻地位完全相同的有 37 條；庚二韻字的註音有 66 條，其中與《廣韻》音韻地位完全相同的有 53 條；庚三韻字的註音有 31 條，其中與《廣韻》音韻地位完全相同的有 25 條；清韻字的註音有 113 條，與《廣韻》音韻地位完全相同的有 92 條；青韻字的註音有 103 條，與《廣韻》音韻地位完全相同的有 84 條；曾攝舒聲字的註音有 94 條，其中與《廣韻》音韻地位完全相同的有 65 條；蒸韻字的註音有 62 條，與《廣韻》音韻地位完全相同的有 39 條；登韻字的註音有 34 條，與《廣韻》音韻地位完全相同的有 28 條。

（一）三、四等韻合流

庚三、清混註（6 例）

1）輕 區竟 溪 庚 開 三 去 梗 ‖墟正 溪 清 開 三 去 梗 【牽正】

按：「輕」，輕而無謀、剽輕之「輕」，共註音 15 次，讀皆去聲，用「正」作反切下字 10 次，用「政」作反切下字 2 次，另用「定」、「勁」作反切下字各 1 次。

2）騂 思榮 心 庚 合 三 平 梗 ‖息營 心 清 開 三 平 梗 【思營】

按：「騂」，騂馬，縣名，僅 1 次註音。《集韻》音與《廣韻》同。

3）省 昔景 心 庚 開 三 上 梗 ‖息井 心 清 開 三 上 梗 【息井】

4）省 心景 心 庚 開 三 上 梗 ‖息井 心 清 開 三 上 梗 【息井】

5）省 息景 心 庚 開 三 上 梗 ‖息井 心 清 開 三 上 梗 【息井】

6）省 悉景 心 庚 開 三 上 梗 ‖息井 心 清 開 三 上 梗 【息井】

按：「省」，共 214 次註音。其省視、省察義，註音 209 次，其中以「景」作反切下字者 171 次，以「井」作反切下字者 38 次。

《廣韻》庚三／清是一對重紐韻。庚三是 B 類，清是 A 類。〔註9〕《通鑑音註》中，梗攝的重紐韻的重紐的區別特徵已經消失，庚三與清韻合流。〔註10〕

青、清混註（6例）

1）幷 必經 幫 青 開 四 平 梗 ‖府盈 幫 清 開 三 平 梗 【卑盈】

2）幷 卑經 幫 青 開 四 平 梗 ‖府盈 幫 清 開 三 平 梗 【卑盈】

按：「幷」，共 16 次註音，其中爲幷州、姓幷註音 13 次，音平聲。註爲「卑經翻」6 次、「必經翻」1 次、「卑名翻」4 次、「卑盈翻」1 次、府盈翻 1 次。「盈」、「名」皆清韻字；「經」，青韻字。《廣韻》、《集韻》音同。

3）扃 古營 見 清 合 三 平 梗 ‖古螢 見 青 合 四 平 梗 【涓螢】

按：「扃」，門鎖，共 2 次註音，另一註音是「古螢翻」，與《廣韻》音相同。

4）輕 苦定 溪 青 開 四 去 梗 ‖墟正 溪 清 開 三 去 梗 【牽正】

按：上文已經述及「輕」用「定」作反切下字只有 1 次，而用「正」、「政」作反切下字 12 次。胡三省音與《集韻》同。

5）迥 戶頃 匣 清 合 三 上 梗 ‖戶頂 匣 青 合 四 上 梗 【戶茗】

按：「迥」，人名，共 4 次註音，註爲「戶頃翻」3 次。胡三省音與《集韻》同。

6）嬴 餘經 以 青 開 四 平 梗 ‖以成 以 清 開 三 平 梗 【怡成】

按：「嬴」，嬴餘、嬴縮，有餘輕、餘經 2 切，也反映了清、青混註的情況。

純四等韻與重紐三等韻的 A 類字混註，說明純四等已經分裂出了[i]介音，因而與三等韻的 A 類變得相近進而變得相同，終至於完全與三等韻合流。

〔註 9〕 傳統重紐八韻系中沒有庚三/清韻系。已故音韻學家葛毅卿專門研究了《切韻》庚三歸清這個問題，日本學者佐佐木猛也對此進行了研究。認爲庚三與庚二主要元音不同，庚三應當歸入清韻。鄭張尚芳先生認爲庚三來自上古音的三等乙類，即「庚三、清」相當於三四等合韻，庚三相當於清韻重紐三等，由於-r-介音的作用使元音低化而趨同庚二。轉引自《漢語言文字詞典》之「漢語音韻學」卷，學苑出版社，1999年版，第380～381頁。

〔註10〕 關於重紐韻演變情況的討論，詳見《胡三省〈資治通鑑音註〉重紐問題研究》，《寧夏師範學院學報》，2009年第6期。

青、庚三混註（4例）

1）穎　居永　見　庚　合　三　上　梗　‖古迥　見　青　合　四　上　梗　【涓熒】

按：「穎」，人名，共 15 次註音，註爲居永翻者 9 次，古迥翻 5 次、高迥翻 1 次。

2）熲　古迥　見　青　合　四　上　梗　‖俱永　見　庚　合　三　上　梗　【俱永】

按：「熲」，人名，共 6 次 註音，居永翻、俱永翻共 5 次。

3）憬　古迥　見　青　合　四　上　梗　‖俱永　見　庚　合　三　上　梗　【畎迥】

按：「憬」，人名，共 8 次註音，其中音居永翻 7 次。

4）詗　古永　見　庚　合　三　上　梗　‖火迥　曉　青　合　四　上　梗　【火迥】

按：「詗」，候伺也、知處告言也，共 44 次註音。註音爲「古迥翻，又翾正翻」5 次、「古永翻，又翾正翻」11 次等。

純四等韻與重紐三等韻的 B 類字也混了，結合上文的分析，說明梗攝重紐韻的特徵已經完全消失了。

蒸、清混切（6例）

1）乘　承正　禪　清　開　三　去　梗　‖實證　船　蒸　開　三　去　曾　【石證】

2）乘　繩正　船　清　開　三　去　梗　‖實證　船　蒸　開　三　去　曾　【石證】

3）乘　成正　禪　清　開　三　去　梗　‖實證　船　蒸　開　三　去　曾　【石證】

按：「乘」，乘輿、驂乘、萬乘，共 288 次註音。其中註音爲「繩證翻」者 270 次，「承正翻」3 次、成正翻 2 次、繩正翻 7 次。

4）稱　尺正　昌　清　開　三　去　梗　‖昌孕　昌　蒸　開　三　去　曾　【昌孕】

按：「稱」，共 189 次註音，義有美稱、稱心、稱輕重、相稱等。其中尺正翻 4 次，昌孕翻 5 次、尺孕翻 4 次，尺證翻 168 次。

5）證　音正　章　清　開　三　去　梗　‖諸應　章　蒸　開　三　去　曾　【諸應】

按：「證」，人名，僅 1 次註音。

6）孕　以正　以　清　開　三　去　梗　‖以證　以　蒸　開　三　去　曾　【以證】

按：「孕」，懷孕，共 4 次註音，其中以證翻 3 次。

胡三省用清韻字給蒸韻字註音的這 6 個例子說明中古蒸韻與清韻在《通鑑音註》中混同爲一了。

《廣韻》梗曾二攝在《通鑑音註》音系中已經合流，與宋元時期的等韻圖《切韻指掌圖》的情況一致。蒸韻與清韻合併也屬於三等韻的合流。

（二）二等韻的演變

1、二等重韻韻合流

耕與庚₂混切（7例）

1）迸 北孟 幫 庚 開 二 去 梗 ‖北諍 幫 耕 開 二 去 梗 【比諍】

2）迸 比孟 幫 庚 開 二 去 梗 ‖北諍 幫 耕 開 二 去 梗 【比諍】

按：「迸」，迸散、散走，共18次註音。其中北孟翻13次、比孟翻1次、比諍翻2次，北諍翻2次。

3）黽 音盲 明 庚 開 二 平 梗 ‖武幸 明 耕 開 二 上 梗 【眉耕ˋ】

按：「黽」，黽阨，地名，胡三省音註：「黽，音盲，康彌兗切，非也。」（p.211）

4）湞 丈庚 澄 庚 開 二 平 梗 ‖宅耕 澄 耕 開 二 平 梗 【除耕】

按：「湞」，水名，胡三省音註：「鄭氏曰：湞，音楨。孟康曰：湞，音貞。師古曰：湞，丈庚翻。」（p.668）鄭氏音與孟康音皆與《集韻》同。

5）鐺 楚耕 初 耕 開 二 平 梗 ‖楚庚 初 庚 開 二 平 梗 【楚耕】

按：「鐺」，釜屬，僅1次註音。

6）鍠 戶萌 匣 耕 開 二 平 梗 ‖戶盲 匣 庚 開 二 平 梗 【胡盲】

按：上文述及「鍠」，人名，共8次註音，音戶盲翻5次，音「戶盲翻，又音皇」1次、音「戶萌翻，又音皇」1次，音戶觥翻1次。《廣韻》曰：「《說文》又音皇。」

7）艋 莫幸 明 耕 開 二 上 梗 ‖莫杏 明 庚 開 二 上 梗 【母梗】

按：「艋」，舴艋，共4次註音，其中莫幸翻2次、莫梗翻1次、音猛1次；後面兩個註音的中古音韻地位均爲明庚開二上梗，與《廣韻》的音韻地位相同，說明《音註》時代庚₂與耕的確是分不清楚了。

耕韻與庚₂韻是梗攝二等重韻，原本主元音不同，二者在《通鑑音註》中互相用來註音，說明二者已經變成相同的元音了。

2、二等韻與三、四等韻混註

耕與清混切（1例）

1）罌 一政 影 清 開 三 去 梗 ‖烏莖 影 耕 開 二 平 梗 【於正】

按：「罌」，缶也，共 4 次註音。「以木罌渡軍」，胡三省音註：「師古曰：……罌，一政翻。康於耕翻。」（p.323）其他 3 次註音為：烏莖翻 1 次、於耕翻 2 次。胡三省此註與《集韻》音同；康音與《廣韻》音同。

《廣韻》影母二等的耕韻字在《通鑑音註》中變為影母三等字，此例可以說明二等庚韻的喉牙音的開口字「罌」已經有[i]介音了，所以才會發生與三等韻混同的音變。二等韻的喉牙音開口字產生[i]介音是近代漢語韻母的一項重要的音變。由於[i]介音的產生，二等韻發生了分化：其喉牙音開口字與三等韻合併，而其合口字以及其他聲母字與一等韻合流。

耕與青混切（1例）

1）嫈 音塋 影 青 合 四 去 梗 ‖鷖迸 影 耕 合 二 去 梗 【縈定'】

按：「嫈」，註音 2 次。嫽嫈，縣名，胡三省音註：「師古曰：嫈，於耕翻……服虔曰：嫈，音塋。劉伯莊曰：紆營翻。」（p.678）服虔音在《集韻》裏有收錄。另有人名，註音為「烏莖翻」（p.25）。

庚二與清混切（2例）

1）眚 所領 生 清 開 三 上 梗 ‖所景 生 庚 開 二 上 梗 【所景】

按：「眚」，災眚，共 4 次註音，其他 3 次註音皆為所景翻。

2）省 所領 生 清 開 三 上 梗 ‖所景 生 庚 開 二 上 梗 【所景】

按：「省」，減省義，註音 6 次。註為所景翻 4 次、所領翻 1 次、所梗翻 1 次。

庚二與清也發生混同，但其條件不是喉牙音，而是生母字。我們知道莊三組聲母後[i]介音有消失後讀同洪音的音變，此處關於「眚」、「省」的註音正是如此。

3、二等韻與一等韻混註

《通鑑音註》中沒有二等韻庚、耕韻與一等登韻混註的例子，但是與之相配的入聲韻裡卻有此類現象（1例）。

陌二與德混切（1 例）：

1）貊 莫北 明 德 開 一 入 曾 ‖莫白 明 陌 開 二 入 梗 【莫白】

按：「貊」，夷貊，共 15 次註音，其中莫白翻 3 次、莫百翻 11 次。

明母陌二韻與一等德韻混同，符合二等韻消變的語音規律，說明梗曾攝的一等韻登韻與二等韻耕、庚二發生了洪音合併的音變。根據四聲相承的原則，我們認為在實際語音的舒聲中也存在著這種現象，只是由於材料的限制，沒有相關的例證而已。

梗攝二等韻在《通鑑音註》中的音變既有產生[i]介音的耕韻喉牙音開口「嚶」字併入清韻的例子，又有莊三聲母後韻母[i]介音消失變同洪音的音變。我們認為，梗曾攝的二等韻喉牙音開口字已經產生了[i]介音。《蒙古字韻》登、耕、庚二合併為一個韻部，蒸、清、青合為一個韻部。《中原音韻》梗、曾攝諸韻合流為一個韻部。《通鑑音註》梗、曾攝合流為一個韻部，其二等韻的喉牙音開口產生了[i]介音，音變的特點是二等韻喉牙音開口字變同三等，其餘的則變同一等。

（三）三等韻和一等韻混註

《通鑑音註》一等登韻不與蒸、庚耕清青混註，但是入聲有德韻與職韻混註的情況，根據四聲相承原則，則登韻與蒸韻的主元音也混同了。其入聲德韻與職韻混註的例子如下：

1）扐 音力 來 職 開 三 入 曾 ‖盧則 來 德 開 一 入 曾 【六直ˋ】

按：「扐」，扐侯辟光，為濟南王（p.502），僅 1 次註音。胡三省音與《集韻》同。

2）焆 蒲北 並 德 開 一 入 曾 ‖符逼 並 職 開 三 入 曾 【鼻墨】

按：「焆」，以火乾肉也。僅 1 次註音。胡三省音與《集韻》同。

胡註中梗攝不同等位的庚、耕、清、青發生了合併，曾攝的蒸、登也發生了合併，入聲的變化與舒聲相同。同時梗、曾二攝合併為一個韻部，我們稱之為庚青部。其主元音是[ə]，有 4 個韻母，其音值為[əŋ]、[iəŋ]、[uəŋ]、[iuəŋ]。

四、-n 尾韻和-ŋ 尾韻的混註現象

《通鑑音註》的作者有不辨-n-尾-ŋ 尾的迹象，但這是方音現象，不是其時

共同語的特點。這種現象在現代方言中可以得到驗證。下面是《通鑑音註》中 -n 尾與 -ŋ 尾相混的例子：

（一）清與先、登與桓的混註（1 例）

1）箐 倉甸 清 先 開 四 去 山 ‖ 子盈 精 清 開 三 平 梗 【倉甸】

按：箐，僅 1 次註音。「伏兵千人於<u>野橋箐</u>以邀官兵。」胡三省音註：「李心傳曰箐，林箐也，音咨盈翻。……史炤曰倉甸切，蓋從去聲亦通。」（p.8279）此處指明「倉甸切」是史炤的註音，因其能通故而保留其音讀。史炤先於胡三省作《通鑑釋文》，他的音註胡三省多有批評，具體在胡三省所著的十二卷《釋文辯誤》裏。史炤音與《集韻》音同。

（二）欣與清、蒸與侵混註（2 例）

1）近 其郢 群 清 開 三 上 梗 ‖ 其謹 群 欣 開 三 上 臻 【巨謹】

按：「近」，接近，動詞，共 244 次註音。其中巨靳翻 240 次、巨靳翻 2 次、註為「去聲」1 次。

2）繒 慈林 從 侵 開 三 平 深 ‖ 疾陵 從 蒸 開 三 平 曾 【慈陵】

按：「繒」，繒帛、繒綵，共 51 次註音，其中慈林翻 1 次、慈陵翻 48 次、疾陵翻 2 次。繒，《廣韻》、《集韻》都在蒸韻，而胡註將其與侵韻混同。則說明「林」的韻尾已經轉變成了 -n，在此基礎上，才與「陵」相混，表現出前後鼻音不分的現象。

第二節　-n 尾韻的變化

一、眞文部

中古臻攝眞、諄、眞、文、欣、魂、痕七韻系的舒聲在《通鑑音註》中發生了合流音變，變成了一個眞文部。其主要音變現象是：重紐特徵消失、三等韻合流；同時一等韻與三等韻也已經發生了合流音變。

臻攝舒聲字的註音有 454 條，其中與《廣韻》音韻地位完全相同的有 361 條。眞韻字的註音有 163 條，與《廣韻》音韻地位完全相同的有 128 條。諄韻字的註音有 84 條，與《廣韻》音韻地位完全相同的有 60 條。臻韻字的註音有 11 條，與《廣韻》音韻地位完全相同的有 9 條。文韻字的註音有 61 條，

與《廣韻》音韻地位完全相同的有 54 條。欣韻字的註音有 32 條，與《廣韻》音韻地位完全相同的有 21 條。魂韻字的註音有 97 條，與《廣韻》音韻地位完全相同的有 84 條。痕韻字的註音有 6 條，與《廣韻》音韻地位完全相同的有 5 條。

（一）一等韻與三等韻混註

1、魂文韻混註（1 例）

1）輼 於云 影 文 合 三 平 臻 ‖烏渾 影 魂 合 一 平 臻 【於云】

按：「輼」，輼輬車，共 7 次註音，註為於云翻 3 次。

文韻是中古純三等韻。中古純三等韻的特點是：一、只在三等的位置上出現，二、只有喉、牙、唇音字。純三等韻的演變趨勢是依聲母條件分化並且有條件地與一／二等、三／四等合流：在唇音條件下，純三等韻歸併到同攝的一等或二等韻裏去了；在喉牙音的條件下，純三等韻歸併到同攝的三四等韻裏去了。此例中，胡三省用影母字和文韻字拼切《廣韻》影母魂韻字，說明文韻的影母字與魂韻的影母字相混了，但是這個例子不符合我們所闡述的純三等韻的音變規律。關於這個問題，我們的解釋是部分影母三等已經是零聲母了，大概影母後的文韻與魂韻不易分辨。

2、魂韻與諄韻混註（1 例）

1）侖 盧昆 來 魂 合 一 平 臻 ‖力迍 來 諄 合 三 平 臻 【盧昆】

按：「侖」，昆侖，僅 1 次註音。除去假借的例子〔註11〕，魂韻與諄韻混註現象實際上只有 1 例。此外，胡三省音註中沒有魂韻與痕韻混註的例子。

（二）三等韻合流〔註12〕

1、重紐區別消失

真 B 真 A 混註（4 例）

1）邲 彌頻 明 眞 開 重四 平 臻 ‖府巾 幫 眞 開 重三 平 臻

2）邲 悲頻 幫 眞 開 重四 平 臻 ‖府巾 幫 眞 開 重三 平 臻

〔註11〕 詳見第三章聲母系統部分關於「肶」字註音的討論。

〔註12〕 分析重紐韻時，所舉用例不列出《集韻》反切。下同。

按：「邠」，邠州，共 27 次註音，其中卑旻翻 22 次。彌頻翻、悲頻翻各 1 次。卑巾翻、悲巾翻、彼巾翻各 1 次。

3）繽 彌頻 明 眞 開 重四 平 臻 ‖武巾 明 眞 開 重三 平 臻

4）繽 彌賓 明 眞 開 重四 平 臻 ‖武巾 明 眞 開 重三 平 臻

按：「繽」，錢貫，共 17 次註音，註爲眉巾翻 14 次、彌巾翻 1 次，彌頻翻、彌賓翻各 1 次。

真 B 與來母真韻的混註（1 例）

1）瑾 渠吝 群 眞 開 三 去 臻 ‖渠遴 群 眞 開 重三 去 臻

按：「瑾」，人名，共 17 次註音，皆爲此註。

真 A、諄 A 與真、諄的舌齒音混註（3 例）：

1）澠 莫忍 明 眞 開 三 上 臻 ‖武盡 明 眞 開 重四 上 臻

按：「澠」，有二義：澠池縣，地名，註音 25 次，其中註音爲「彌兗翻」23 次，「莫踐翻，又莫忍翻」2 次；澠水，河流名稱，註音爲神陵翻、時陵翻各 1 次。

2）泯 彌忍 明 眞 開 三 上 臻 ‖武盡 明 眞 開 重四 上 臻

按：「泯」，泯滅，僅 1 次註音。

3）袀 弋旬 以 諄 合 三 平 臻 ‖居勻 見 諄 合 重四 平 臻

按：「袀」，純色，僅 1 次註音：「音均，又弋旬翻。」（p.1250）

眞韻的 A、B 類混了，而且二者與舌齒音日母、邪母、以母字也混了，說明眞韻的重紐特徵已經消失。

2、真諄混註（3 例）

1）僶 民尹 明 諄 合 三 上 臻 ‖武盡 明 眞 開 重四上 臻 【弭盡】

按：「僶」，僶俛，不得已，共 1 次註音。「僶」是唇音字，《切韻》（《廣韻》）唇音字不分開合。胡三省音註中的唇音字同樣是不分開合的。此例就是一個證據。

2）軫 止尹 章 諄 合 三 上 臻 ‖章忍 章 眞 開 三 上 臻 【止忍】

按：「軫」，候脈也，共 8 次註音，止忍翻 5 次，章忍翻、止尹翻、音軫各 1 次。

3）朒 如振 日 眞 開 三 去 臻 ‖如順 日 諄 合 三 去 臻 【爾軫】

按：「朒」，胸朒，地名，胡三省音註：「如允翻。賢曰：朒，音閏。……裴松之曰：朒，如振翻。」（p.1956）李賢音與《廣韻》同。「允」，諄韻上聲。

《廣韻》眞開諄合，本不相混。《通鑑音註》中二者混了，相混的現象發生在明母、章母、日母。胡三省《音註》中，明母後的眞韻字和諄韻字沒有開合的對立，所以二者混同。

3、真欣、諄文混註

真欣混註（5 例）

1）齻 許靳 曉 欣 開 三 去 臻 ‖許覲 曉 眞 開 重三 去 臻 【許愼】

按：「齻」，齻隙，共 32 次註音，其中註爲「許覲翻」30 次，註爲「許靳翻」2 次。

2）彪 甫斤 幫 欣 開 三 平 臻 ‖府巾 幫 眞 開 重三 平 臻 【悲巾】

按：「彪」，人名，共 4 次註音，其中逋閑翻 3 次，「甫斤翻，又方閑翻」1 次。

3）溵 於巾 影 眞 開 重三 平 臻 ‖於斤 影 欣 開 三 平 臻 【於斤】

按：「溵」，溵州，共 3 次註音。其中「音殷」2 次。

4）謹 居忍 見 眞 開 三 上 臻 ‖居隱 見 欣 開 三 上 臻 【几隱】

按：「謹」，謹愼，僅 1 次註音。

5）秦 其巾 群 眞 開 重三 平 臻 ‖巨斤 群 欣 開 三 平 臻 【渠巾】

按：「秦」，矛柄也。僅 1 次註音。

諄文混註（2 例）

1）抎 羽敏 云 眞 開 三 上 臻 ‖云粉 云 文 合 三 上 臻 【羽敏】

按：「抎」，從高而下也，僅 1 次註音。「敏」是唇音字，不分開合。所以關於「抎」的註音開合上沒有問題。此例應當理解爲諄文合併。

2）捃 居隕 見 諄 合 三 上 臻 ‖居運 見 文 合 三 去 臻 【俱運】

按：「捃」，捃拾，共 6 次註音。註爲居運翻 3 次、君運翻 1 次、「舉蘊翻，又居運翻」1 次〔註13〕。

〔註13〕 按：《廣韻》「蘊」有於云、於粉二切語。

這一組例子是同攝三等韻的混同例。眞韻在《廣韻》中是重紐韻，其自身有兩個音值：[ien]和[jen]，[i]和[j]的區別在於前者是與普通三等韻的介音相同的重紐三等韻的介音，後者是重紐四等的介音。因爲介音的不同，眞韻自身有兩個不同的音值；而且眞韻與其他韻並不相混。但在《通鑑音註》中，眞韻的重紐三等韻字與普通三等韻的欣韻混註，諄韻與文韻混註，這說明原先在《廣韻》裏眞韻所持有的特質在這裏消失了：重紐韻與普通三等韻相混，並且合併了。

（三）特殊音註

1、魂韻與灰韻混切（1 例）

1）焞 土回 透 灰 合 一 平 蟹 ‖他昆 透 魂 合 一 平 臻 【通回】

按：「焞」，出自「嘽嘽焞焞，如霆如雷」（p.947）。焞焞，疊音詞。

（四）臻攝韻字與山攝韻字的混註現象分析

1、諄韻與仙韻合口混註（8 例）

1）僝 字兗 從 仙 合 三 上 山 ‖子峻 精 諄 合 三 去 臻 【祖峻】

2）僝 辭兗 邪 仙 合 三 上 山 ‖子峻 精 諄 合 三 去 臻 【祖峻】

按：「僝」，僝山，註音僅 1 次：「師古曰僝，字兗翻，又辭兗翻。」（p.2684）僝山之「僝」的音是特定稱呼的音。

3）竣 丑緣 徹 仙 合 三 平 山 ‖七倫 清 諄 合 三 平 臻 【逡緣】

按：「竣」，人名，共 7 次註音，其中註音爲七倫翻 6 次，「七倫翻，又丑緣翻」1 次。

4）悛 七倫 清 諄 合 三 平 臻 ‖此緣 清 仙 合 三 平 山 【七倫】

按：「悛」，改也，共 37 次註音，其中註音爲丑緣翻 29 次，註音爲「丑緣翻，又七倫翻」2 次、「七倫翻，又丑緣翻」3 次等。

5）卷 音箘 溪 諄 合 重三平 臻 ‖巨員 群 仙 合 重三平 山 【巨隕‧】

按：「卷」，朐卷縣，胡三省音註：「卷，音箘簬之箘。」（p.1599）《集韻》有此音。朐卷縣之「卷」的音是特定稱呼的音。

6）沇 音鉛 以 仙 合 三 平 山 ‖余準 以 諄 合 三 上 臻 【余專】

按：「允」，允街（p1430）。《通鑑釋文辯誤》卷二：「史炤《釋文》曰：「允，音鉛。（海陵本同。）余按《漢書音義》，惟允吾縣音鉛牙，允街縣音鉛街，此外無音。」〔註14〕可見「允，音鉛」僅是特定的稱呼的音。

2、真先混註（1 例）

1）零 音隣 來 眞 開 三 平 臻 ‖落賢 來 先 開 四 平 山 【靈年】

按：「零」，先零（p.1920），西羌最大的部落。《集韻》有此音。先零，也是特定稱呼。

3、文先混註（1 例）

1）免 音問 明 文 合 三 去 臻 ‖亡辨 明 仙 開 重三 上 山 【文運‧】

按：袀免，「上音但，下音問」。袀免，謂去冠，代之以免。免者，以布廣一寸，從項中而前，交於額上，卻向後繞於髻（p.1131）。《集韻》有此音。袀免，也是特定稱呼。

根據上文諄韻與仙韻合口混註的 8 個例子的分析，可以看出，諄韻與仙韻合口混註中有 6 例是對特定專有名稱的音的保留。眞正是諄韻與仙韻合口混註的例子只有「竣」、「悛」2 例。

類似「竣」、「悛」的問題，現代南方方言中還有其他的字例，如廣州話和陽江話〔註15〕。但是「竣」、「悛」2 字，胡三省的註音與《集韻》的註音相同。宋代時音有收入《集韻》的，而這一音至今在吳語中尚有保留，而在普通話中已經消失。

眞文部主要元音是[ə]，韻母有四個：[ən]、[iən]、[uən]、[iuən]。[ən]包括來自中古痕韻的字。[uən]包括魂、諄的舌齒音字、文欣的影母字，兩見於山攝和臻攝的綧薀；[iən]包括中古眞臻欣，以及兩見於山攝和臻攝的玭瑱灘；[iuən]包括諄文韻字，以及仙韻合口的兗、緣、悛等字。

〔註14〕 胡三省：《通鑑釋文辯誤》（卷二），載《資治通鑑》第 20 冊，中華書局，1956 年版，第 22 頁。

〔註15〕 依據北京大學中國語言文學系語言學教研室編《漢語方音字彙》，語文出版社，2003 年。

二、寒仙部

寒仙部主要來自於中古山攝的寒、桓、刪、山、元、先、仙諸舒聲韻。《通鑑音註》中，中古山攝的韻母發生了如下變化：1、純四等韻先韻與三等的重紐仙韻合併了；2、純三等元韻與仙先韻合併；3、二等重韻刪山合併；4、三四等的先元仙與二等韻山刪、一等韻寒桓都有混註現象。5、二等韻刪與一等韻寒、桓有混註現象；6、一等韻寒桓唇音合併等。總體表現為純四等的[i]介音的產生、重紐韻消失，三等韻合併，以及二等韻喉牙音開口字[i]介音產生，二等韻與一等韻、二等韻與三四等韻之間也有混註現象。同時還存在著異攝同尾韻和異攝異尾韻的合併現象。

山攝舒聲字的註音有 990 條，其中與《廣韻》音韻地位完全相同的有 754 條。寒韻字的註音有 126 條，其中與《廣韻》音韻地位完全相同的有 105 條。桓韻字的註音有 126 條，其中與《廣韻》音韻地位完全相同的有 95 條。刪韻字的註音有 65 條，其中與《廣韻》音韻地位完全相同的有 49 條。山韻字的註音有 41 條，其中與《廣韻》音韻地位完全相同的有 31 條。先韻字的註音有 174 條，其中與《廣韻》音韻地位完全相同的有 145 條。元韻字的註音有 103 條，其中與《廣韻》音韻地位完全相同的有 80 條。仙韻字的註音有 354 條，其中與《廣韻》音韻地位完全相同的有 249 條。

（一）三、四等韻合流

中古山攝三等、四等韻在《通鑑音註》中發生了合流音變：重紐仙韻的 B 類和 A 類合流、純四等先韻與重紐仙韻合流、純三等元韻與重紐仙韻合流。

1、重紐韻的對立消失

仙 A 仙 B 混註（2 例）：

1）褊 補辨 幫 仙 開 重三 上 山 ‖ 方緬 幫 仙 開 重四 上 山

按：「褊」，褊小、褊急，共 15 次註音，註為補辨翻 3 次、補典翻 9 次、方緬翻 3 次。

2）汴 皮面 並 仙 開 重四 去 山 ‖ 皮變 並 仙 開 重三 去 山

按：「汴」，汴河、汴州，共 32 次註音，其中註為皮變翻 28 次，註為皮面翻 3 次，音卞 1 次。

仙 B 與其舌齒音混註（7 例）：

1）謇 知輦 知 仙 開 三 上 山 ‖ 九輦 見 仙 開 重三 上 山

按：「謇」，人名，共 5 次註音，其中 4 次註爲九輦翻。

2）犍 渠延 群 仙 開 三 平 山 ‖ 渠焉 群 仙 開 重三 平 山

按：「犍」，什翼犍、犍爲，共 65 次註音，其中居言翻 64 次。

3）圈 丘員 溪 仙 合 三 平 山 ‖ 渠篆 群 仙 合 重三 上 山

按：「圈」，共 14 次註音，其中爲地名馬圈、虎圈註音 12 次，音求遠翻 8 次、音渠篆翻 1 次、求奜翻 1 次；爲圈住、圈定義註音兩次：音丘員翻；音其卷翻，又其權翻。《廣韻》、《集韻》「圈」無圈定義。《廣韻》：「圈，《說文》曰養畜閑也，渠篆切，又求晚切。」

4）卷 其圓 群 仙 合 三 平 山 ‖ 巨員 群 仙 合 重三 平 山

按：「位號已移於天下，而元后卷卷猶握一璽」，胡三省音註：「師古曰：卷，音其圓翻。惓惓，忠謹之意。余謂此卷卷，猶眷戀也。」（p.1169）

5）讞 魚戰 疑 仙 開 三 去 山 ‖ 魚蹇 疑 仙 開 重三 上 山

按：「讞」，議罪，共 8 次註音，音「魚蹇翻，又魚列翻」1 次、「語蹇翻，又魚列翻」1 次、「魚列翻，又魚蹇翻」3 次、「魚列翻，又魚戰翻，又魚蹇翻」1 次。《廣韻》「讞」有魚蹇、魚列二切。

6）喭 魚戰 疑 仙 開 三 去 山 ‖ 魚變 疑 仙 開 重三 去 山

按：「喭」，弔喭，共 5 次註音，音魚戰翻 4 次、魚變翻 1 次。

7）嬴 於連 影 仙 開 三 平 山 ‖ 於乾 影 仙 開 重三 平 山

按：「嬴」，嬴氏，註音共 14 次，音煙支 10 次；「嬴」的註音有於連翻 1 次、於焉翻 1 次、於乾翻 1 次、音煙 1 次。「焉」、「嬴」皆於乾切；「煙」，先韻字。

仙 A 與其舌齒音混註（8 例）：

1）澠 莫踐 明 仙 開 三 上 山 ‖ 彌兗 明 仙 開 重四 上 山

2）澠 莫善 明 仙 開 三 上 山 ‖ 彌兗 明 仙 開 重四 上 山

按：上文述及「澠」，澠池，註音 25 次，其中音彌兗翻 23 次、音莫踐翻又莫忍翻 1 次、莫善翻又莫忍翻 1 次。《廣韻》：「澠」食陵切，註云：「水名，在

齊。《左傳》云有酒如澠。又泯、緬二音。」《廣韻》「緬」小韻，彌兗切，下有「黽」，其下註云：「黽池，縣名，在河南府。俗作澠，又忘忍切。」此例分析時採用了「緬」的讀音。

3）湎 面善 明 仙 開 三 上 山 ‖ 彌兗 明 仙 開 重四 上 山

按：「湎」，沈湎，共 2 次註音，另一音是彌兗翻。

4）謾 莫連 明 仙 開 三 平 山 ‖ 武延 明 仙 開 重四 平 山

按：「謾」，欺也，共 3 次註音：① 莫連翻，又莫官切，又音慢，欺誑也；② 師古曰：謾，誑也，音慢，又莫連翻（2 次）。「慢」，刪韻字，「官」桓韻字。「謾」兩見於仙韻和桓韻。

5）睊 工掾 見 仙 合 三 去 山 ‖ 吉掾 見 仙 合 重四 去 山

6）鄄 吉掾 見 仙 合 三 平 山 ‖ 吉掾 見 仙 合 重四 去 山

按：「鄄」，鄄城，共 18 次註音，音吉掾翻 6 次、音絹 8 次〔註16〕、音工掾翻 2 次、吉縣翻 1 次、吉掾翻 1 次。

7）絹 與掾 以 仙 合 三 去 山 ‖ 吉掾 見 仙 合 重四 去 山

按：「絹」，絹布，共 2 次註音。另一音吉掾翻，與《廣韻》同。

8）悁 吉掾 見 仙 合 三 去 山 ‖ 於緣 影 仙 合 重四 平 山

按：「悁」，忿恚也，共 3 次註音：① 音縈年翻，又吉掾翻；② 音吉縣翻；③ 縈年翻。「年」，先韻字。

《廣韻》重紐仙韻的 A、B 類混同，並且二者都與其舌齒音混註，說明仙韻的重紐特徵消失了。

2、先韻併入仙韻

《切韻》純四等的齊、先、蕭、青、添五韻系沒有[i]介音，列在韻圖四等的位置上，也只在韻圖四等位置上出現。中古後期，純四等韻產生了與三等韻相同的[i]介音。純四等先韻與重紐仙韻合流，純四等韻併入仙 A。《通鑑音註》成書於 1285 年，其時先韻不光與仙 A 合流，先韻也與仙 B 合流，而且舌齒音的先韻字與仙韻字都合流了。

〔註16〕 按：《廣韻》絹，吉掾切。縣，先韻字。

先、仙混註例如下（21 例）：

1）褊 補典 幫 先 開 四 上 山 ‖方緬 幫 仙 開 重四上 山 【俾緬】

按：上文已經述及，「褊」，註音共 15 次，註爲補典翻 9 次。

2）緶 步千 並 先 開 四 平 山 ‖房連 並 仙 開 重四平 山 【蒲眠】

按：「緶」，縫也，僅 1 次註音。胡三省音與《集韻》音相同。

3）辨 步見 並 先 開 四 去 山 ‖符蹇 並 仙 開 重三上 山 【婢見】

按：「辨」，下辨，地名。《集韻》有匹見、婢見二切，韻與胡三省註音相同。

4）扁 補辨 幫 仙 開 重三 上 山 ‖薄泫 並 先 開 四 上 山 【婢善】

按：「扁」，扁鵲，此義有 2 次註音，一爲補典翻，一爲補辨翻，反映的是先、仙韻的混同。胡三省音與《集韻》的反切註音韻母相同，聲母只是清濁的不同。

5）甄 音堅 見 先 開 四 平 山 ‖居延 見 仙 開 重四平 山 【稽延】

按：「甄」，察也、別也，音稽延翻 13 次；又左甄、右甄，戰陣之左右翼，胡三省引楊正衡「甄，音堅。」

6）鄄 吉縣 見 先 合 四 去 山 ‖吉掾 見 仙 合 重四去 山 【規掾】

按：上文已述及，「鄄」，鄄城，共 18 次註音，以仙韻字作反切下字 17 次，以先韻字作反切下字 1 次。

7）踐 悉銑 心 先 開 四 上 山 ‖慈演 從 仙 開 三 上 山 【在演】

按：「踐」，蹂踐，共 32 次註音，以「演」、「淺」、「衍」作反切下字 31 次。

8）洗 音線 心 仙 開 三 去 山 ‖蘇典 心 先 開 四 上 山 【穌典】

按：「數郡共奉高涼郡太夫人洗氏爲主」，胡三省音註：「洗，音銑，又音線。」（p.5515）「洗」作爲姓氏，註爲「音銑」2 次。

9）單 慈淺 從 先 開 四 平 山 ‖市連 禪 仙 開 三 平 山 【上演】

按：「單」，姓氏、地名，註爲「音善」20 次，音慈淺翻 6 次、上演翻 3 次、常演翻 1 次。

10）悁 吉縣 見 先 合 四 平 山 ‖於緣 影 仙 合 重四平 山 【縈玄】

11）悁 縈年 影 先 開 四 平 山 ‖於緣 影 仙 合 重四平 山 【縈玄】

按：「悁」，忿恚也，共 3 次註音：「音縈年翻，又吉掾翻」、「音吉縣翻」、「縈年翻」。

12）傿 音煙 影 先 開 四 平 山 ‖ 於乾 影 仙 開 重三 平 山 【於虔】

13）傿 音燕 影 先 開 四 平 山 ‖ 於乾 影 仙 開 重三 平 山 【於虔】

按：「傿」，傿支，地名；又虛詞，傿能、傿得等義。共 51 次註音，其中音於虔翻 43 次、於乾翻 5 次、音煙 2 次，音燕（平聲）1 次。

14）燕 於虔 影 仙 開 重三 平 山 ‖ 烏前 影 先 開 四 平 山 【因蓮】

15）燕 因虔 影 仙 開 重三 平 山 ‖ 烏前 影 先 開 四 平 山 【因蓮】

按：「燕」，燕國，又姓氏，共 178 次註音，以「賢」、「肩」、「田」、「千」、「煙」等先韻字作反切下字的次數分別為 36、134、1、1、2 次。以「虔」作反切下字 3 次。

16）峴 戶蹇 匣 仙 開 重三 上 山 ‖ 胡典 匣 先 開 四 上 山 【胡典】

按：「峴」，共 24 次註音，其中 23 次註為戶典翻。

17）衒 熒絹 匣 仙 合 三 去 山 ‖ 黃練 匣 先 合 四 去 山 【熒絹】

按：「衒」，共 6 次註音，註為熒絹翻 4 次。

18）炫 熒絹 匣 仙 合 三 去 山 ‖ 黃練 匣 先 合 四 去 山 【熒絹】

19）炫 榮絹 云 仙 合 三 去 山 ‖ 黃練 匣 先 合 四 去 山 【熒絹】

按：「炫」，共 8 次註音，註為熒絹翻 6 次，榮絹翻 1 次，胡練翻 1 次。

20）繯 于善 云 仙 開 三 上 山 ‖ 胡畎 匣 先 合 四 上 山 【以轉】

按：「繯」，註音僅 1 次。

21）鋋 以前 以 先 開 四 平 山 ‖ 以然 以 仙 開 三 平 山 【夷然】

按：「鋋」，兵器義，註音 2 次：①「音蟬，又以前翻」；②「上延翻」。

《通鑑音註》中，先韻與仙 A 仙 B 都有混註現象，則說明先韻已經和仙韻合流了。

3、元韻與仙韻合流

純三等元韻在中古與仙韻有兩個方面的不同，一是主要元音不同，二是性質不同。元韻的主要元音是[ɐ]，只有唇喉牙音字，後代音變中其唇音字全部變為輕唇音。仙韻的主要元音是[æ]，五音俱全，其唇喉牙音在韻圖上有三四等的對立；在後世的演變中，其唇音字不變輕唇音。元韻與仙韻的合流首先是仙 B 與元韻的合流。在《通鑑音註》中，元韻和仙韻的 B 類合流了，同時，胡三省

也用仙韻的舌齒音字作元韻字的反切下字。我們認爲這仙韻字在《通鑑音註》裏與元韻合流了。

元與仙相混的例子如下（6 例）：

1）寋　九件　見　仙　開　重三上　山　‖其偃群　元　開　三　上　山　【九件】

2）寋　音件　群　仙　開　重三上　山　‖其偃群　元　合　三　上　山　【九件】

按：「寋」，姓也，共 2 次註音。

3）鄤　一戰　影　仙　開　三　去　山　‖於建影　元　開　三　去　山　【於建】

按：「鄤」，地名，註爲「一戰翻」3 次。另有「於建翻」3 次，音鄤 1 次，「建」、「偃」皆元韻字。

4）鍵　之然　章　仙　開　三　平　山　‖居言見　元　開　三　平　山　【諸延】

按：「鍵」，粥也，僅 1 次註音。

5）饌　雛宛　崇　元　合　三　上　山　‖士戀崇　仙　合　三　去　山　【鷃免】

按：「饌」，酒饌，共 41 註音。此音與「雛睆翻」構成又音關係，後者崇母桓韻字。

6）湲　徐園　邪　元　合　三　平　山　‖此緣清　仙　合　三　平　山　【逡緣】

按：「湲」，人名，僅 1 次註音。

元韻是純三等韻，在中古後期與重紐韻的合併的條件是喉牙音。《廣韻》元韻沒有舌齒音字，胡三省音註用元韻字與舌齒音拼切的第 4、5、6 三個例子，不合於《廣韻》。這一現象顯示出元韻的性質已經發生了改變。與仙韻的混註不只發生在喉牙音字，而且還發生在齒音字。

4、先韻與元韻混註情況

先韻與元韻沒有混註的例證，但其入聲屑韻卻有與月韻混註的例證，說明屑韻與月韻發生了合流音變。依據四聲相承的原則，則可以推知先韻與元韻也發生了合流音變。其例證如下：

1）刖　魚決　疑　屑　開　四　入　山　‖魚厥　魚　月　合　三　入　山　【魚厥】

按：「刖」，刖刑，共 3 次註音，其中「音月」2 次，音魚決翻 1 次。

（二）二等重韻刪山合流

《切韻》刪、山二韻同居於山攝二等的位置，開合、聲調皆相同，構成重

韻關係，其區別在於主要元音不同：前者是[ɐ]，後者是[æ]。《通鑑音註》中，刪韻與山韻合流了，二者混註的例子如下（3例）：

1）盼 披班 滂 刪 開 二 平 山 ‖匹莧 滂 山 開 二 去 山 【披班】

按：「盼」，盼望，亦人名用字。共3次註音，皆音匹莧翻，又音披班翻，1次。

2）孱 士顏 崇 刪 開 二 平 山 ‖士山 崇 山 開 二 平 山 【鉏山】

按：「孱」，孱弱，又孱陵，共10次註音。士顏翻2次，又音士眼翻，皆刪韻字。

3）偅 戶簡 匣 山 開 二 上 山 ‖下赧 匣 刪 開 二 上 山 【下赧】

按：「偅」，人名，共3次註音，其他兩次皆音下赧翻。

（三）寒桓唇音合流

通常認爲《廣韻》眞諄、寒桓、歌戈是開合口的對立。胡三省《通鑑音註》用寒韻字作反切下字與唇音聲母拼切桓韻字（6例）：

1）懣 莫旱 明 寒 開 一 上 山 ‖莫旱 明 桓 合 一 上 山 【母伴】

按：懣，《廣韻》有模本、莫旱、莫困三切，其中「莫旱切」在上聲卷二十四緩韻。上聲卷韻目註明「旱」、「緩」同用。胡三省音註中「懣」註音21次，不出此三個音的範圍。

2）槾 謨干 明 寒 開 一 平 山 ‖母官 明 桓 合 一 平 山 【謨官】

按：「槾」，人名，僅1次註音。

3）伴 蒲旱 並 寒 開 一 上 山 ‖蒲旱 並 桓 合 一 上 山 【部滿】

按：「伴」，陪伴，僅1次註音。

4）漫 莫干 明 寒 開 一 平 山 ‖莫半 明 桓 合 一 去 山 【謨官】

按：「漫」，凡4次註音，瀰漫也、塗也，以「官」作反切下字3次。

5）曼 莫安 明 寒 開 一 平 山 ‖母官 明 桓 合 一 平 山 【謨官】

按：「曼」，曼頭，單于名，韋昭音瞞；師古音莫安翻。

6）番 普安 滂 寒 開 一 平 山 ‖普官 滂 桓 合 一 平 山 【鋪官】

按：「番」，地名，眞番國（p.684）。另有「番音潘」、「番音盤」共44次註音，皆地名，如番禺、番丘、番禾之類。

《廣韻》寒韻沒有唇音字，寒韻的「旱」、「干」、「安」3 個寒韻的喉音字作了桓韻唇音字的反切下字，是寒韻唇音字被併入桓韻的緣故。此處這 6 個例子中，被註字皆《廣韻》桓韻字，但胡三省用寒韻字作反切下字，其韻母皆唇音聲母，反映的是寒韻和桓韻的唇音字沒有對立，說明寒韻與桓韻的唇音字的主要元音已經變得相同。寒桓之間發生混註的情況只出現在唇音情況下，其他聲母組的寒桓是否分韻，由於缺乏例證尚不能定奪。

（四）同攝一二等韻混註、二三等韻混註

1、山與仙混註（1 例）

1）辯 皮莧 並 山 開 二 去 山 ‖符蹇 並 仙 開 重三 上 山 【皮莧】

按：「辯」，下辯，《漢書》作「下辨」，地名，皆音皮莧翻。共 2 次註音。訊辯之辯，兵免翻，僅 1 次註音。

2、刪、桓混註（4 例）

1）貫 工宦 見 刪 合 二 去 山 ‖古玩 見 桓 合 一 去 山 【古患】

按：「貫」，習也，共四次註音，其中註爲「讀曰慣」3 次，註爲工宦翻 1 次。《集韻》慣、貫同音古患切。

2）皖 胡管 匣 桓 合 一 上 山 ‖戶板 匣 刪 合 二 上 山 【胡官】

按：「皖」，皖城、皖口，共 14 次註音，音胡管翻 2 次，以版、板作反切下字 12 次。

3）饌 雛皖 崇 桓 合 一 上 山 ‖雛鯇 崇 刪 合 二 上 山 【雛綰】

4）饌 徂皖 從 桓 合 一 上 山 ‖雛鯇 崇 刪 合 二 上 山 【雛綰】

按：「饌」，酒饌、饌具，共 41 次註音，其中註音爲雛皖翻者 12 次，徂皖翻 1 次。

5）籑 音撰 崇 刪 合 二 上 山 ‖蘇管 心 桓 合 一 上 山 【雛綰ˊ】

按：「置孝元廟故殿以爲文母籑食堂。」胡三省音註：「孟康曰：『籑，音撰。晉灼曰：籑，具也。』」（p.1199）。《廣韻》「籑」，籮屬，無具義，其「籑」下註云「《說文》曰具食也，七戀切。」《集韻》「籑、饌，具食也，或作籑。」音與撰、籑同，鶵免切、雛綰切。可見「籑」是假借字，本字當爲「饌」。此例不當作爲研究二等韻音變的例證。

3、刪、寒混註（1 例）

1）轘 胡悍 匣 寒 開 一 去 山 ‖胡慣 匣 刪 合 二 去 山 【胡慣】

按：「轘」，去聲義為車裂也；平聲義為轘轅，地名。車裂義共 7 次註音。用「慣」作反切下字 3 次、用「串」作反切下字 1 次，用「患」作反切下字 1 次，音「宦」1 次，皆諫韻字。

山仙、刪桓、刪寒的混註，反映了《通鑑音註》音系中一等韻寒、桓的主要元音已經和二等山刪、三等仙韻的主要元音變得相同。

（五）先、元、仙與寒、桓混註

1、仙、桓混註（5 例）：

1）卞 音盤 並 桓 合 一 平 山 ‖皮變 並 仙 開 重三 去 山 【蒲官'】

按：「《小卞》之作，可為寒心。」（p.959）。此義僅 1 次註音。

2）琯 古瑗 見 仙 合 三 去 山 ‖古滿 見 桓 合 一 上 山 【古緩】

按：「琯」，人名，共 3 次註音，其他 2 次用「緩」作反切下字。《廣韻》與《集韻》註音一致。

3）奰 乃亂 泥 桓 合 一 去 山 ‖而兗 日 仙 合 三 上 山 【奴亂】

按：「人有懼心，精銳銷奰。」胡三省音註：「師古曰：奰，乃亂翻，又乳兗翻。」（p.1000）共 3 次註音。其他 2 次皆以「兗」為反切下字。

以上桓韻與仙韻混註的 3 個例子說明，胡三省音系中，仙韻與桓韻的主元音已經變得相同。

2、仙、先韻與寒韻混註（3 例）：

1）濺 音贊 精 寒 開 一 去 山 ‖子賤 精 仙 開 三 去 山 【則旰'】

按：「五步之內，臣請得以頸血濺大王矣。」胡三省音註：「濺，音箭，康音贊，汙灑也。」（p.136）司馬康音與《集韻》同。胡三省音與《集韻》亦同，音子賤切。

2）獞 音田 定 先 開 四 平 山 ‖徒干 定 寒 開 一 平 山 【亭年'】

3）獞 音廛 澄 仙 開 三 平 山 ‖徒干 定 寒 開 一 平 山 【澄延'】

按：「獞」，對音用字。先賢獞，人名，凡 3 次註音：「師古曰：獞，音廛」

（p.722）、「鄭氏曰：撢，音纏束之纏。晉灼曰：音田。師古曰：晉音是也。」（p.859）鄭玄音與師古音與《集韻》音相同。

此處 3 個例子說明，寒韻與仙韻、先韻的主元音已經變得相同。且胡三省音與《集韻》音相同，說明這種音變是是當時共同語的特徵。

3、元韻、桓韻混註（1 例）：

1）漫 音萬 明 元 合 三 去 山 ‖莫半 明 桓 合 一 去 山 【莫半】

按：「漫」，彌漫，胡三省音註：「音萬，又莫官翻。」（p.7181）

《通鑑音註》中，同攝韻的主元音已經變得相同，一二等韻合流，三四等韻合併，重紐韻的區別特徵消失、二等韻消失、四等韻消失。原來《廣韻》山攝的 7 個韻系舒聲在《通鑑音註》中變成了 1 個韻部，我們稱之爲寒仙部，其主元音是[a]。山攝韻母的音值是：[an]、[ian]、[uan]、[iuan]。

《通鑑音註》中，中古山攝諸韻合併成了一個有相同主要元音的韻部，這個情況與《中原音韻》不同。《中原音韻》中，中古的山攝變成了寒山、桓歡、先天三個韻部。我們將中古山攝諸韻在《通鑑音註》中合爲一個韻部的理由是：（1）寒桓唇音無別；（2）刪韻合口與桓韻無別；（3）刪韻唇音字與仙韻混註；（4）三等仙、元與一等的桓韻混註。（5）先韻與山韻匣母條件下混註。基於以上四個方面的原因，我們認爲中古山攝諸韻在《通鑑音註》中合流爲一個韻部即寒仙部是可以成立的。

但是，中古山攝的舒聲在《通鑑音註》中被合成了一個韻部，這一做法不合於其時代前後的語音材料。王力《朱熹反切考》將山攝分成了寒山和元仙兩個韻部，《蒙古字韻》則分成了寒部和先部，《中原音韻》、《洪武正韻》將山攝都分成了桓歡、寒山、先天三個韻部。另外，咸攝的情況也有類似的情況。胡三省音系中山攝諸韻合流爲一個韻部，只有 1 個主元音，韻母有一、三等、開合口之別，而《中原音韻》、《洪武正韻》都是寒桓有別，三四等獨立爲一部，有三個不同的主元音。胡三省的音註所反映出來的山攝諸韻主要元音變成了一個相同的[a]，與其時代前後的其他語音材料所顯示的語音系統不同。但是胡三省的音註的確是反映了這一現象，而且其註音與《集韻》的註音基本上是一致的。另外，從-m、-n、-ŋ、-p、-t、-k 尾基本保持中古格局這一點上看，胡三省的音註是更爲保守的讀書音，它應當比上述其他音系更爲保守才對。關於這個問題，用其他的更多的資料去對比研究，目前只好存疑。

三、-m 尾韻與-n 尾韻的混註現象

-m 尾韻與-n 尾韻混切現象指的是山攝與咸攝的混註。《廣韻》山攝諸韻收-n 韻尾，咸攝諸韻收-m 韻尾，二者的區別在於其主元音和韻尾都不相同。山攝寒、仙、山與咸攝覃、談、銜在《通鑑音註》中發生了混註的現象。這種混註表明寒談、仙覃、山銜的主要元音變得相同了，而且也發生了-m 韻尾向-n 轉化的音變。這兩種音變都是符合漢語語音的演變規律的。漢語的韻母從中古的 206 韻發展到現代普通話，其間幾乎合併了所有音色相近的主元音，而且-m 韻尾全部轉變為-n 韻尾。寒談、仙覃、山銜之間的混併現象是屬於異攝異尾相同主元音的合併。這種異攝異尾相同主元音的合併比同攝同尾韻的合併更加有力地推動了漢語韻母的簡化進程。下面是-m 尾韻與-n 尾韻混註的例子（4 例）：

1）監 古莧 見 山 開 二 去 山 ‖ 格懺 見 銜 開 二 去 咸

按：《通鑑音註》中給「監察御史」之「監」，共註音 46 次，其中工銜翻、古銜翻共 45 次。

2）瘄 千感 清 覃 開 一 上 咸 ‖ 七然 清 仙 開 三 平 山

按：「榜箠瘄於炮烙。」胡三省音註：「師古曰：瘄，音千感翻，痛也。」（p.1009）註音僅 1 次。

3）散 悉覽 心 談 開 一 上 咸 ‖ 蘇旱 心 寒 開 一 上 山

按：「散騎常侍」之「散」，胡三省共註音 139 次，其中以「亶」作反切下字者 137 次，以「但」作反切下字 1 次，「悉覽翻」1 次（p.5005）。散、亶、但，皆寒韻字。

4）泛 音幡 敷 元 合 三 平 山 ‖ 孚梵 敷 凡 合 三 去 咸

按：「齊王起，帝亦起取扈，太后恐，自起泛帝扈。」胡三省音註：「泛，《漢書音義》：音幡；《索隱》音捧。余據泛駕之泛其義為覆，則音翌亦通。」（p.411）據此，「泛」當理解為「翻」，二者是假借關係。

中古山攝與咸攝的主要元音相同，-m、-n 相混的 4 個例子的存在說明這兩個韻攝已經有合併的現象存在了。我們考察了二者的入聲韻，也有相混的例子。可見其時-m 尾韻字已經有消變的趨勢。

四、陽聲韻和陰聲韻的混註現象

陽聲韻與陰聲韻混註的現象前文已有羅列（灰魂混註），下文還將列出支仙、支元、之蒸、虞與鍾混註的例子。這種混註情況胡註與《集韻》反切或者音韻地位是一致的。混註的例子如下（6 例）：

1）蟬　音提　禪　支　開　三　平　止　‖市連　禪　仙　開　三　平　山　【田黎ʼ】

按：蟬，黏蟬，古縣名，在樂浪（p.5600）。註音共 1 次，服虔音。

2）蕃　音皮　並　支　開　重三平　止　‖附袁　並　元　合　三　平　山　【蒲麋ʼ】

按：「蕃」，蕃嚮、蕃城，音皮，共 4 次。

3）焞　土回　透　灰　合　一　平　蟹　‖他昆　透　魂　合　一　平　臻　【通回】

按：「嘽嘽焞焞，如霆如雷」，胡三省音註：「師古曰：《小雅·采芑》之詩也。嘽嘽，眾也。焞焞，盛也。……焞，音土回翻。」（p.947）「焞焞」，重言詞，利用音節的重疊來構詞，表達某種意義，與單個詞的意義不同，是屬於構詞法範疇。僅 1 次註音。

4）耳　音仍　日　蒸　開　三　平　曾　‖而止　日　之　開　三　上　止　【如蒸】

按：「耳」，耳孫，即曾孫，共 2 次註音，皆音「仍」。胡三省引晉灼音：「耳，音仍。」（p.1131）《集韻》有此音。

5）遇　音顒　疑　鍾　合　三　平　通　‖牛具　疑　虞　合　三　去　遇　【魚容ʼ】

按：「遇」，曲遇，地名。《集韻》有此音。註音 1 次。

6）禺　魚容　疑　鍾　合　三　平　通　‖遇俱　疑　虞　合　三　平　遇　【魚容】

按：「禺」，番禺。胡三省音註：「禺，音愚，又魚容翻。」共 5 次註音。

這 6 個例子反映所的陰陽混註現象在《廣韻》中也存在。徐通鏘《「陰陽對轉」新論》〔註17〕中就列出了《廣韻》中有陰陽異切的 176 例，並說「《廣韻》的這種同一個字陰、陽兩讀、而且意義相近或相通的情況，可能就是古時『文白異讀』的沉積」（p.204），「《廣韻》陰陽異切的不少例證與楊樹達所考釋的先秦兩漢時期的陰陽對轉是一樣的，……陽入異切的例證也明顯地與先秦的對轉相似。這種一致性和相似性可以清楚地說明《廣韻》的陰陽異切就是先秦兩漢

〔註17〕徐通鏘：《「陰陽對轉」新論》，載《漢語研究方法論初探》，商務印書館，2004 年版，第 185～212 頁。

時期的陰陽對轉的殘留。」（p.205）與《廣韻》陰陽異切是先秦兩漢時期陰陽對轉的殘留一樣，《通鑑音註》中的這 6 個例子所表現出來的陰陽混註也是先秦兩漢時期陰陽對轉的殘留。先秦兩漢的陰陽對轉在現代方言白讀中還有殘留，如山西太原話下列字的讀音：病 piŋ（文）／pi（白）、名 miŋ（文）／mi（白）、聽 tiŋ（文）／ti（白）、星 ɕiŋ（文）／ɕi（白）〔註18〕。「這可能反映白讀的不同層次，猶如現代閩方言的白讀那樣。」（p.204）

第三節　-m 尾韻的演變

　　《廣韻》深、咸二攝諸韻是收閉口-m 尾的韻，深攝侵韻與咸攝覃談咸銜鹽添嚴凡諸韻都是各自獨立為一韻，表現的是主要元音上的區別。在《通鑑音註》中，深攝侵韻系與咸攝諸韻系基本上各自獨立。

　　深攝舒聲侵韻字註音有 129 條，其中與《廣韻》音韻地位完全相同的有 101 條。咸攝舒聲字的註音有 339 條，其中與《廣韻》音韻地位完全相同的有 230 條。覃韻字的註音有 64 條，其中與《廣韻》音韻地位完全相同的有 46 條。談韻字的註音有 77 條，其中與《廣韻》音韻地位完全相同的有 54 條。咸韻字的註音有 10 條，其中與《廣韻》音韻地位完全相同的有 5 條。銜韻字的註音有 25 條，其中與《廣韻》音韻地位完全相同的有 13 條。鹽韻字的註音有 131 條，其中與《廣韻》音韻地位完全相同的有 92 條。嚴字的註音有 2 條，無與《廣韻》音韻地位完全相同的註音。凡韻字的註音有 13 條，其中與《廣韻》音韻地位完全相同的有 9 條。添韻字的註音有 16 條，其中與《廣韻》音韻地位完全相同的有 9 條。

一、侵尋部

　　侵尋部來自中古深攝，其音變特點表現為重紐特徵消失。

（一）侵韻的重紐特徵消失

侵 A 侵 B 混註（2 例）：

1）愔 於禽　影　侵　開　重三　平　深　‖挹淫　影　侵　開　重四　平　深

2）愔 於今　影　侵　開　重三　平　深　‖挹淫　影　侵　開　重四　平　深

〔註18〕侯精一、溫端政：《山西方言調查研究報告》，山西高校聯合出版社，1993 年：本書所引內容轉引自徐通鏘《漢語研究方法初探》，商務印書館，2004 年版，第 204 頁。

按：「愔」，人名，共 42 次註音，其中於禽翻 1 次、於今翻 30 次，一尋翻（師古音）1 次。

侵 A 與舌齒音混註（1 例）：

1）愔　一尋　影　侵　開　三　平　深　‖挹淫　影　侵　開　重四　平　深

侵 B 與舌齒音混註（4 例）：

1）稟　彼甚　幫　侵　開　三　上　深　‖筆錦　幫　侵　開　重三　上　深

按：「稟」，稟食，共 9 次註音。其中彼甚翻（p.1232）者，師古音，僅 1 次。

2）衿　其鴆　群　侵　開　三　去　深　‖居吟　見　侵　開　重三　平　深

按：「衿」，襟也，共 4 次註音，其中 3 次註為「音今」。《廣韻》有「紟」，巨禁切，群侵開重三去深，其下註云：「紟帶，或作襟。又音今。」

3）飲　於鴆　影　侵　開　三　去　深　‖於禁　影　侵　開　重三　去　深

按：「飲」，飲之酒、飲以醇酒，皆動詞，共 43 次註音，其中註音為於鴆翻者 11 次、於禁翻者 32 次。

4）喑　於鴆　影　侵　開　三　去　深　‖於禁　影　侵　開　重三　去　深

按：「喑」共 3 次註音：喑噁叱咤，註為於鴆毒翻 1 次，音今 1 次；喑啞，註為「音今」，1 次。

侵 A 與侵 B 混同，二者也與其舌齒音混同，說明侵韻的重紐特徵消失了。

（二）侵與覃混註（3 例）

1）酖　直禁　澄　侵　開　三　去　深　‖丁含　端　覃　開　一　平　咸　【都含】

按：「酖」，僅 1 次註音，《廣韻》、《集韻》「酖」皆無此音。但《通鑑》中出現「酖」字的句子且有註音的有 9 個，其意義皆如「文侯飲酖死」（p.219）、「齊主遣使酖殺之」（p.5323）之類，可見文獻中常以「酖」為「鴆」。此例屬於古音假借。

2）枕　之酖　章　覃　開　一　平　咸　‖之任　章　侵　開　三　去　深　【職任】

按：「枕」，枕籍，動詞，共 62 次註音，以「酖」作反切下字者僅 1 次，以「任」作反切下字 51 次、以「鴆」作反切下字 9 次，標明如字 1 次。

3）闇　音陰　影　侵　開　重三去　咸　‖烏紺　影　覃　開　一　去　咸　【烏含'】

按：「闇」，天子諒闇，註音共 15 次，註為「讀如陰」3 次，直接註為「音陰」12 次。《集韻》：「闇、陰，治喪廬也。禮：高宗諒闇三年不言。或作陰。烏含切。」

由以上 3 個例子的分析可見，《通鑑音註》音系中侵韻與覃韻的混註不是時音。其所反映的當時文獻所保留的上古音現象。此類現象，後世註釋家常以假借字或古今語音不同解說之。

《通鑑音註》中侵韻獨立為侵尋部。侵尋部的主元音與臻攝、梗攝的主元音相同，韻母有[əm]、[iəm]兩個。[əm]來自莊組侵韻字，[iəm]來自莊組以外的侵韻字。

二、覃鹽部

中古咸攝諸韻在《通鑑音註》中發生了以下變化：重紐韻特徵消失、三四等韻合流、重韻合併、一二韻等合併等。中古咸攝諸韻在《通鑑音註》中主要元音已經變得相同，合併成了一個韻部，我們稱之為覃鹽部。

（一）三四等韻合流

《廣韻》咸攝三、四等韻在《通鑑音註》中，鹽韻的重紐特徵消失，純四等韻添韻與重紐三等韻鹽韻發生合流音變，同時純三等的嚴韻也與鹽韻合流。

1、重紐韻的對立消失

鹽 A 鹽 B 混註（2 例）：

1）厭 衣檢 影 鹽 開 重三 上 咸 ‖於琰 影 鹽 開 重四 上 咸

2）厭 於檢 影 鹽 開 重三 上 咸 ‖於琰 影 鹽 開 重四 上 咸

按：「厭」共 139 次註音，其中為「厭勝」註音 19 次。「門內絳色物，宜悉取以為厭勝。」胡三省音註：「厭，於涉翻，又於檢翻。」（1 次，p.3559）又，「義嘉之亂，巫師請發修寧陵，戮玄宮為厭勝。」胡三省音註：「厭，衣檢翻，又益涉翻，禳也。」（1 次，p.4146）

鹽 B 與其舌齒音混註（14 例）：

1）拑 巨炎 群 鹽 開 三 平 咸 ‖巨淹 群 鹽 開 重三 平 咸

2）拑 其炎 群 鹽 開 三 平 咸 ‖巨淹 群 鹽 開 重三 平 咸

按：「拑」，拑口不言，共 2 次註音。

3）鉗 其廉 群 鹽 開 三 平 咸 ‖巨淹 群 鹽 開 重三 平 咸

4）鉗 其炎 群 鹽 開 三 平 咸 ‖巨淹 群 鹽 開 重三 平 咸

按：「鉗」，共 9 次註音，義有鉗口、錘鉗鋸鑿之具、以鐵束頸等，其中註為其廉翻 7 次、其炎翻 2 次。

5）箝 其廉 群 鹽 開 三 平 咸 ‖巨淹 群 鹽 開 重三 平 咸

按：「箝」，箝口，共 2 次註音，皆註為其廉翻。

6）黔 其廉 群 鹽 開 三 平 咸 ‖巨淹 群 鹽 開 重三 平 咸

7）黔 其炎 群 鹽 開 三 平 咸 ‖巨淹 群 鹽 開 重三 平 咸

按：「黔」共 47 次註音，有兩種意義，兩種讀音：讀鹽韻，黔首義，亦姓（p.50、p.217），共 2 次註音；讀侵韻，指黔州。黔州的註音也有以下的情況：「渠今翻，又其廉翻」（2 次）、「音禽，又其廉翻」（2 次）、「其今翻，又其炎翻」（3 次）。

8）鈐 其廉 群 鹽 開 三 平 咸 ‖巨淹 群 鹽 開 重三 平 咸

按：「鈐」，玉鈐衛、鈐制，亦姓，共 8 次註音，皆其廉翻。

9）鍼 其廉 群 鹽 開 三 平 咸 ‖巨淹 群 鹽 開 重三 平 咸

按：「鍼」字共有 4 次註音，2 次註為諸深翻，1 次註為其廉翻，1 次註為其淹翻。註為其廉翻者，會稽謝鍼，人名（p.3498）。《廣韻》「鍼」還有巨鹽切，群鹽開重四平咸，也可以與此對應。

10）鉆 其廉 群 鹽 開 三 平 咸 ‖巨淹 群 鹽 開 重三 平 咸

按：「鉆」，鉆鑽之屬，僅 1 次註音。

11）奄 於炎 影 鹽 開 三 平 咸 ‖衣檢 影 鹽 開 重三 上 咸

按：「奄」字共 2 次註音，其一為「奄奄無息」註音，為「衣廉翻」；其一為「奄人」註音，胡三省音註曰：「陸德明曰：奄，於檢翻。劉曰：於驗翻。徐曰：於劍翻。今讀作閹，音於炎翻。」（p.4469）《廣韻》「閹」有平上兩個讀音：央炎切，男無勢精閉者；衣檢切，閹閹。

12）閹 衣廉 影 鹽 開 三 平 咸 ‖央炎 影 鹽 開 重三 平 咸

13）閹 於廉 影 鹽 開 三 平 咸 ‖央炎 影 鹽 開 重三 平 咸

按：「閹」，閹人，共 3 次註音：衣廉翻、於廉翻各 1 次，衣廉翻又衣檢翻 1 次。

14）崦　依廉　影　鹽　開　三　平　咸　‖央炎　影　鹽　開　重三　平　咸

按：「自西夷降者處崦嵫館，賜宅於慕義里。」胡三省音註：「崦，依廉翻，又依檢翻。」（p.4661）

鹽 A 與其舌齒音混註（4 例）：

1）厭　於鹽　影　鹽　開　三　平　咸　‖於豔　影　鹽　開　重四　去　咸
2）厭　一鹽　影　鹽　開　三　平　咸　‖於豔　影　鹽　開　重四　去　咸
3）厭　於贍　影　鹽　開　三　去　咸　‖於豔　影　鹽　開　重四　去　咸
4）厭　一贍　影　鹽　開　三　去　咸　‖於豔　影　鹽　開　重四　去　咸

按：「厭」共 139 次註音，其中爲「滿也」註音 56 次：於鹽翻 51 次、於贍翻 1 次、一豔翻 2 次、一鹽翻 1 次、一贍翻 1 次。

鹽韻的 A、B 類混同，而且二者都與舌齒音混註，說明鹽韻的重紐特徵已經消失了。

2、添韻、鹽韻合併（3 例）

1）阽　丁念　端　添　開　四　去　咸　‖余廉　以　鹽　開　三　平　咸　【都念】

按：「阽」，社稷阽危，共 5 次註音，其中余廉翻 2 次；音閻又丁念翻 1 次；音余廉翻、又丁念翻 1 次；註爲「服虔音反坫之坫，孟康音屋檐之檐」1 次。

2）黶　烏點　影　添　開　四　上　咸　‖於琰　影　鹽　開　重四上　咸　【於琰】

按：「黶」，張黶，人名，音烏點翻，又於琰翻（p.259）。僅 1 次註音。

3）佔　昌占　昌　鹽　開　三　平　咸　‖丁兼　定　添　開　四　平　咸　【丁兼】

按：「佔」，喋喋佔佔，僅 1 次註音，乃胡三省引師古音。

鹽與添混註只有此 3 例，其入聲也有此類混註情況。純四等韻由於[i]介音的產生而與重紐韻的 A 類合併，是近代漢語語音史上的重要音變之一。

3、鹽嚴合併（3 例）

1）詶　直嚴　澄　嚴　開　三　平　咸　‖直廉　澄　鹽　開　三　平　咸　【直嚴】

按：「詶」，人名用字，共 2 次註音。另一音是「直廉翻」，與《廣韻》音同。

2）奄　於劍　影　嚴　開　三　去　咸　‖衣儉　影　鹽　開　重三　上　咸　【於贍】

按：上文已經述及，「奄」字共 2 次註音，其一爲「奄奄無息」註音，爲「衣廉翻」；其一爲「奄人」註音，「於劍翻」，後者是胡三省引徐廣的音。

3）曬　魚險　疑　鹽　開　重三　上　咸　‖魚埯　疑　嚴　開　三　上　咸　【魚檢】

按：「曬」，人名用字，共 1 次註音。

嚴韻是純三等韻。近代漢語語音史上，中古的純三等韻與重紐三等韻合流，這三個混註的例子正反映了這項音變。中古音咸攝韻母的三四等韻已經合併爲一，其標誌是四等韻併入重紐韻，純三等韻與重紐韻合流。

（二）重韻合併

《廣韻》覃[ɒm]、談[ɑm]、銜[am]、咸[ɐm]，四韻在舌位圖上，[ɑ]和[ɒ]都是後低元音，二者的區別在於前後不同；[a]是前低元音，[ɐ]是央低略高元音，音色上都有差別，但都是一個[a]音位的不同變體。在《通鑑音註》語音系統中這四個韻母發生首先發生了兩兩合併，表現爲一等重韻合併、二等重韻合併的特點，下面是我們的例證。

1、一等重韻合併

覃談合併（7 例）：

1）統　都感　端　覃　開　一　上　咸　‖都敢　端　談　開　一　上　咸　【都感】

2）統　吐感　透　覃　開　一　上　咸　‖都敢　端　談　開　一　上　咸　【都感】

3）統　丁感　端　覃　開　一　上　咸　‖都敢　端　談　開　一　上　咸　【都感】

按：「統」，人名，共 6 次註音，其中都感翻 4 次，吐感翻、丁感翻各 1 次。

4）聃　他含　透　覃　開　一　平　咸　‖他酣　透　談　開　一　平　咸　【他甘】

按：「聃」，人名，共 8 次註音。其中他甘翻 4 次、他酣翻 2 次、他含翻 1 次。另有乃甘翻 1 次（聃季，p.2583）。

5）倓　徒敢　定　談　開　一　上　咸　‖徒感　定　覃　開　一　上　咸　【吐敢】

按：「倓」，人名，共 9 次註音，其中「徒甘翻」7 次，「徒濫翻」1 次，「徒甘翻，又徒濫翻，徒敢翻」1 次（p.9251）。

6）贛　古濫　見　談　開　一　去　咸　‖古禫　見　覃　開　一　上　咸　【古暗】

按：「贛」，共 4 次註音：① 贛人，「音紺」，2 次；② 章贛，人名，「音貢」1 次；③ 贛人，「師古古暗翻，劉昫古濫翻」1 次；④ 贛榆，「師古曰：贛，音紺。榆，音踰。賢曰：贛，音貢，今海州東海縣也。余據今人皆從顏音」1 次。《集韻》古暗切，在覃韻去聲。

7）淦 音甘 見 談 開 一 平 咸 ∥古南 見 覃 開 一 平 咸 【古暗'】

按：「淦」，新淦、上淦，地名，共 5 次註音：其中「古暗翻」2 次、「音紺，又音甘」2 次、「音紺，又工含翻」1 次。《集韻》古暗切，在覃韻去聲。

《通鑑音註》中覃、談混註，說明中古咸攝一等重韻合流。

2、二等重韻合併

咸銜合併（7 例）：

1）瑊 古銜 見 銜 開 二 平 咸 ∥古咸 見 咸 開 二 平 咸 【居咸】

按：「瑊」，人名，共 24 次註音，其中註音為古咸翻 17 次、古銜翻 7 次。

2）監 古陷 見 咸 開 二 去 咸 ∥格懺 見 銜 開 二 去 咸 【居懺】

3）監 古咸 見 咸 開 二 平 山 ∥古銜 見 銜 開 二 平 咸 【居銜】

4）監 工咸 見 咸 開 二 平 咸 ∥古銜 見 銜 開 二 平 咸 【居銜】

按：監，有監察、監軍、監國、監示等動詞義，也有中書監等名詞義；名詞義讀去聲，動詞義讀平聲。共 364 次註音，其中古銜翻 22 次、工銜翻 129 次、古咸翻 1 次、工咸翻 2 次。古陷翻 1 次，另以「暫」作反切下字者 6 次。

5）艦 戶黯 匣 咸 開 二 上 咸 ∥胡黤 匣 銜 開 二 上 咸 【戶黤】

按：「艦」，船艦，共 86 次註音，皆註為戶黯翻。

6）銜 其緘 群 咸 開 二 平 咸 ∥戶監 匣 銜 開 二 平 咸 【乎監】

7）銜 戶緘 匣 咸 開 二 平 咸 ∥戶監 匣 銜 開 二 平 咸 【乎監】

按：「銜」，銜枚、銜命、銜怨之義，共 6 次註音。戶緘翻 4 次，戶監翻 1 次，其緘翻 1 次。

中古咸攝二等韻咸、銜混註，說明《通鑑音註》音系中二者已經合流。

3、二等韻與一等韻混註（5 例）

咸攝是獨韻攝，只有開口韻。在研究其二等韻的時候，喉牙音字算一類，唇舌齒算一類。二等韻與一等韻混註的例子如下：

1）監 甲暫 見 談 開 一 去 咸 ∥格懺 見 銜 開 二 去 咸 【居懺】

2）監 古暫 見 談 開 一 去 咸 ∥格懺 見 銜 開 二 去 咸 【居懺】

按：關於「監」字的註音，上文已經述及，此處不贅。

3）瞰 苦鑒 溪 銜 開 二 去 咸 ‖ 苦濫 溪 談 開 一 去 咸 【苦濫】

按：「瞰」，俯瞰，共 3 次註音：苦濫翻 1 次、苦鑒翻 1 次、古濫翻 1 次。

4）啗 徒陷 澄 咸 開 二 去 咸 ‖ 徒濫 定 談 開 一 去 咸 【徒濫】

5）啗 徒監 澄 銜 開 二 去 咸 ‖ 徒濫 定 談 開 一 去 咸 【徒濫】

按：「啗」，餌之也，共 21 次註音；啗食，10 次註音。胡三省音註云：「師古曰：啗者本爲食啗耳，音徒敢翻；以食餧人，令其啗食，音則改變爲徒濫翻。」（p.295）但是胡三省註音過程中，沒有完全區別兩種意義的音。《通鑑音註》中，「啗」徒濫翻，共 14 次，「啗，徒濫翻，又徒覽翻」8 次，「徒覽翻，又徒濫翻」1 次，「土濫翻，又土覽翻」1 次，「徒敢翻，又徒濫翻」2 次，「徒敢翻，又徒陷翻」1 次，「徒監翻」1 次，「徒覽翻」2 次。《廣韻》「啗」，談韻，上聲、去聲兩讀。《集韻》銜韻上聲亦有「啗」字，杜覽切。

胡三省用咸、銜韻字註中古的談韻字，反映的是咸銜談的混同，條件是舌音。一等韻與二等韻混同的現象則說明咸攝的一、二等韻合併了。

（三）三等韻與一等韻的混註

1）餤 弋廉 以 鹽 開 三 平 咸 ‖ 徒甘 定 談 開 一 平 咸 【余廉】

2）餤 于廉 云 鹽 開 三 平 咸 ‖ 徒甘 定 談 開 一 平 咸 【余廉】

按：「餤」，共 4 次註音，《廣韻》有徒甘、徒濫二切，《集韻》有余廉切與胡三省音註基本一致。

3）襜 都甘 端 談 開 一 平 咸 ‖ 處占 昌 鹽 開 三 平 咸 【都甘】

按：「襜」，襜帷、襜裳，音昌占、蚩占翻，與《廣韻》音同；襜襤，胡名，在代地，班固《漢書》作「澹林」，音都甘翻。

按：此 3 個例子當中，例 1、3 胡三省的註音與《集韻》的音韻地位完全相同，例 2 只是聲母云、以的不同（而胡三省音系中云以已經合流了），韻母相同。這說明這四個例子所反映的三等鹽韻與一等談韻的混同早在《集韻》時代已經存在了。

三等鹽韻與一等談韻的混註的聲母條件是見母、定母、昌母，說明其韻母的主要元音相同，介音不同，因而介音丟失後三等韻與一等韻無別。正因爲如此，胡三省用三等的鹽韻字作《廣韻》是一等談韻字的反切下字。由此可看出《通鑑音註》中鹽嚴添與覃談咸銜的主元音是相同的。

（四）二等韻與三等韻的混同

咸攝舒聲沒有二等韻與三等韻混註的例子，但是其入聲韻卻有狎葉混註 1 次的例子：

1）啑 使接 生 葉 開 三 入 咸 ‖所甲 生 狎 開 二 入 咸【即涉／色甲】

按：「啑」，啑血，共 2 次註音：「啑，所甲翻，小啜也。《索隱》引鄒氏音使接翻」（p.419）；「《索隱》曰：《漢書》作「喋」，音跕，丁牒翻。……予據《類篇》，啑字有色甲、色洽二翻，既從啑字音義，當與歃同。若從喋字，則有履之義」（p.436）。「啑，使接翻」在《集韻》中有 2 個反切與之對應，即「即涉切」和「色甲切」。「即涉切」與胡三省的音只是聲母的區別，韻母都是葉韻；「色甲切」與胡三省的音聲母相同，韻母卻不同。這裏需要說明的是，胡三省音系中莊組字與精組字有合流的現象，所以這裏聲母不同不是主要問題。我們傾向於選擇「即涉切」作為「啑」字的《集韻》反切，並且認為此例中胡三省的註音與《集韻》的註音基本一致。

（五）異攝韻混註

1）泛音幡 敷 元 合 三 平 山 ‖孚梵 敷 凡 合 三 去 咸 【孚梵】

按：此例證前文已經分析到。此例反映的是-m、-n 兩種韻尾的混同現象。胡三省用收-n 尾的「幡」為收-m 尾的「泛」作直音，反映出當時這兩種韻尾已經有混同的情況存在。

（六）關於嚴、凡韻

嚴韻字的註音中只有 3 例，都發生了音變：與鹽韻混註 1 例，與咸韻混註 1 例，與銜韻混註 1 例；凡韻字的註音有 14 例，發生音變的有 5 例，與東鍾韻混註 4 例，與元韻混註 1 例，上文已詳。純三等韻與三等韻的合流音變中也只有嚴韻系的變化。邵榮芬《切韻研究》〔註19〕認為二者是在「一定聲母條件下的異調異讀，所以我們認為可以把嚴韻系併入凡韻系」，並將其音值構擬為嚴開凡合，與李榮的構擬相同。嚴韻與凡韻在特定的聲母條件下，韻母的主元音隨聲調的不同而有所改變，這種現象在現代漢語方言中極為常見，都是把《切韻》嚴韻與凡韻作為開合韻來看待的。我們這裏採納邵先生的意

〔註19〕邵榮芬：《切韻研究》，中國社會科學出版社，1982 年版，第 83 頁。

見，認爲嚴韻與凡韻是開合的關係。

　　與上文寒仙部一樣，胡三省音系中咸攝諸韻的主要元音也混同爲一。這一結論與其時代的《蒙古字韻》、《中原音韻》不同，也與其後的《洪武正韻》的合併不同，三者都是覃談咸銜合併爲一個韻部，鹽嚴添凡合併爲一個韻部，呈現出主元音不同的特點。但是胡三省的音註與《集韻》的反切的音韻地位基本相同。《通鑑音註》中，中古咸攝諸韻合併爲只有 1 個主元音的韻部，我們稱之爲覃鹽部，包括[am]、[iam]兩個韻母。這一結論與目前幾種材料的研究不一致，我們期待有其他材料進一步來證明。

第四節　陰聲韻（一）

　　《通鑑音註》音系中，陰聲韻部有 9 個，即齊微部、支思部、皆來部、歌戈部、家麻部、車遮部、魚模部、尤侯部、蕭宵部。因篇幅太長，故分爲兩節來討論。

　　《廣韻》止攝與蟹攝諸韻在《通鑑音註》中發生了以下變化：蟹攝與止攝的分合是：（1）齊祭廢與支脂之微合併，灰韻、泰韻的合口與支脂微的合口合併，這部分我們稱之爲齊微部（除了進入支思部的那些字）；（2）從支脂之三韻系的精組、莊組、章組、日母的開口字中分化出了支思部；（3）咍泰、佳皆夬等合併爲皆來部；（4）止攝、蟹攝的重紐韻已經沒有區別了。

一、齊微部

　　《廣韻》止攝諸韻在《通鑑音註》中發生了以下音變現象：重紐韻的特徵消失，支、脂、之、微合併，蟹攝的齊祭廢、灰韻、泰韻合口與支脂之微合併。我們稱之爲齊微部。

　　《通鑑音註》中《廣韻》止攝字的註音有 867 條，其中有 625 條與《廣韻》的音韻地位完全一致。支韻字的註音有 347 條，其中與《廣韻》音韻地位完全相同的有 232 條。脂韻字的註音有 256 條，其中與《廣韻》音韻地位完全相同的有 182 條。之韻字的註音有 160 條，其中與《廣韻》音韻地位完全相同的有 125 條。微韻字的註音有 104 條，其中與《廣韻》音韻地位完全相同的有 87 條。

（一）支、脂重紐特徵消失

《通鑑音註》中支韻、脂韻的重紐韻特徵已經消失，而且支脂合流，主要表現在以下幾個方面：

1、支A、支B混註（4例）

1）陴 音疲 並 支 開 重三 平 止 ‖符支 並 支 開 重四 平 止

2）庳 皮靡 並 支 開 重三 上 止 ‖便俾 並 支 開 重四 上 止

按：「庳」，下也，與高相對，共2次註音，另一註音是「音婢」，與《廣韻》同。

3）跂 音企 溪 支 開 重三 上 止 ‖窺瑞 溪 支 合 重四 去 止

按：「跂」，跂望，怨望，共10次註音，「或時害至公，羣臣往往有跂望自危之心」，胡三省音註：「跂，古穴翻。師古曰：音決，跂謂相跂也；望，怨望也。韋昭曰：跂，猶冀也，音冀。《索隱》音企。」（p.370）《集韻》跂、企同音，遣爾切。胡三省所註之古穴翻，《廣韻》亦有此音。

4）跂 渠宜 群 支 開 重三 平 止 ‖巨支 群 支 開 重四 平 止

按：「跂」，跂望、跂立之跂，舉踵也，共7次註音，註為去智翻5次，丘弭翻又去智翻1次。「丘弭翻」與「去智翻」僅僅是聲調的不同。

支A與支B混註，說明支韻的重紐區別消失。止攝重紐韻同時還有以下幾個方面的混註情況：

2、脂B、脂A混註（1例）

1）耆 渠伊 群 脂 開 重四 平 止 ‖渠脂 群 脂 開 重三 平 止

按：「耆」，長也，老也，共1次註音。

3、支B、脂B混註（4例）

1）濞 音帔 滂 支 開 重三 去 止 ‖匹備 滂 脂 開 重三 去 止

2）濞 普懿 滂 脂 開 重三 去 止 ‖匹備 滂 脂 開 重三 去 止

按：「濞」，吳王濞，共3次註音：「音帔，普懿翻」、「匹備翻」、「普懿翻」。胡三省音曰「濞，音帔，普懿翻」（p.403），而「帔」是支韻重紐三等字，「濞」是脂韻重紐三等字。

3）綺 區几 溪 脂 開 重三 上 止 ‖墟彼 溪 支 開 重三 上 止

按：「綺」，絲織品。共 1 次註音。

4）机　舉綺　見　支　開　重三　上　止　‖居夷　見　脂　開　重三　平　止　【居狋】

按：「机」，机案，共 1 次註音。《廣韻》、《集韻》註音相同。

4、支A、脂B混註（4例）

1）裨　頻眉　並　脂　開　重三　平　止　‖符支　並　支　開　重四　平　止

按：「裨」，裨將、偏裨，共 11 次註音，其中賓彌翻 5 次，頻彌翻 2 次，頻眉翻、頻移翻、彼迷翻、音卑各 1 次。賓彌翻，幫支開重四平止，與《廣韻》「府移切」音韻地位相同。

2）陴　頻眉　並　脂　開　重三　平　止　‖符支　並　支　開　重四　平　止

按「陴」，陴堞，城上女牆也，共 10 次註音，其中頻彌翻 8 次，頻眉翻 1 次，符支翻 1 次。「彌」、支韻重紐四等字；「眉」，支韻重紐三等字。

3）觖　音冀　見　脂　開　重三　去　止　‖窺瑞　溪　支　合　重四　去　止

按：上文已經指出，「觖」共 10 次註音，「觖，音冀」是韋昭的音（p.370）。

4）企　欺冀　溪　脂　開　重三　去　止　‖去智　溪　支　開　重四　去　止

按：「企」，企望、舉踵義，共 13 次註音，音去智翻 11 次，區智翻、欺冀翻各 1 次。

5、支A、脂A混註（3例）

1）卑　音鼻　並　脂　開　重四　去　止　‖府移　幫　支　開　重四　平　止

按：「卑」，地名，舜弟象所封之地。僅 1 次註音。

2）弭　眉比　明　脂　開　重四　上　止　‖綿婢　明　支　開　重四　上　止

按：「弭」，共 2 次註音，息也，另一音是「綿婢翻」。

3）瀰　莫比　明　脂　開　重四　上　止　‖綿婢　明　支　開　重四　上　止

按：陳郡殷瀰，僅 1 次註音。

6、支B、脂A混註（1例）

1）比　毗義　並　支　開　重三　去　止　‖毗至　並　脂　開　重四　去　止

按：「比」，共 472 次註音，意義有 9 種：及也，約 189 次註音；近也，約 191 次註音；其他意義有：連次也；等次也、例也；並也；比部侍郎；和也；頻也；黨也。「車不得方軌，騎不得比行」，胡三省註曰：「毗義翻，次也。」（p.71）

此處胡三省的意義解釋似乎不正確：「師古曰：車並行爲方軌。」則比行亦當爲並行，才可以解釋得通。毗義翻，僅出現 1 次。

7、支 B、脂混註（1 例）

1）痿 於佳 影 脂 合 三 平 止 ‖於爲 影 支 合 重三 平 止

按：「痿」，痿疾，風痹疾也，共 2 次註音。胡三省音註：「楊正衡曰：《字林》：痿，痹也，人垂翻，又於佳翻。」（p.3248）

支 B 脂 B 混註、支 A 脂 B 混註、支 A 脂 A 混註、支 B 脂 A 混註以及支 B 脂、脂 B 支混註，說明支韻與脂韻沒有區別了。《廣韻》止攝重紐韻的特點在《通鑑音註》中消失了。

8、支脂的舌齒音字合流（10 例）

1）絺 充知 昌 支 開 三 平 止 ‖丑飢 徹 脂 開 三 平 止 【抽遲】

按：「絺」，絲織品，亦姓；有充知、抽遲、丑之 3 個註音。

2）訾 音資 精 脂 開 三 平 止 ‖即移 精 支 開 三 平 止 【津私ˋ】

按：「訾」，共 29 次註音，用作姓氏、地名、人名音譯用字（如呼盧訾王），也有註爲「讀曰資」、「讀曰訾，毀也」等。「訾，音資」，訾，量也（p.1648）；另有子斯翻，亦此義，與《廣韻》同音。

3）刺 七四 清 脂 開 三 去 止 ‖七賜 清 支 開 三 去 止 【七賜】

按：「刺」，動詞，刺殺、刺探、採取，共 152 次註音，其中「七亦翻」146 次。刺殺其牛羊，胡三省音註：「刺，七逆翻，又七四翻。」（p.1536）

4）眭 息惟 心 脂 合 三 平 止 ‖息爲 心 支 合 三 平 止 【宣爲】

按：「眭」，姓也，共 11 次註音，註音爲「息隨翻」9 次，與《廣韻》音同；息惟翻 1 次、息爲翻 1 次。

5）睢 息隨 心 支 合 三 平 止 ‖息遺 心 脂 合 三 平 止 【宣佳】

按：「睢」，共 40 次註音，范睢等人名用字，註音爲「息隨翻」5 次、「音雖」4 次。

6）虒 音夷 以 脂 開 三 平 止 ‖息移 心 支 開 三 平 止 【相支】

按：漢盧虒縣，師古曰「盧虒，音盧夷」（p.209）。《集韻》有相支切、田黎切，無「夷」音。

7）支　音衹　章　脂　開　三　平　止　‖章移　章　支　開　三　平　止　【翹移˙】

8）支　音祁　群　脂　開　重三平　止　‖章移　章　支　開　三　平　止　【翹移˙】

按：令支，共 13 次註音，音祁 8 次、音衹 1 次、音其兒翻 3 次、音祁又音衹 1 次。

9）遺　于僞　云　支　合　三　去　止　‖以醉　以　脂　合　三　去　止　【以醉】

按：「遺」，贈也、予也，共 388 次註音。以「季」作反切下字者 336 次，註為如字 1 次。

10）夷　延知　以　支　開　三　平　止　‖以脂　以　脂　開　三　平　止　【延知】

按：「哭泣之聲未絕，傷夷者未起」，胡三省音註：「夷，與痍同，創也，延知翻。」（p.361）僅 1 次註音。

支韻、脂韻的舌齒音混了。而且支韻的重紐 A、B 兩個類混了。由此我們得出支脂韻的 A、B 類混併，且不分別重紐了。

（二）支、脂、之、微合流

止攝諸韻都是三等韻，在《通鑑音註》中，同等位的韻由於主元音的趨同發生了合併現象，變成了一個韻部。支脂之微四韻的混註體現了止攝諸韻的合流。

1、支之混註（9 例）

1）摛　丑知　徹　支　開　三　平　止　‖丑之　徹　之　開　三　平　止　【抽知】

2）摛　抽知　徹　支　開　三　平　止　‖丑之　徹　之　開　三　平　止　【抽知】

按：「摛」，人名用字，共 4 次註音，其中丑知翻 2 次，抽知翻 1 次，丑之翻 1 次。

3）觖　羌志　溪　之　開　三　去　止　‖窺瑞　溪　支　合　重四去　止　【遣介】

按：觖望，怨望也，「賢曰：觖，音羌志翻。前書音義曰：觖，猶冀也。一音決，猶望之也。」（p.1363）

4）騎　渠吏　群　之　開　三　去　止　‖奇寄　群　支　開　重三去　止　【渠羈】

按：「騎」，步騎、輕騎、飛騎、驃騎等，共 1091 次註音。其中「騎，奇寄翻」出現 1021 次，奇計翻出現 68 次，渠吏翻 1 次，其計翻 1 次。《集韻》騎只有平聲一讀，支韻。

5）軹　音止　章　之　開　三　上　止　‖諸氏　章　支　開　三　上　止　【掌氏】

按：「軹」，地名，共 7 次註音。其中「音只」5 次，知氏翻 1 次，音止、音紙各 1 次。

6）施 式吏 書 之 開 三 去 止 ‖ 施智 書 支 開 三 去 止 【施智】

7）施 式志 書 之 開 三 去 止 ‖ 施智 書 支 開 三 去 止 【施智】

按：「施」，佈施，註音 68 次，註音爲「式豉翻」45 次，「式智翻」20 次，式支翻、士吏翻、式志翻各 1 次。《廣韻》施，有式支切、施智切兩讀。「式豉翻」與「式支切」音同。

8）提 音時 禪 之 開 三 平 止 ‖ 是支 禪 支 開 三 平 止 【市之ˊ】

按：「朱提」，地名，音銖時，共 6 次註音，皆同。

9）麗 力之 來 之 開 三 平 止 ‖ 呂支 來 支 開 三 平 止 【鄰知】

按：「麗」，高麗、高句麗、麗山，共 85 次註音。其中力知翻 81 次，鄰知翻 1 次，力之翻 1 次，力智翻 1 次、力智翻又力兮翻 1 次。

2、支微混切（8 例）

1）掎 居豈 見 微 開 三 上 止 ‖ 居綺 見 支 開 重三 上 止 【隱綺】

2）掎 魚豈 疑 微 開 三 上 止 ‖ 居綺 見 支 開 重三 上 止 【隱綺】

按：「掎」，掎角之勢，掎其後，共 30 次註音，以支韻「綺」、「蟻」作反切下字者 28 次；以「豈」作反切下字 2 次。

3）齮 魚豈 疑 微 開 三 上 止 ‖ 魚倚 疑 支 開 重三 上 止 【語綺】

按：「齮」，人名用字，共 5 次註音：「丘奇翻，又去倚翻」3 次、「魚倚」1 次，「魚豈」1 次。

4）檥 魚豈 疑 微 開 三 上 止 ‖ 魚倚 疑 支 開 重三 上 止 【語綺】

按：「檥」，檥船，共 3 次註音。「烏江亭長檥船待」，胡三省音註：「徐廣曰：檥，音儀，一音俄。應劭曰：檥，正也。孟康曰：檥，音蟻，附也，附船著岸也。如淳曰：南方謂整船向岸曰檥。索隱曰：檥字，諸家各以意解耳。鄒誕本作『檥船』，以尙翻；劉氏亦有此音。」（p.353）另外，魚豈翻（p.8126）、魚倚翻（p.9398）各 1 次。

5）錡 魚豈 疑 微 開 三 上 止 ‖ 魚倚 疑 支 開 重三 上 止 【語綺】

按：「錡」，人名用字，共 5 次註音：「渠綺翻，又魚綺翻，又音奇」（p.6866）、

「渠宜翻」（p.6642）、「魚豈翻，又音奇」（p.7582）、「魚豈翻」（p.5639）、「魚倚翻」（p.6891）。《廣韻》「錡」有 3 個註音：渠基切、渠綺切、魚倚切。

　　6）撝　許韋　曉　微　合　三　平　止　‖許爲　曉　支　合　重三　平　止　【吁爲】

按：「撝」，人名用字，註音 4 次，音許韋翻 1 次、許爲翻 2 次、吁爲翻 1 次；借作「麾」1 次。

　　7）隳　音揮　曉　微　合　三　平　止　‖許規　曉　支　合　重四　平　止　【朘規】

按：「隳」，廢也，毀也，僅 1 次註音。

　　8）蔿　羽委　云　支　合　三　上　止　‖于鬼　云　微　合　三　上　止　【羽鬼】

按：「蔿」，人名用字，共 3 次註音，羽鬼翻 2 次、羽委翻 1 次。

3、脂之混切（16 例）

　　1）比　毗志　滂　之　開　三　去　止　‖毗至　並　脂　開　重四　去　止　【毗至】

按：比，註音共 472 次，毗志翻 3 次，近也、並也。《廣韻》比，有 5 個音讀，其中「毗至切」與「必至切」均可與此例相對應。

　　2）郗　丑之　徹　之　開　三　平　止　‖丑飢　徹　脂　開　三　平　止　【抽遲】

按：「郗」，姓氏，共 31 次註音，其中註爲「丑之翻」30 次，丑脂翻 1 次。《廣韻》、《集韻》音同。

　　3）絺　丑之　徹　之　開　三　平　止　‖丑飢　徹　脂　開　三　平　止　【抽遲】

按：「絺」，絲織品，又姓，共 3 次註音，另有充知翻和抽遲翻各 1 次。

　　4）澄　直理　澄　之　開　三　上　止　‖直几　澄　脂　開　三　上　止　【丈里】

　　5）澄　直里　澄　之　開　三　上　止　‖直几　澄　脂　開　三　上　止　【丈里】

按：「澄」，澄水，共 5 次註音：直里翻 2 次、直理翻 1 次、直几翻 1 次、丈几翻 1 次。

　　6）遲　直吏　澄　之　開　三　平　止　‖直尼　澄　脂　開　三　平　止　【直吏】

按：「遲」，待也，又姓，共 21 次註音，其中直利翻 9 次，直二翻 9 次，丈二翻、直二翻、直吏翻各 1 次。

　　7）跽　其紀　群　之　開　三　上　止　‖暨几　群　脂　開　重三　上　止　【巨几】

　　8）跽　忌己　群　之　開　三　上　止　‖暨几　群　脂　開　重三　上　止　【巨几】

按:「跽」,長跪,共 5 次註音,另外 3 次註音是:其几翻 2 次、巨几翻 1 次。

9) 惎 其冀 群 脂 開 重三 去 止 ‖渠記 群 之 開 三 去 止 【渠記】

按:「惎」,毒也,又人名用字,共 3 次註音,另外的註音是「渠記翻」(2 次)。

10) 茲 沮惟 從 脂 合 三 平 止 ‖疾之 從 之 開 三 平 止 【牆之】

按:龜茲,胡三省音註:「龜,音丘。茲,音慈。賢曰:龜,丘勾翻,茲,沮惟翻,蓋急言之也。」(p.771)此例是李賢的音。

11) 鴟 丑之 徹 之 開 三 平 止 ‖處脂 昌 脂 開 三 平 止 【稱脂】

按:「鴟」,共 3 次註音,皆同。

12) 謚 神志 船 之 開 三 去 止 ‖神至 船 脂 開 三 去 止 【神至】

按:「謚」,謚號,共 25 次註音,其中神至翻 22 次,神志翻 1 次、申至翻 1 次、時利翻 1 次。

13) 厠 初利 初 脂 開 三 去 止 ‖初吏 初 之 開 三 去 止 【初吏】

按:「厠」,共 2 次註音,另一音是初吏翻。

14) 使 疏利 生 脂 開 三 去 止 ‖踈吏 生 之 開 三 去 止 【疏吏】

按:「使」,名詞,使節,共 1448 次註音;動詞,音如字,5 次;疏利翻 2 次,疏吏翻 1441 次。

15) 异 羊至 以 脂 開 三 去 止 ‖羊吏 以 之 開 三 去 止 【羊吏】

按:「异」,朱异,人名,共 7 次註音,羊至翻 6 次,羊吏翻 1 次。

16) 禩 羊至 以 脂 開 三 去 止 ‖羊吏 以 之 開 三 去 止 【羊吏】

按:「禩」,人名用字,共 14 次註音,「羊至翻,又逸職翻」8 次、「逸職翻,又羊至翻」5 次,「羊職翻,又羊至翻」1 次。

4、脂微混切(12 例)

1) 喟 去貴 溪 微 合 三 去 止 ‖丘愧 溪 脂 合 重三 去 止 【丘媿】
2) 喟 丘貴 溪 微 合 三 去 止 ‖丘愧 溪 脂 合 重三 去 止 【丘媿】

按:「喟」,歎息聲,共 4 次註音,另外兩個註音是「丘愧翻」、「于貴翻」。

3）巋　音歸　見　微　合　三　平　止　‖丘追　溪　脂　合　重三　平　止　【區韋】

4）巋　苦鬼　溪　微　合　三　上　止　‖丘軌　溪　脂　合　重三　上　止　【苦軌】

5）巋　區韋　溪　微　合　三　平　止　‖丘追　溪　脂　合　重三　平　止　【區韋】

按：「巋」，人名用字，共 2 次註音：「區韋翻，又苦鬼翻，又丘愧翻」、「音歸，又區胃翻」。

6）俟　渠夷　群　脂　開　三　平　止　‖渠希　群　微　開　三　平　止　【渠希】

按：「俟」，俟斤、万俟，音譯突厥人名用字，如「莫賀咄俟屈利俟毗可汗」之類，共 41 次註音，其中「渠之翻」38 次，另有渠希翻、渠夷翻、渠機翻各 1 次。

7）洎　其既　群　微　開　三　去　止　‖其冀　群　脂　開　重三　去　止　【巨至】

按：「洎」，及也，又人名用字，共 15 次註音，其中「其冀翻」12 次，另有其計、其既、渠至各 1 次註音。

8）毅　魚器　疑　脂　開　重三　去　止　‖魚既　疑　微　開　三　去　止　【魚既】

按：「毅」，樂毅，人名，共 3 次註音，皆同。

9）劓　魚氣　疑　微　開　三　去　止　‖魚器　疑　脂　開　重三　去　止　【魚既】

按：「劓」，割鼻也，共 7 次註音，其中魚器翻 3 次，魚器翻又牛例翻 2 次，魚氣翻 1 次。

10）彙　于季　云　脂　合　三　去　止　‖于貴　云　微　合　三　去　止　【于貴】

按：「彙」，人名用字，共 3 次註音，另外有于貴翻 2 次。

11）緯　于季　云　脂　合　三　去　止　‖于貴　云　微　合　三　去　止　【于貴】

按：「緯」，讖緯，亦人名用字，共 20 次註音，其中于貴翻 19 次。

12）遺　于貴　云　微　合　三　去　止　‖以醉　以　脂　合　三　去　止　【以醉】

按：「遺」，註音共 388 次，其中為遺書、贈遺義註音者 386 次，其中于季翻 250 次，唯季翻 122 次，惟季翻 11 次，于貴翻、弋季翻、于僞翻各 1 次。

5、之微混切（3 例）

1）蟣　居喜　見　之　開　三　上　止　‖居狶　見　微　開　三　上　止　【舉豈】

按：「蟣」，蟣虱，共 4 次註音。

2）俟 渠之 群 之 開 三 平 止 ‖渠希 群 微 開 三 平 止 【渠之】

按：上文已經述及，俟斤、万俟之「俟」，共 41 次註音，其中「渠之翻」38 次。

3）喜 許旣 曉 微 開 三 去 止 ‖許記 曉 之 開 三 去 止 【許巳】

按：「喜」，好也，共 102 次註音，許旣翻 8 次，許記翻 83 次、許吏翻 8 次，等等。

《廣韻》止攝支脂之微在《通鑑音註》中合併爲一個韻母。重紐支韻與脂韻的區別已經消失。

（三）支脂之微與齊、祭、灰等混註

《切韻指掌圖》的齊韻與支脂之微同圖，列在四等，說明齊韻與止攝諸韻近。《通鑑音註》蟹攝齊、祭、廢諸韻進入止攝，與止攝諸韻合流，這一情況與《切韻指掌圖》一致，反映的是齊韻與支脂之微合流，即止攝和蟹攝的細音合併成一個韻部了，其中還包括祭韻和廢韻（廢韻字的音註少，本書沒有相關的例子，但是根據祭廢合流、齊祭廢變入止攝，我們的齊微部裏應當包括廢韻字）。同時，止攝支脂微的合口字與灰韻字也有混註的情況，說明灰韻的部分字進入了齊微部的合口韻。下面是混註的例子：

1、支齊混註（12 例）

1）裨 彼迷 幫 齊 開 四 平 蟹 ‖府移 幫 支 開 重四 平 止 【賓彌】

按：上文已經述及，「裨」，裨將、偏裨，共 11 次註音，其中賓彌翻 5 次，頻彌翻 2 次，頻眉翻、頻移翻、彼迷翻、音卑各 1 次。

2）孿 卑義 幫 支 開 重三 去 止 ‖博計 幫 齊 開 四 去 蟹 【卑義】

3）孿 博義 幫 支 開 重三 去 止 ‖博計 幫 齊 開 四 去 蟹 【卑義】

按：考察整個《音註》，「孿」字註音共 70 次，其中：「卑義翻，又博計翻」54 次，「卑義翻，又必計翻」9 次，「卑義翻，又匹計翻」1 次，「匹計翻，又卑義翻」2 次，「皮義翻，又必計翻」1 次，「必計翻，又卑義翻」1 次，「博計翻，又卑義翻」1 次，此等反切皆有韻母的不同或者聲母的不同；唯「卑義翻，又博義翻」（1 次），聲母與韻母沒有區別。此條音註有誤。卑、博皆幫母字，「卑義翻」與「博義翻」同音，沒有必要作爲又音處理。疑乃傳抄之誤。

4）批 片支 滂 支 開 三 平 止 ‖匹迷 滂 齊 開 四 平 蟹 【篇迷】

按:「批」,共 11 次註音,其中爲「手擊也」義註音 6 次:「白結翻,又偏迷翻」、「蒲繁翻,又普迷翻」2 次、「蒲結翻,又匹迷翻」1 次、「蒲列翻,擊也,又匹迷翻」1 次、「賢曰音片支翻。余按前書音義:批,音蒲結翻」1 次。

5）騎 其計 群 齊 開 四 去 蟹 ‖奇寄 群 支 開 重三 去 止 【渠羈】

6）騎 奇計 群 齊 開 四 去 蟹 ‖奇寄 群 支 開 重三 去 止 【渠羈】

按:上文已經述及步騎、輕騎、飛騎、驃騎等,共 1091 次註音。其中「奇寄翻」出現 1021 次,「奇計翻」出現 68 次,另外渠吏翻 1 次,其計翻 1 次。《集韻》騎只有平聲一讀,支韻。

7）禔 是兮 禪 齊 開 四 平 蟹 ‖章移 章 支 開 四 平 止 【常支】

按:「禔」,人名,僅 1 次註音:「是支翻,又是兮翻」。

9）郪 千移 清 支 開 三 平 止 ‖七稽 清 齊 開 四 平 蟹 【千西】

按:「郪」,地名,共 5 次註音:「妻,又千私翻」3 次、「音妻」1 次、「千移翻」1 次。

9）蠡 盧奚 來 齊 開 四 平 蟹 ‖呂支 來 支 開 三 平 止 【憐題】

10）蠡 憐題 來 齊 開 四 平 蟹 ‖呂支 來 支 開 三 平 止 【憐題】

11）蠡 音黎 來 齊 開 四 平 蟹 ‖呂支 來 支 開 三 平 止 【憐題*】

12）蠡 鹿奚 來 齊 開 四 平 蟹 ‖呂支 來 支 開 三 平 止 【憐題】

按:「蠡」,共註音 14 次,其中爲鹿蠡王註音共 7 次:盧奚翻 6 次、鹿奚翻 1 次;蠡器,音憐題翻,1 次;伊蠡王、族蠡山(地名),音黎,2 次。《廣韻》鹿蠡王,呂支切;瓢勺,落戈切;彭蠡、蠡吾縣,音禮。

2、脂與齊混註（8 例）

1）比 簿計 並 齊 開 四 去 蟹 ‖毗至 並 脂 開 重四 去 止 【毗至】

按:上文已經述及「比」,共 472 次註音,意義有 9 種:此處爲「頻也」註音:「截脛、拉脅、鋸項、刳胎者,比比有之」,胡三省註曰:「簿計翻。」(p.3151)僅出現 1 次。

2）泊 其計 群 齊 開 四 去 止 ‖其冀 群 脂 開 重三 去 止 【巨至】

按：上文已經述及，「洎」，及也，又人名用字，共 15 次註音，其中「其冀翻」12 次，其計翻 1 次，另有其既、渠至各 1 次註音。

3）泜 丁禮 知 齊 開 四 上 蟹 ‖直尼 澄 脂 開 三 平 止 【丁計】

4）泜 丁計 知 齊 開 四 去 蟹 ‖直尼 澄 脂 開 三 平 止 【丁計】

按：「泜」，泜水，僅 1 次註音：「師古曰：泜，音袛，又丁計翻，又丁禮翻。」（p.327）

5）齊 津夷 精 脂 開 三 平 止 ‖徂奚 從 齊 開 四 平 蟹 【津私】

6）齊 音咨 精 脂 開 三 平 止 ‖徂奚 從 齊 開 四 平 蟹 【津私】

按：「齊」，齊衰，即齊縗，共 8 次註音，音咨 7 次，津夷翻 1 次。胡三省音與《集韻》音同。

7）藜 力脂 來 脂 開 三 平 止 ‖郎奚 來 齊 開 四 平 蟹 【憐題】

按：「藜」，蒺藜，僅 1 次註音：「力脂翻，又力兮翻。」（p.2673）

8）驪 良脂 來 脂 開 三 平 止 ‖郎奚 來 齊 開 四 平 蟹 【良脂】

按：「驪」，「襄所乘駿馬曰驪眉騧」，胡三省音註：「驪，音黎，又音良脂翻。」（p.3162）《廣韻》「黎」音郎奚切。

3、之與齊混註（1 例）

1）喜 許計 曉 齊 開 四 去 蟹 ‖許記 曉 之 開 三 去 止 【許已】

按：「喜」，好也，上文已經述及，共 102 次註音，許記翻 83 次、許吏翻 8 次，許計翻 2 次。

4、微與齊混註（1 例）

1）幾 居啓 見 齊 開 四 上 蟹 ‖居狶 見 微 開 三 上 止 【舉豈】

按：「幾」，未幾，共註音 143 次，其中音居豈翻 141 次，音居啓翻 1 次，音魚豈翻 1 次（p.2897）。

5、脂與祭混註（1 例）

1）劓 牛例 疑 祭 開 三 去 蟹 ‖魚器 疑 脂 開 重三 去 止 【牛例】

按：上文已經述及，「劓」，割鼻也，共 7 次註音，其中魚器翻 3 次，魚器翻又牛例翻 2 次，魚氣翻 1 次。

6、支韻合口與灰韻混註（8例）

1）萎 於罪 影 灰 合 一 上 蟹 ‖ 於爲 影 支 合 重三 上 止 【鄔賄】

按：「萎」，萎腇，軟弱，僅 1 次註音，李賢音。

2）衰 倉回 清 灰 合 一 平 蟹 ‖ 楚危 初 支 合 三 平 止 【倉回】

3）衰 七回 清 灰 合 一 平 蟹 ‖ 楚危 初 支 合 三 平 止 【倉回】

4）衰 倉雷 清 灰 合 一 平 蟹 ‖ 楚危 初 支 合 三 平 止 【倉回】

5）衰 七雷 清 灰 合 一 平 蟹 ‖ 楚危 初 支 合 三 平 止 【倉回】

6）衰 叱雷 昌 灰 合 一 平 蟹 ‖ 楚危 初 支 合 三 平 止 【倉回】

7）衰 士回 崇 灰 合 一 平 蟹 ‖ 楚危 初 支 合 三 平 止 【倉回】

8）衰 吐回 透 灰 合 一 平 蟹 ‖ 楚危 初 支 合 三 平 止 【倉回】

按：「衰」，縗服也，共 42 次註音，其中註爲倉回翻 31 次、七回翻 4 次、倉雷翻 1 次、七雷翻 2 次、叱雷翻 2 次、士回翻 1 次、吐回翻 1 次。

7、脂韻合口與灰韻混註（6例）

1）頯 蒲回 並 灰 合 一 平 蟹 ‖ 敷悲 滂 脂 開 重三 平 止 【蒲枚】

按：「頯」，人名，僅 1 次註音：「薄諧翻，又蒲回翻。」（p.7591）

2）搥 傳追 澄 脂 合 三 平 止 ‖ 都回 端 灰 合 一 平 蟹 【都回】

按：「搥」，捶擊也，共 2 次註音，皆同。

3）隊 音遂 邪 脂 合 三 去 止 ‖ 徒對 定 灰 合 一 去 蟹 【徐醉】

按：「隊」，「河內、河東、弘農、河南、潁川、南隊爲六隊郡」之「隊」，共 2 次註音，皆音「遂」。

4）魋 音椎 澄 脂 合 三 平 止 ‖ 杜回 定 灰 合 一 平 蟹 【傳追˙】

按：「魋」，共 2 次註音，另一音「徒回翻」。

5）騩 五賄 疑 灰 合 一 上 蟹 ‖ 俱位 見 脂 合 重三 去 止 【語韋】

按：「騩」，註音 2 次，語境和意義皆不同：「漢使有騩馬，急求取以祠我」，胡三省音註：「賢曰：《續漢》及華嶠《書》並作『騩』。《說文》：馬淺黑色也，音京媚翻。余謂『騩』，音『瓜』；黃馬黑喙曰騩，讀如本字。」（p.1462）「乃帥百騎至大騩山」，音註：「班志：河南郡密縣有大騩山。騩、隗同，五賄翻，又音歸。」（p.4892）《廣韻》「騩」有居追切、舉韋切、俱位切；義有黃馬黑喙及大騩山。

6）壘 盧對 來 灰 合 一 去 蟹 ‖力軌 來 脂 合 三 上 止 【盧對】

按：「壘」，共 5 次註音，盧對翻 2 次；另有力水翻 1 次、魯水翻 2 次，皆與《廣韻》音同。

（四）脂韻與皆佳韻混註、之韻與佳韻混註

1、脂韻合口與佳韻開口混註（1 例）

1）綏 如佳 日 佳 開 二 平 蟹 ‖儒佳 日 脂 合 三 平 止 【儒佳】

按：「綏」，僅 1 次註音。《廣韻》、《集韻》都是「儒隹切」，胡註爲「如佳翻」，此處懷疑胡註誤將「隹」寫成了「佳」。如果我們的懷疑成立的話，則此例不當作爲混註的例子。存疑。

2、脂韻唇音字與皆韻唇音字混註（2 例）

1）碩 薄諧 並 皆 開 二 平 蟹 ‖敷悲 滂 脂 開 重三平 止 【櫱皆】

按：上文述及「碩」，人名，僅 1 次註音：「薄諧翻，又蒲回翻。」（p.7591）《集韻》「碩」有「蒲枚」、「櫱皆」二切，分別與胡三省的兩個註音相對應。

2）鞴 蒲拜 並 皆 開 二 去 蟹 ‖平祕 並 脂 開 重三去 止 【平祕】

按：「鞴」有 2 次註音，一是「蒲拜翻」，一是「平祕翻」，平祕翻與《廣韻》的反切一致。由此看脂韻唇音字在胡三省看來是與皆韻開口相同的。

3、之韻與佳韻混切（1 例）

1）茲 音佳 見 佳 開 二 平 蟹 ‖疾之 從 之 開 三 平 止 【牆之】

按：「茲」，龜茲，音丘慈，又音屈佳（p.6265），此項註音出現了 5 次，胡三省指明是唐人又讀作「屈佳」（p.5329），皆音譯外來詞的用字。

（五）陰入混註

支與櫛混切（1 例）：

1）廝 音瑟 生 櫛 開 三 入 臻 ‖息移 心 支 開 三 平 止 【山宜】

按：「廝」，廝役、廝養，共 16 次註音。其中有「音斯，今人讀若瑟」（p.6189）、「音斯，今相傳讀從訹入聲」（p.5261）、「息移翻，養也，役也，使也，賤也。蘇林曰：廝，取薪者也。韋昭曰：析薪曰廝。今或讀從訹入聲」（p.5380）等說法，從中可知「廝」有入聲的讀法。「訹」，臻韻平聲字，其

所配入聲韻是櫛韻，「瑟」字正是櫛韻字。《廣韻》、《集韻》「廝」無入聲的讀法。

　　脂與屑混切（1例）：

　1）饐　一結　影　屑　開　四　入　山　‖乙冀　影　脂　開　重三　去　止　【一結】

按：「饐」，食窒氣不通，僅1次註音。

　　支與櫛、脂與屑的混註是陰聲韻與入聲韻的混註。這種情況的發生是由於《通鑑音註》中，入聲韻的韻尾有脫落的現象存在。入聲韻的塞音韻尾脫落後，原先的入聲韻就歸併到與之主要元音相同的陰聲韻裏去了。據此我們還可以知道中古臻攝入聲韻在《通鑑音註》中主要元音與齊微部相同，這與《蒙古字韻》的陰入相配的情況相同。《通鑑音註》中沒有曾攝的入聲德韻與齊微部混註的情況。

　　《廣韻》止攝諸韻在《通鑑音註》中發生了重紐韻的特徵消失、支脂之微合併、齊祭廢灰泰合口與支脂之微合併等現象。我們稱之爲齊微部。齊微部包含2個韻母：[i]、[ui]，主要包括《廣韻》止攝的支脂之微以及蟹攝的齊祭廢灰韻字，其中除去支脂之開口精組、莊組、章組字、日母字。

二、支思部

　　現代漢語有[ɿ]和[ʅ]韻母，前者來自中古止攝開口精組聲母字，後者來自止攝和蟹攝三等韻開口的莊、章、知組聲母以及日母。它們原本是[i]韻母字，是受了聲母的影響而從中分化出來的。在《中原音韻》中，支思部獨立爲一韻，除了「入聲作上聲」的「澀、瑟、塞」三個字以外，它包括中古止攝開口精組、莊組以及章組的全部字、日母字以及幾個知組字〔註20〕。

　　這類字的音變，早在南唐朱翱反切中就已經有所反映。王力《朱翱反切考》〔註21〕認爲，在南唐時資思韻已經存在，其標誌是「資思自成一韻，因此以資思字切資思字」。北宋邵雍（1011～1077）《皇極經世・聲音唱和圖》已經把止攝開口精組字列在「開」類。稍後的《切韻指掌圖》（約出現于 12 世紀初）把止攝開口精組字改列在一等地位，可見當時這些字的韻母已經不再

〔註20〕楊耐思：《中原音韻音系》，中國社會科學出版社，1981 年版，第 38 頁。

〔註21〕王力：《朱翱反切考》，載《龍蟲並雕齋文集》（第三冊），中華書局，1982 年版，第 215～216 頁。

是[i]而是[ɿ]了。到了元代，莊、章兩組聲母也加入了這個行列。知組聲母到明代以後也加入了這個行列。這種現象應該是顯示舌面元音由於受聲母的影響而發生了變化。《韻會》把這類字獨立成「觜」字母，八思巴字轉寫爲 hi。[h]的作用是將後面的元音向後、向高移動，那麼這個[hi]的音值應是[ɿ]，它代表舌尖元音[ɿ]﹝註22﹞，其所包括的只是精、莊組字。《中原音韻》這一韻部收字範圍已經有所擴大，它包括中古止攝開口精組、莊組以及章組的全部字、日母字以及幾個知組字。

董同龢說：「(《切韻指掌圖》)還把之支韻的精照系字列於一等地位，這也表明此時這些字已不再讀爲[i]音，而是讀爲[ɿ]，這與《起數訣》的做法相似。它之所以這樣做，主要是由於語音的發展變化。」﹝註23﹞他的《切韻指掌圖中幾個問題》對此也有所論及﹝註24﹞，認定舌尖前元音在《切韻指掌圖》時代已經產生（趙蔭堂考定《切韻指掌圖》成書於 1176～1230 年）。下面我們考察《通鑑音註》支思部的情況。

（一）止攝開口精組字

《通鑑音註》中，止攝開口精組字有 82 條用例。除去其中的反切下字用止攝開口來母字的 8 條、用止攝開口以母字的 10 條、用止攝開口疑母字的 1 條以外，剩下的 63 例都是用精組、章組、知組的字做反切下字，其中反切下字用止攝開口精組字的例子是 48 條（含直音），反切下字用止攝開口今卷舌聲母字的有 15 條（其中日母字 1 例）。用例如下（57 例）：

　1）罳　音思　心　之　開　三　平　止　‖息茲　心　之　開　三　平　止

按：罳，罘罳，音浮思，門屏鏤空格子也。共 2 次註音，意義皆同。

　2）偲　新茲　心　之　開　三　平　止　‖息茲　心　之　開　三　平　止

　3）偲　音思　心　之　開　三　平　止　‖息茲　心　之　開　三　平　止

按：「偲」，人名，共 2 次註音：音思 1 次、「新茲翻，又倉才翻」1 次。《廣韻》偲有息茲、倉才二切。

﹝註22﹞　蔣冀騁、吳福祥：《近代漢語綱要》，湖南教育出版社，1997 年版，第 142 頁。

﹝註23﹞　董同龢：《漢語音韻學》，中華書局，2004 年版，第 185 頁。

﹝註24﹞　董同龢：《切韻指掌圖中幾個問題》，載《史語所集刊》（第 17 本），1948 年版，第 210 頁。

4）汜 音祀 邪 之 開 三 上 止 ‖詳里 邪 之 開 三 上 止

5）汜 音似 邪 之 開 三 上 止 ‖詳里 邪 之 開 三 上 止

按：「汜」，汜水，亦人名，共21次註音：音祀14次、音似2次、詳里翻1次、祥里翻1次，另外還有「汜，如淳曰音祀。……師古曰：……舊讀音凡。今彼鄉人呼之音祀。索隱曰：此水今見名汜水，音似」（p.341）、「師古曰：汜，舊音凡，今俗讀爲祀」（p.6305）、「音祀，又孚梵翻」（p.1931）。《廣韻》「汜」有詳里、孚梵二切。

6）笥 息嗣 心 之 開 三 去 止 ‖相吏 心 之 開 三 去 止

按：「笥」，竹器，共3次註音，相吏翻2次、息嗣翻1次。

7）嗣 祥使 邪 之 開 三 去 止 ‖祥吏 邪 之 開 三 去 止

按：「嗣」，後嗣，又人名，共51次註音，其中祥吏翻50次，祥使翻1次（p.2357）。

8）磁 牆之 從 之 開 三 平 止 ‖疾之 從 之 開 三 平 止

9）磁 疾之 從 之 開 三 平 止 ‖疾之 從 之 開 三 平 止

10）磁 祥之 邪 之 開 三 平 止 ‖疾之 從 之 開 三 平 止

按：「磁」，磁州，共22次註音，音牆之翻16次，疾之翻3次，祥之翻2次，詳之翻1次。

11）茲 音慈 從 之 開 三 平 止 ‖疾之 從 之 開 三 平 止

按：「茲」，龜茲，共38次註音，音丘慈，皆同。

12）滋 音茲 精 之 開 三 平 止 ‖子之 精 之 開 三 平 止

按：「滋」，多也，藩也，僅1次註音。

13）嵫 音茲 精 之 開 三 平 止 ‖子之 精 之 開 三 平 止

按：「嵫」，崦嵫館，僅1次註音。

14）孳 津之 精 之 開 三 平 止 ‖子之 精 之 開 三 平 止

按：「孳」，生也，2次註音，皆同。

15）牸 疾置 從 之 開 三 去 止 ‖疾置 從 之 開 三 去 止

16）牸 音字 從 之 開 三 去 止 ‖疾置 從 之 開 三 去 止

按：「牸」，共2次註音。

17）仔 子之 精 之 開 三 平 止 ‖ 子之 精 之 開 三 平 止

18）仔 祖似 精 之 開 三 上 止 ‖ 即里 精 之 開 三 上 止

19）仔 津之 精 之 開 三 平 止 ‖ 子之 精 之 開 三 平 止

按：「仔」，人名，共 2 次註音，「祖似切」乃史炤音（p.8272）。《廣韻》「仔」有二切，史炤音與《廣韻》音同。

20）璽 斯氏 心 支 開 三 上 止 ‖ 斯氏 心 支 開 三 上 止

按：「璽」，玉璽，共 140 次註音，反切用字皆同。

21）徙 音斯 心 支 開 三 平 止 ‖ 斯氏 心 支 開 三 上 止

按：「徙」，地名，共 3 次註音，音同。

22）刺 七賜 清 支 開 三 去 止 ‖ 七賜 清 支 開 三 去 止

23）刺 七四 清 脂 開 三 去 止 ‖ 七賜 清 支 開 三 去 止

按：「刺」，刺殺、刺探，動詞，共 150 次註音，其中註音為「七亦翻」者 145 次。「七賜翻」1 次，其他註音是「七賜翻，又七迹翻」1 次、「七逆翻，又七四翻」、「七亦翻，又七賜翻」2 次、「七亦翻，又如字」1 次。

24）澌 音斯 心 支 開 三 平 止 ‖ 斯義 心 支 開 三 去 止

按：「澌」，冰澌也，又人名，共 2 次註音，另一音是「斯義翻」。

25）積 子智 精 支 開 三 去 止 ‖ 子智 精 支 開 三 去 止

26）積 子賜 精 支 開 三 去 止 ‖ 子智 精 支 開 三 去 止

27）積 七賜 清 支 開 三 去 止 ‖ 子智 精 支 開 三 去 止

按：「積」，聚也，共 23 次註音，「積，子賜翻」18 次，「積，子智翻」5 次。

28）廝 音斯 心 支 開 三 平 止 ‖ 息移 心 支 開 三 平 止

29）廝 息移 心 支 開 三 平 止 ‖ 息移 心 支 開 三 平 止

按：上文已經述及，「廝」，廝役、廝養，共 16 次註音。其中有「音斯」11 次，「息移翻」3 次。

30）虒 音斯 心 支 開 三 平 止 ‖ 息移 心 支 開 三 平 止

按：「虒」，虒亭，音斯（p.9465）。

31）疵 才支 從 支 開 三 平 止 ‖ 疾移 從 支 開 三 平 止

32）疵 才斯 從 支 開 三 平 止 ‖疾移 從 支 開 三 平 止

按：「疵」，瑕疵，又人名，共 3 次註音，另一註音是疾移翻。

33）玼 才支 從 支 開 三 平 止 ‖疾移 從 支 開 三 平 止

按：「玼」，共 2 次註音，皆同。

34）泚 音此 清 支 開 三 上 止 ‖雌氏 清 支 開 三 上 止

按：「泚」，人名，共 48 次註音，其中註音為「且禮翻，又音此」者 44 次，「且禮翻，又音如字」1 次，「且禮翻」3 次。

35）赀 津私 精 脂 開 三 平 止 ‖即移 精 支 開 三 平 止

36）赀 音資 精 脂 開 三 平 止 ‖即移 精 支 開 三 平 止

37）赀 子斯 精 支 開 三 平 止 ‖即移 精 支 開 三 平 止

38）赀 將此 精 支 開 三 上 止 ‖將此 精 支 開 三 上 止

39）赀 音紫 精 支 開 三 上 止 ‖將此 精 支 開 三 上 止

按：「赀」，共 29 次註音。其中「讀曰資」、「音資」各 1 次，「讀與曰貲同」、「讀曰貲」者共 8 次。「不赀之恩」之「赀」，量也，不赀，言貴重之極，又人名，又音譯名用字，皆平聲：其中「子斯翻」7 次，「子移翻」2 次，「即移翻」5 次，「津私翻」1 次。「毀赀、毀赀」義，上聲，註為「將此翻」3 次、「音紫」1 次。

40）訾 子斯 精 支 開 三 平 止 ‖將此 精 支 開 三 上 止

41）訾 音紫 精 支 開 三 上 止 ‖將此 精 支 開 三 上 止

按：「訾」，不訾小忿，共 1 次註音，二者是又音關係。

43）玼 音此 清 支 開 三 上 止 ‖雌氏 清 支 開 三 上 止

按：「玼」，人名，共 7 次註音，「音此，又且禮翻」5 次、「且禮翻，又音此」2 次。

44）眥 疾智 從 支 開 三 去 止 ‖疾智 從 支 開 三 去 止

按：「眥」，睚眥，共 3 次註音。字也作「眦」。「眦」共 11 次註音，音士懈翻 8 次、士戒翻 1 次，「才賜翻，又在計翻」1 次，師古以為「眦，即眥字，謂目匡也，一說眦，士懈翻，二說並通」。（p.605）

45）齜 才賜 從 支 開 三 去 止 ‖疾智 從 支 開 三 去 止

按：「齜」，共 2 次註音，皆同。

46）訿 音紫　精　支　開　三　上　止　‖將此　精　支　開　三　上　止

按：「訿」，僅 1 次註音。

47）漬 疾智　從　支　開　三　去　止　‖疾智　從　支　開　三　去　止

按：「漬」，共 6 次註音，皆同。

48）佽 音次　清　脂　開　三　去　止　‖七四　清　脂　開　三　去　止

49）佽 七四　清　脂　開　三　去　止　‖七四　清　脂　開　三　去　止

按：「佽」，共 4 次註音，助也，又人名，音次 2 次；七四翻 1 次、日四翻 1 次（p.2639）。

50）次 音咨　精　脂　開　三　平　止　‖七四　清　脂　開　三　去　止

51）次 音恣　精　脂　開　三　去　止　‖七四　清　脂　開　三　去　止

按：「次」，淯次縣，共 2 次註音。

52）恣 資二　精　脂　開　三　去　止　‖資四　精　脂　開　三　去　止

按：「恣」，恣睢，僅 1 次註音。

53）越 取私　清　脂　開　三　平　止　‖取私　清　脂　開　三　平　止

按：「越」，越趄，共 2 次註音，另一音是子移翻。

54）姊 蔣兕　精　脂　開　三　上　止　‖將几　精　脂　開　三　上　止

按：「姊」姊妹，共 3 次註音，皆同。

55）兕 序姊　邪　脂　開　三　上　止　‖徐姊　邪　脂　開　三　上　止

按：「兕」，虎兕，共 2 次註音，皆同。

56）秭 蔣兕　精　脂　開　三　上　止　‖將几　精　脂　開　三　上　止

按：「秭」，秭歸，僅 1 次註音。

57）郪 千私　清　脂　開　三　平　止　‖取私　清　脂　開　三　平　止

按：「郪」，地名，共 5 次註音，其中「音妻，又千私翻」3 次，「千移翻」1 次、「音妻」1 次。

（二）止攝開口莊組字

　　筆者考察了《廣韻》止攝開口莊組字在《通鑑音註》中所用的反切下字，結果是：止攝開口莊組字共 27 條反切（含 1 條直音）。除去反切下字為止攝開口疑母字的 5 條，反切下字為止攝開口見母字的 1 條，反切下字為止攝開口來

母字的 9 條之後，剩下的 12 條反切被註字是《廣韻》莊組字，其反切下字為止攝開口今卷舌聲母字。用例如下：

1）茌 音淄 莊 之 開 三 平 止 ‖側持 莊 之 開 三 平 止

按：「茌」，茌平縣、山茌縣、茌眉等，皆地名，共 5 次註音，其中註音為「茌疑翻」4 次，另一音註是：「師古曰：茌，士疑翻。應劭音淄，裴松之音仕狸翻。」（p.2318）

2）淄 莊持 莊 之 開 三 平 止 ‖側持 莊 之 開 三 平 止

按：「淄」，臨淄，共 11 次註音，皆同。

3）錙 莊持 莊 之 開 三 平 止 ‖側持 莊 之 開 三 平 止

按：「錙」，銖錙，僅 1 次註音。

4）輜 莊持 莊 之 開 三 平 止 ‖側持 莊 之 開 三 平 止

5）輜 楚持 初 之 開 三 平 止 ‖楚持 初 之 開 三 平 止

按：「輜」，輜車、輜重，共 6 次註音，其中註音為莊持翻 5 次、楚持翻 1 次。

6）第 壯士 莊 之 開 三 上 止 ‖阻史 莊 之 開 三 上 止

按：「第」，牀第，僅 1 次註音：「側里翻，又壯士翻。」（p.3248）《廣韻》「第」有阻史、側几二切。

7）躧 山爾 生 支 開 三 上 止 ‖所綺 生 支 開 三 上 止

按：「躧」，僅 1 次註音：「文穎曰：躧，音纚。師古曰：履不著跟曰躧，躧，謂納履未正曳之而行。躧，音山爾翻。」

8）縰 山爾 生 支 開 三 上 止 ‖所綺 生 支 開 三 上 止

按：「縰」，僅 1 次註音：「與纚同，山爾翻。」（p.894）《廣韻》縰、纚異體字。

9）屣 所是 生 支 開 三 上 止 ‖所綺 生 支 開 三 上 止

10）屣 所徙 生 支 開 三 上 止 ‖所綺 生 支 開 三 上 止

11）屣 山爾 生 支 開 三 上 止 ‖所綺 生 支 開 三 上 止

按：「屣」，履也，共 3 次註音。

12）漦 似甾 邪 之 開 三 平 止 ‖俟甾 俟 之 開 三 平 止

按：「漦」，龍之涎沫，僅 1 次註音。

（三）止攝開口章組字（日母字例姑且放於此處）

止攝開口章組聲母字（包括日母）的反切和直音共 94 條（其中直音 22 條），除去其聲母發生音變的 18 個例子（與群、以、泥的混註）外，還有 76 例可供我們研究。76 例中，再除去反切下字是來母、疑母、群母、匣母的 18 條，剩下的 56 條反切就是我們研究的對象。這 56 條反切被註字是《廣韻》章組字（包括日母），胡三省用止攝開口字的今卷舌聲母作其反切下字，用例如下：

1）鷙 竹二 知 脂 開 三 去 止 ‖脂利 章 脂 開 三 去 止

按：「鷙」，僅 1 次註音，義爲卓鷙，行不平也。

2）鴟 丑之 徹 之 開 三 平 止 ‖處脂 昌 脂 開 三 平 止

按：「鴟」，共 3 次註音，皆同。

3）摯 音至 章 脂 開 三 去 止 ‖脂利 章 脂 開 三 去 止

按：「摯」，伊摯，僅 1 次註音。

4）扺 諸氏 章 支 開 三 上 蟹 ‖諸氏 章 支 開 三 上 止

按：「扺」，側擊也，共 2 次註音，皆同。

5）扺 音紙 章 支 開 三 上 止 ‖諸氏 章 支 開 三 上 止

按：「扺」，共 3 次註音，其中「丁禮翻」2 次。《廣韻》「扺」有諸氏、都禮二切。

6）砥 軫氏 章 支 開 三 上 止 ‖諸氏 章 支 開 三 上 止

7）砥 音指 章 脂 開 三 上 止 ‖職雉 章 脂 開 三 上 止

8）砥 音祇 章 支 開 三 平 止 ‖旨夷 章 脂 開 三 平 止

按：「砥」，砥礪、砥石，共 3 次註音。另外，「師古曰：砥，細石也，音之履翻，又音祇。」（p.1020）「之履翻」，章脂開三上止。

9）泜 音祇 章 脂 開 三 平 止 ‖旨夷 章 脂 開 三 平 止

按：「泜」，泜水，「師古曰：泜，音祇，又丁計翻，又丁禮翻。」（p.327）

10）支 音祇 章 脂 開 三 平 止 ‖章移 章 支 開 三 平 止

按：「支」，令支，共 13 次註音，其中「音祁」8 次，音「其兒翻」2 次（裴松之音），「音祇」2 次（孟康音）。另有「音祁，又音祇」1 次。

11）氏 音支 章 支 開 三 平 止 ‖章移 章 支 開 三 平 止

按：「氏」，關氏、月氏，共 20 次註音，皆「音支」。

12）阯 音止 章 之 開 三 上 止 ‖諸市 章 之 開 三 上 止

按：「阯」，「禪泰山下阯。」（p.679）僅 1 次註音。

13）軹 音止 章 之 開 三 上 止 ‖諸氏 章 支 開 三 上 止

14）軹 知氏 知 支 開 三 上 止 ‖諸氏 章 支 開 三 上 止

15）軹 音紙 章 支 開 三 上 止 ‖諸氏 章 支 開 三 上 止

16）軹 音只 章 支 開 三 上 止 ‖諸氏 章 支 開 三 上 止

按：「軹」，地名，共 8 次註音，其中「音只」5 次、「音止」1 次、「音紙」1 次、「知氏翻」1 次。

17）枳 諸氏 章 支 開 三 上 止 ‖諸氏 章 支 開 三 上 止

按：「枳」，木名，僅 1 次註音。

18）時 音止 章 之 開 三 上 止 ‖諸市 章 之 開 三 上 止

按：「時」，好時、繁時、五時，皆地名，共 37 次註音，皆同。

19）識 式志 書 之 開 三 去 止 ‖職吏 章 之 開 三 去 止

20）識 音誌 章 之 開 三 去 止 ‖職吏 章 之 開 三 去 止

按：「識」，記也，共 16 次註音，其中註音為「式志翻」1 次、「音誌」2 次、「音志」4 次、「職吏翻」8 次，如字 1 次。

21）幟 音誌 章 之 開 三 去 止 ‖職吏 章 之 開 三 去 止

22）幟 昌志 昌 之 開 三 去 止 ‖昌志 昌 之 開 三 去 止

23）幟 赤志 昌 之 開 三 去 止 ‖昌志 昌 之 開 三 去 止

24）幟 式志 書 之 開 三 去 止 ‖式吏 書 之 開 三 去 止

25）幟 尺志 昌 之 開 三 去 止 ‖昌志 昌 之 開 三 去 止

按：「幟」，標幟，共 48 次註音，其中「昌志翻」44 次，式志翻 1 次，尺志翻 1 次、赤志翻 1 次、「尺志翻，又音誌」1 次。

26）熾 尺志 昌 之 開 三 去 止 ‖昌志 昌 之 開 三 去 止

27）熾 昌志 昌 之 開 三 去 止 ‖昌志 昌 之 開 三 去 止

按：「熾」，熾磐，人名；又熾熱，共 22 次註音，其中「昌志翻」18 次，尺志翻 4 次。

28）嗤 丑之 徹 之 開 三 平 止 ‖ 赤之 昌 之 開 三 平 止

29）嗤 充之 昌 之 開 三 平 止 ‖ 赤之 昌 之 開 三 平 止

按：「嗤」，嗤笑，共 12 次註音，其中「丑之翻」11 次，「充之翻」1 次。

30）舐 直氏 澄 支 開 三 上 止 ‖ 神帋 船 支 開 三 上 止

31）舐 池爾 澄 支 開 三 上 止 ‖ 神帋 船 支 開 三 上 止

按：「舐」，以舌取物，共 6 次註音，其中「直氏翻」5 次，池爾翻 1 次，此二者音同。

32）謚 神志 船 之 開 三 去 止 ‖ 神至 船 脂 開 三 去 止

33）謚 申至 書 脂 開 三 去 止 ‖ 神至 船 脂 開 三 去 止

34）謚 神至 船 脂 開 三 去 止 ‖ 神至 船 脂 開 三 去 止

按：「謚」，謚號，定謚號，共 25 次註音，其中神至翻 21 次、申至翻 1 次、神志翻 1 次、時利翻 1 次。

35）弛 式爾 書 支 開 三 上 止 ‖ 施是 書 支 開 三 上 止

36）弛 式氏 書 支 開 三 上 止 ‖ 施是 書 支 開 三 上 止

按：「弛」，鬆弛，共 3 次註音，其中式爾翻 2 次，式氏翻 1 次。

37）阤 施是 書 支 開 三 上 止 ‖ 施是 書 支 開 三 上 止

按：「阤」，壞也，共 2 次註音，另一音是「丈爾翻」，澄母字。

38）施 式支 書 支 開 三 平 止 ‖ 式支 書 支 開 三 平 止

39）施 式志 書 之 開 三 去 止 ‖ 施智 書 支 開 三 去 止

40）施 式智 書 支 開 三 去 止 ‖ 施智 書 支 開 三 去 止

41）施 式豉 書 支 開 三 去 止 ‖ 施智 書 支 開 三 去 止

按：「施」，賑施、施捨，共 68 次註音，其中註音爲「式智翻」20 次，「式豉翻」45 次，式支、式志、式吏各 1 次。

42）絁 式支 書 支 開 三 平 止 ‖ 式支 書 支 開 三 平 止

按：「絁」，絲織品，共 6 次註音，皆同。

43）蓍 升脂 書 脂 開 三 平 止 ‖ 式脂 書 脂 開 三 平 止

按：「蓍」，蓍草，共 3 次註音，皆同。

44）傂 西志 心 之 開 三 去 止 ‖ 式吏 書 之 開 三 去 止

按：「傂」，小人以傂，僅 1 次註音。

45）提　音時　禪　之　開　三　平　止　‖是支　禪　支　開　三　平　止

46）提　上支　禪　支　開　三　平　止　‖是支　禪　支　開　三　平　止

按：「朱提」，地名，共 5 次註音：音銖時 4 次；另 1 次是「師古曰：朱音殊；提，音上支翻。」（p.1188）。

47）褆　是支　禪　支　開　三　平　止　‖章移　章　支　開　四　平　止

按：「褆」，人名，僅 1 次註音，「是支翻，又是兮翻。」（p.8646）

48）蒔　音侍　禪　之　開　三　去　止　‖時吏　禪　之　開　三　去　止

按：「蒔」，更種也，僅 1 次註音。

49）轜　音而　日　之　開　三　平　止　‖人之'日　之　開　三　平　止

按：「轜」，喪車，共 3 次註音，皆同。《廣韻》無「轜」字。《說文》「輀」，喪車也；《釋名》：「輿棺之車曰輀」。《類篇》、《集韻》「輀轜輀」互為異體，人之切。

50）輀　音而　日　之　開　三　平　止　‖如之　日　之　開　三　平　止

按：「輀」，喪車也，僅 1 次註音。

51）栭　音而　日　之　開　三　平　止　‖如之　日　之　開　三　平　止

按：「栭」，梁上柱，僅 1 次註音。

52）婼　音兒　日　支　開　三　平　止　‖汝移　日　支　開　三　平　止

按：「婼」，婼羌，西域國名，僅 1 次註音。《廣韻》婼、兒同音。

53）洱　而志　日　之　開　三　去　止　‖而止　日　之　開　三　上　止

54）洱　而止　日　之　開　三　上　止　‖而止　日　之　開　三　上　止

按：「洱」，西洱，地名、河流名，共 6 次註音。另外有乃吏翻 3 次、仍吏翻 1 次。

55）珥　忍止　日　之　開　三　上　止　‖仍吏　日　之　開　三　去　止

56）珥　市志　禪　之　開　三　去　止　‖仍吏　日　之　開　三　去　止

按：「珥」，耳璫也，共 5 次註音。另有市志翻 1 次、仍吏翻 2 次。

這裏需要說明的是：《廣韻》知莊章在《通鑑音註》中合流為一組，所以在章組字的反切中有以知、莊作反切上字的，我們在此認為這些材料都可以用來研究舌尖元音。

（四）止攝開口知組字

胡註中知、莊、章三組聲母合流，考慮到這一特點，我們也考察了止攝開口知組字（不包括娘母）的反切下字，結果是：止攝開口知組聲母字的反切共50 條，直音 10 條。除去用定母、以母作反切上字的 2 個例子，以及除去用來母字作反切下字的 20 例、用見母字作反切下字的 3 例、用娘母「尼」作反切下字的 2 例之外，剩下的 33 例是我們研究舌尖元音的材料。用例如下：

1）躓 竹二 知 脂 開 三 去 止 ‖陟利 知 脂 開 三 去 止

2）躓 音致 知 脂 開 三 去 止 ‖陟利 知 脂 開 三 去 止

按：「躓」，跲也，共 6 次註音，其中「音致」2 次、竹二翻 1 次、陟利翻 3 次。

4）質 音致 知 脂 開 三 去 止 ‖陟利 知 脂 開 三 去 止

5）質 音摯 章 脂 開 三 去 止 ‖陟利 知 脂 開 三 去 止

6）質 音至 章 脂 開 三 去 止 ‖陟利 知 脂 開 三 去 止

按：「質」，186 次註音，其中爲人質義註音共 171 次，其中「音致」169次，音至 1 次，音脂利翻 1 次。

7）笞 丑之 徹 之 開 三 平 止 ‖丑之 徹 之 開 三 平 止

按：「笞」，擊也，共 9 次註音，音註皆同。

8）絺 抽遲 徹 脂 開 三 平 止 ‖丑飢 徹 脂 開 三 平 止

9）絺 丑之 徹 之 開 三 平 止 ‖丑飢 徹 脂 開 三 平 止

10）絺 充知 昌 支 開 三 平 止 ‖丑飢 徹 脂 開 三 平 止

按：「絺」，絲織品，共 3 次註音。

11）郗 丑之 徹 之 開 三 平 止 ‖丑飢 徹 脂 開 三 平 止

12）郗 丑脂 徹 脂 開 三 平 止 ‖丑飢 徹 脂 開 三 平 止

按：「郗」，姓氏，共 31 次註音，其中註爲「丑之翻」30 次，丑脂翻 1 次。

13）螭 丑知 徹 支 開 三 平 止 ‖丑知 徹 支 開 三 平 止

按：「螭」，螭舟，僅 1 次註音。

14）魑 音螭 徹 支 開 三 平 止 ‖丑知 徹 支 開 三 平 止

15）魑 丑知 徹 支 開 三 平 止 ‖丑知 徹 支 開 三 平 止

按：「魑」，魑魅，共 2 次註音。

16）摛 丑之 徹 之 開 三 平 止 ‖丑之 徹 之 開 三 平 止

17）摛 抽知 徹 支 開 三 平 止 ‖丑之 徹 之 開 三 平 止

18）摛 丑知 徹 支 開 三 平 止 ‖丑之 徹 之 開 三 平 止

按：「摛」，人名，共 4 次註音，其中「丑知翻」2 次。

19）褫 敕豸 徹 支 開 三 上 止 ‖敕豸 徹 支 開 三 上 止

20）褫 丑豸 徹 支 開 三 上 止 ‖敕豸 徹 支 開 三 上 止

按：「褫」，剝衣也，共 4 次註音，其中敕豸翻 2 次，丑豸翻 1 次，池爾翻 1 次。

21）篪 音池 澄 支 開 三 平 止 ‖直離 澄 支 開 三 平 止

按：「篪」，樂器，僅 1 次註音。

22）坻 音遲 澄 脂 開 三 平 止 ‖直尼 澄 脂 開 三 平 止

23）坻 音治 澄 脂 開 三 去 止 ‖直尼 澄 脂 開 三 平 止

按：「坻」，共 2 次註音。

24）豸 馳爾 澄 支 開 三 上 止 ‖池爾 澄 支 開 三 上 止

按：「豸」，蟲豸，共 2 次註音，另一音是宅買翻。

25）阤 丈爾 澄 支 開 三 上 止 ‖池爾 澄 支 開 三 上 止

按：「阤」，壞也，共 2 次註音，另一音是「施是翻」，見上文。

27）遲 直二 澄 脂 開 三 平 止 ‖直尼 澄 脂 開 三 平 止

28）遲 丈二 澄 脂 開 三 平 止 ‖直尼 澄 脂 開 三 平 止

29）遲 持二 澄 脂 開 三 平 止 ‖直尼 澄 脂 開 三 平 止

按：「遲」，有遲明、待也等義，共 21 次註音。其中直二翻 9 次，丈二翻 1 次，持二翻 1 次，直利翻 9 次，直吏翻 1 次。

30）稺 直二 澄 脂 開 三 去 止 ‖直利 澄 脂 開 三 去 止

按：「稺」，幼稚，共 11 次註音，其中直二翻 2 次，直利翻 9 次。《廣韻》無「稺」字，其「稺」下云「晚禾」，直利切。「犀」與「㞑」字形多構成異形同字，如《廣韻》遲、遲；墀、墀等。胡三省音註中僅 1 處說明「稺」是「稚」的假借字：「時皇子爲都督、刺史者多幼稺。」音註：「稺，與稚同，直利翻。」（p.6185）

31）稚　遲二　澄　脂　開　三　去　止　‖直利　澄　脂　開　三　去　止

按：「稚」，稚弱，幼稚，又左谷蠡王伊稚斜，共 10 次註音，其中遲二翻 1 次、持利翻 2 次，直利翻 7 次。

32）治　直之　澄　之　開　三　平　止　‖直之　澄　之　開　三　平　止

按：「治」，動詞義讀爲平聲，修治也；名詞義讀爲去聲，政治、法治、治亂之治，皆是去聲。共 902 次註音，其中直之翻 656 次。

33）寘　竹二　知　脂　開　三　去　止　‖陟利　知　脂　開　三　去　止

按：寘，烏孫卑爰寘，音譯人名用字，共 3 次註音，皆同。

（五）蟹攝三等開口韻莊、章、知組字

蟹攝三等開口韻莊、章、知三組聲母字的反切只有 5 條，除去來母字做反切下字的 1 例外，其餘材料如果可用的話，則支思部的範圍就在宋末元初擴大到蟹攝開口三等的莊章知組字了，其用例如下（4 例）：

1）貰　式制　書　祭　開　三　去　蟹　‖舒制　書　祭　開　三　去　蟹
2）貰　始制　書　祭　開　三　去　蟹　‖舒制　書　祭　開　三　去　蟹

按：「貰」，貸也、賒也、赦也，又貰縣，共 10 次註音，其中始制翻 6 次，時夜翻 2 次。

3）噬　時制　禪　祭　開　三　去　蟹　‖時制　禪　祭　開　三　去　蟹

按：「噬」，吞噬，共 3 次註音，皆同。

4）澨　市制　禪　祭　開　三　去　蟹　‖時制　禪　祭　開　三　去　蟹

按：「澨」，水際，共 1 次註音。

以上我們考察了《通鑑音註》中古止攝開口精組、章組、莊組、知組字反切下字的使用情況，也考察了中古蟹攝章組（含日母）、莊組、知組字反切下字的使用情況，列出了相應的用例及其各自出現的次數、意義等。通過這些用例，我們可以看出，《通鑑音註》傾向於選擇止攝開口三等字作反切下字，其所反映的語言現象是支思韻的出現。

《通鑑音註》中支思韻已經產生，其標誌是胡三省用支脂之精、莊、章組（含日母）開口字作支脂之精、莊、章組（含日母）的反切下字或直音。我們從五個方面考察了止攝開口的精組、莊組、章組、知組字以及日母開口字的反

切下字，分析的結果表明《通鑑音註》中止攝開口精組字的反切存在著用止攝開口精組字作下字的情況，止攝開口莊組、章組、知組的反切存在著用止攝開口韻的今卷舌聲母字作下字的情況。而且這些情況都發生在支脂之三韻系的開口韻裏。這說明《通鑑音註》音系中，止攝開口精組字已經開始從[i]韻母分化出[ɿ]韻母，而且止攝開口莊組、章組、知組、日母的字已經變成了[ʅ]韻母。同時，還有蟹攝祭韻開口韻的禪母字和書母字也有用今卷舌聲母字作下字的情況。總之，中古止攝支、脂、之三韻系的開口字依聲母條件分化出了支思部，舌尖元音在《通鑑音註》中已經存在了。因而我們認爲應該將與精、莊、章、知組以及日母相拼的止攝支脂之三韻系開口字獨立爲一類，我們沿襲學界前輩的研究，稱之爲支思部。

支思部包括中古止攝開口支脂之三韻系的精、莊、章、知組以及日母字。這一結論與其同時代的《古今韻會舉要》的情況一致〔註25〕。支思部的擬音是[ɿ]（[ɿ]、[ʅ]），與支思部相拼切的聲母是 ts 組和 tʃ 組，還有日母[ʑ]。

三、皆來部

中古蟹攝諸韻在《通鑑音註》中的變化是：一等重韻合併：灰咍混併，灰咍與泰都混併。二等重韻合併：夬與佳皆混併，皆與佳合併。三四等韻合併：祭廢合併，齊韻與祭韻合併。二等韻有與一等韻混同的現象，三等祭韻既有與一等韻混同的現象，又有與二等韻混同的現象，可見二等韻已經消失，部分歸入一等韻，部分歸入三等韻。蟹攝諸韻的不同等位的合併使得韻母大爲簡化：原先的九個韻，在胡註中變成了兩個：灰泰和祭廢諸韻系與止攝支脂之微諸韻系合併成了齊微部，咍泰開口與佳皆夬合併成了皆來部。皆來部主要包括咍、泰開口、佳皆夬韻字，也還包括來自齊韻、廢韻、祭韻的一些字。

蟹攝字的註音有 758 條，其中有 598 條的音韻地位與《廣韻》的完全相同。齊韻字的註音有 243 條，與《廣韻》的音韻地位完全相同的有 193 條。佳韻字的註音有 77 條，與《廣韻》音韻地位完全相同的有 58 條。皆韻字的註音有 52 條，其中與《廣韻》的音韻地位完全相同的有 42 條。灰韻字的註音有 127 條，其中與《廣韻》的音韻地位完全相同的有 109 條。咍韻字的註音有 97 條，其中

〔註25〕 竺家寧：《近代音史上的舌尖韻母》，載《近代音論集》（中國語文叢刊），臺灣學生書局，1994 年版，第 223～239 頁。

與《廣韻》音韻地位完全相同的有 77 條。祭韻字的註音有 67 條，其中與《廣韻》音韻地位完全相同的有 46 條。泰韻字的註音有 58 條，其中與《廣韻》音韻地位完全相同的有 46 條。夬韻字的註音有 21 條，其中與《廣韻》音韻地位完全相同的有 12 條。廢韻字的註音有 17 條，與《廣韻》的音韻地位完全相同的有 14 條。

（一）齊祭廢合流

1、祭韻的 B 類字在胡註中與其舌齒音字混同（3 例）

1）揭　其逝　群　祭　開　三　去　蟹　‖去例　溪　祭　開　重三　去　蟹

按：「揭」，揭陽，胡三省音註：「韋昭曰：揭，其逝翻。蘇林音揭。師古音竭。」（p.672）「其逝翻」僅出現 1 次。

2）猘　征例　知　祭　開　三　去　蟹　‖居例　見　祭　開　重三　去　蟹

按：「猘」，猘狗，犬強曰猘，共 2 次註音。「《漢書音義》：征例翻，又居例翻，狂犬也。」（p.4885）

3）瘞　於例　影　祭　開　三　去　蟹　‖於罽　影　祭　開　重三　去　蟹

按：「瘞」，埋也，共 36 次註音，其中註為「於計翻」32 次，註為「一計翻」3 次，「於例翻」1 次。

2、祭與廢混切（2 例）

1）訐　居乂　見　廢　開　三　去　蟹　‖居例　見　祭　開　重三去　蟹　【九刈】

按：「訐」，面相斥罪也，發人之惡也，共 21 次註音，其中註為「居謁翻」17 次。「受吏民投書，使相告訐。」胡三省音註：「師古曰：面相斥曰訐，音居乂翻，又音居謁翻。」（p.802）

2）艾　倪祭　疑　祭　開　三　去　蟹　‖魚肺　疑　廢　開　三　去　蟹　【魚刈】

按：「艾」，懲艾、艾草，讀曰乂 7 次、讀曰刈 3 次，懲艾，又註音為「倪祭翻」，1 次。祭與廢混切，標誌著蟹攝三等韻祭與廢合流。

3、祭與齊（霽）混切（5 例）

1）罽　音計　見　齊　開　四　去　蟹　‖居例　見　祭　開　重三去　蟹　【居例】

按：「罽」，錦罽，又罽賓，國名，共 11 次註音，其中註為「音計」8 次，註為「居例翻」3 次。

　2）瘞 一計 影 齊 開 四 去 蟹 ‖於罽 影 祭 開 重三 去 蟹 【壹計】

　3）瘞 於計 影 齊 開 四 去 蟹 ‖於罽 影 祭 開 重三 去 蟹 【壹計】

按：前文已經述及，「瘞」，共 36 次註音，其中註爲「於計翻」32 次，註爲「一計翻」3 次。

　4）例 時詣 禪 齊 開 四 去 蟹 ‖力制 來 祭 開 三 去 蟹 【力制】

按：「例」，慣例、舊例（p.9012），僅 1 次註音。

　5）荔 力制 來 祭 開 三 去 蟹 ‖郎計 來 齊 開 四 去 蟹 【郎計】

按：「荔」，大荔、荔陽、荔枝，又人名，共 5 次註音，其中力計翻 3 次，立計翻 1 次，力制翻 1 次。

純四等齊韻與重紐三等韻混註，說明三四等韻合流，同時中古祭韻的重紐特徵消失。

胡註中關於祭韻的重紐韻字的註音只有 B 類字。祭 B 在胡註中與廢韻、齊（霽）韻以及祭的舌齒音混。另外祭韻也和脂韻 B 類混了，例見前文。《廣韻》祭韻 A 類字少，而且祭、廢、齊（霽）各自獨立。胡註中此類韻的喉牙音混併，則說明祭韻重紐韻的區別特徵不再存在了。因此，祭韻也沒有重紐的區別特徵了。而且從混註的情況看是《廣韻》的祭韻與廢韻無別，齊韻變同祭韻。而齊韻又和止攝的支脂之微合併成了齊微部，所以齊微部裏也包括了祭韻、廢韻。

（二）灰咍泰合合流

1、灰與咍混切例（6 例）：

　1）挼 奴禾 泥 咍 開 一 去 蟹 ‖素回 心 灰 合 一 平 蟹 【奴禾】

按：「挼」，挼繩、挼穗，共 4 次註音，皆同。

　2）倍 蒲昧 並 灰 合 一 去 蟹 ‖薄亥 並 咍 開 一 上 蟹 【補妹】

　3）倍 蒲妹 並 灰 合 一 去 蟹 ‖薄亥 並 咍 開 一 上 蟹 【補妹】

　4）倍 步賄 並 灰 合 一 上 蟹 ‖薄亥 並 咍 開 一 上 蟹 【補妹】

按：「倍」，與「背」同，共 24 次註音。其中註爲「蒲妹翻」21 次，蒲昧、步賄各 1 次；註爲「讀曰背」1 次。

　5）皚 音瑰 見 灰 合 一 平 蟹 ‖五來 疑 咍 開 一 平 蟹 【始回'】

6）𢾾 五回 疑 灰 合 一 平 蟹 ‖五來 疑 咍 開 一 平 蟹 【五亥】

按：「𢾾」，人名，共 2 次註音：「𢾾，五才翻，一音五回翻，韋昭音瑰」（p.1715）、「五哀翻」（p.5163）。

《廣韻》開合分韻的韻系中唯一有脣音字對立的是咍、灰兩韻系。通常以爲咍爲開口，灰爲合口，二者同攝、同等、不同呼，咍是灰的開口，灰是咍的合口，所以學者在構擬其音值時，僅用合口介音將二者加以區別，高本漢、李榮、邵榮芬都是這麼做的。儘管如此，對於咍、灰開合韻脣音字的對立，各家還是都覺得可疑。

李榮說：「好些人（包括作者在內）都懷疑咍灰脣音開合對立的可靠性。」（p.135）「可是切韻前後詩文用韻情形不允許我們否認『咍』和『灰』開合相配。」〔註26〕（p.136）邵榮芬同意李榮所作的分析，並且比較研究了中古時期《切韻》前後其他語音文獻資料中的情況以及現代方言裏咍、灰兩韻系脣音字的歸屬格局進一步指出，咍、灰兩韻系的脣音字不對立〔註27〕。陸志韋認爲咍、灰兩韻系有不同的上古音來源，這兩個韻系在六朝韻書裏可分可不分，而《切韻》時代的方言很可能有咍跟灰的區別〔註28〕。陸志韋的來源不同論後來的學者多有贊同。潘悟雲、朱曉農說：「這兩個韻上古屬之微兩部，到南北朝時已完全合爲一韻，只是開合不同而已。後來，這種開合的分別逐漸發展爲主元音的區別。」〔註29〕馮蒸先生也持元音不同的看法，其《〈切韻〉「痕魂」、「欣文」、「咍灰」非開合對立韻說》〔註30〕一文利用漢越語對音材料中咍和灰的譯音不同來證明咍、灰分韻是由於其主要元音的不同，而不是開合口的不同。而日本學者遠藤光曉則從編纂《切韻》時所依據的不同版本的韻書在《切韻》一書中所表現出來的不同層位這一角度入手，認爲由於陸法言沒有將諸異質藍本的成分完全統一起來，所以才導致灰、咍脣音的開

〔註26〕 李榮：《切韻音系》，科學出版社，1956 年版，第 135 頁。

〔註27〕 邵榮芬：《切韻研究》，中國社會科學出版社，1982 年版，第 115～117 頁。

〔註28〕 陸志韋：《陸志韋語言學著作集》（一），中華書局，1985 年版，第 27～28 頁。

〔註29〕 潘悟雲、朱曉農：《漢越語和〈切韻〉脣音字》，載《語言文字研究專輯》（上），上海古籍出版社，1982 年版，第 331 頁。

〔註30〕 馮蒸：《〈切韻〉「痕魂」、「欣文」、「咍灰」非開合對立韻說》，載馮蒸《漢語音韻學論文集》，首都師範大學出版社，1997 年版，第 150～183 頁。

合對立局面〔註31〕。綜觀諸家之說，都是認爲《廣韻》咍、灰唇音的對立並不存在。我們同意諸位先生所作的分析，認爲咍、灰不是開合口的對立，不存在唇音的對立。

胡註中灰、咍混同。這種混同，在中古的實際語音中就已經存在了。上文所舉 6 個例子中有 5 個例子胡三省的註與《集韻》的音韻地位相比，韻母是相同的。

2、灰與泰合混切例（5 例）：

1）沬 音妹 明 灰 合 一 去 蟹 ‖莫貝 明 泰 開 一 去 蟹 【莫佩】

按：「沬」，水名，僅 1 次註音。此例被註字是唇音字，唇音不分開合，所以此處開合不存在問題。

2）憒 烏外 影 泰 合 一 去 蟹 ‖古對 見 灰 合 一 去 蟹 【胡對】

按：「憒」，憒憒，悶也、亂也，共 4 次註音，其中古對翻 2 次，古悔翻 1 次，烏外翻 1 次。又憒眊，音工內翻，1 次。

3）䙅 黃外 匣 泰 合 一 去 蟹 ‖胡對 匣 灰 合 一 去 蟹 【胡對】
4）䙅 戶外 匣 泰 合 一 去 蟹 ‖胡對 匣 灰 合 一 去 蟹 【胡對】

按：「䙅」，藻䙅，註音爲「黃外翻」；又人名，註爲「戶外翻，又戶對翻」。

5）蕞 徂內 從 灰 合 一 去 蟹 ‖才外 從 泰 合 一 去 蟹 【徂外】

按：「蕞」，蕞爾，小貌；又綿蕞、蕞陋，共 11 次註音，其中：徂外翻 7 次、祖外翻 2 次、徂內翻 1 次、茲會翻 1 次。

3、咍與泰開混切例（3 例）：

1）貸 土帶 透 泰 開 一 去 蟹 ‖他代 透 咍 開 一 去 蟹 【他代】

按：「貸」，借也，又寬宥也，共 10 次註音，有舒、促兩種讀音。「數蒙恩貸」，胡三省音註：「師古曰：貸，土帶翻。宥罪曰貸。」（p.880）又，「流民還歸者，假公田，貸種食。」胡三省音註：「師古曰：貸，音吐戴翻。」（p.810）此二義還有他代翻（3 次）、吐戴翻、土戴翻（各 1 次）。另有從人求物也，讀入聲，註音有吐得翻、愓德翻、敵德翻、土得翻。舒聲與促聲有又音關係。《廣韻》貸，有他代切和他德切二讀。

〔註31〕 遠藤光曉：《論〈切韻〉唇音開合》，載《音史新論》，學苑出版社，2005 年版，第89～100 頁。

2）埭　徒蓋　定　泰　開　一　去　蟹　‖徒耐　定　咍　開　一　去　蟹　【待戴】

按：「埭」，堨水之堤壩，共 8 次註音，其中註音為徒耐翻 6 次、徒蓋翻 1 次、音代 1 次。

3）劾　戶蓋　匣　泰　開　一　去　蟹　‖胡概　匣　咍　開　一　去　蟹　【戶代】

按：「劾」，劾奏，共 147 次註音，其中註音為戶概翻 36 次、戶概翻又戶得翻 106 次、戶蓋翻又戶得翻 2 次、戶慨翻又戶得翻 1 次。另有「胡得翻。治鬼曰劾」（p.2612）、「舊音戶概翻，今紇得翻」（p.8178）各 1 次。胡三省認為，「劾」，「《漢書音義》戶概翻，今音戶得翻」（p.7753）。

《廣韻》蟹攝一等韻灰、咍、泰在《通鑑音註》中合流：咍去變入灰去和泰，灰去泰混同為一。

（三）二等韻的變化

1、佳皆夬二等重韻合流（15 例）

夬、佳混註（4 例）

1）敗　補賣　幫　佳　開　二　去　蟹　‖補邁　幫　夬　開　二　去　蟹　【北邁】

2）敗　蒲賣　並　佳　開　二　去　蟹　‖薄邁　並　夬　開　二　去　蟹　【簿邁】

按：《廣韻》「敗」，有二義二音：以此敗彼、敗他，補邁切；自敗，薄邁切；二音是聲母清濁的不同。《通鑑音註》共 540 次註音，皆為以此敗彼、敗他義註音，註音上字為幫母字，也有並母字：補邁翻 493 次、補賣翻 23 次、蒲邁翻 20 次、蒲賣翻 1 次；另有必邁翻、比邁翻、補內翻共 4 次。從胡三省的音註看，其時「敗」已經不區別自敗與他敗的讀音了。

3）夬　古賣　見　佳　開　二　去　蟹　‖古邁　見　夬　開　二　去　蟹　【古邁】

按：「夬」，宗夬，人名，共 2 次註音。另一註音為古邁翻。

4）砦　士賣　崇　佳　開　二　去　蟹　‖犲夬　崇　夬　開　二　去　蟹　【仕懈】

按：「砦」，山居以木柵，與「寨」同，共 4 次註音。其中音柴夬翻 2 次、犲夬翻 1 次。

夬、皆混註（2 例）

1）蔕　丑介　徹　皆　開　二　去　蟹　‖丑犗　徹　夬　開　二　去　蟹　【丑邁】

按：《廣韻》「蔕」 下註云：「根也。又音帝、音蕾。」「蕾」，丑犗切。此

「丑犗切」與胡三省音註之「丑介翻」相對應。

　　2）喝　一介　影　皆　開　二　去　蟹　‖於犗　影　夬　開　二　去　蟹　【乙界】

　　按：喝，喝罵，共 3 次註音，音呼葛翻 2 次，又，「賢曰：陰喝，猶噎塞也。陰，於禁翻；喝，音一介翻。余謂：喝，訶也，許葛翻。」（p.1493）

佳與皆混註（9 例）

　　1）派　普拜　滂　皆　開　二　去　蟹　‖匹卦　滂　佳　開　二　去　蟹　【普卦】

　　按：派，支流也，僅 1 次註音。

　　2）睚　五戒　疑　皆　開　二　去　蟹　‖五懈　疑　佳　開　二　去　蟹　【魚駕】

　　按：睚，睚眦，共 12 次註音，其中五懈翻 5 次、牛懈翻 3 次、語懈翻 1 次、師古「音厓」2 次。

　　3）隘　烏戒　影　皆　開　二　去　蟹　‖烏懈　影　佳　開　二　去　蟹　【烏懈】

　　4）隘　烏介　影　皆　開　二　去　蟹　‖烏懈　影　佳　開　二　去　蟹　【烏懈】

　　按：「隘」，隘道，共 13 次註音，其中音烏懈翻 9 次，音烏介翻 3 次，烏戒翻 1 次。

　　5）邂　戶介　匣　皆　開　二　去　蟹　‖胡懈　匣　佳　開　二　去　蟹　【下解】

　　按：「邂」，邂逅，共 6 次註音，其中音戶廨翻 2 次、戶懈翻 2 次、戶介翻 1 次、戶隘翻 1 次。

　　6）鞵　戶皆　匣　皆　開　二　平　蟹　‖戶佳　匣　佳　開　二　平　蟹　【雄皆】

　　按：《廣韻》「鞵」，「鞋」之異體字，戶佳切；又，鞋，《廣韻》戶皆切。《通鑑音註》指出「鞵」字的讀音有 2 次，一次音戶皆翻，一次曰「與鞋同」。

　　7）膎　戶皆　匣　皆　開　二　平　蟹　‖戶佳　匣　佳　開　二　平　蟹　【戶佳】

　　按：「膎」，脯也，僅 1 次註音。

　　8）鮭　戶皆　匣　皆　開　二　平　蟹　‖戶佳　匣　佳　開　二　平　蟹　【戶佳】

　　按：「鮭」，魚名，僅 1 次註音。

　　9）眦　士戒　崇　皆　開　二　去　蟹　‖士懈　崇　佳　開　二　去　蟹　【仕懈】

　　按：「眦」，睚眦，「疾智翻，目際也。毛晃曰：厓眦，舉目相忤貌。亦作眦，士懈翻。」（p.1961）

　　竺家寧《論中古韻母》（1995）指出：「關於『佳、皆、夬』三個韻，問題

比較複雜。從現代方言看，它們多有[i]韻尾。但是李榮把這三個韻擬作了『夬ai』、『皆 äi』、『佳 ä』，把佳韻的韻尾給去掉了，這是很富啓示的。在早期韻圖的《韻鏡》中，『皆』和『夬』放在同圖（第十三、十四轉），而『佳』則另外單獨立一圖（第十五、十六轉），顯示『佳』和『皆、夬』有某種程度的不同。此外，在上古音裏，佳韻和支韻字同屬一部，都不帶[i]韻尾，到了南北朝，『佳、支』還可以在一起押韻。齊梁以後，佳韻才逐漸脫離支韻。到了現代，佳韻字不帶[i]尾的仍然比『皆、夬』要多。例如國語的『佳、街、娲、蛙、又、差、涯、娃、解、罷、懈、邂、蟹……』等字。所以，我們認爲佳韻的韻母應當是[-æ]，不帶[-i]韻尾。中古後期並轉爲攝，把『佳、皆、夬……』等合爲一個『蟹攝』，那時的佳韻才普遍的被認爲是帶[-i]尾的韻。故宮本王仁昫《切韻》把佳韻和『歌、戈、麻』諸韻同列，而不與『咍、泰、皆、夬』同列，正說明它的主要元音是個近似麻韻[-a]的[-æ]，也說明了在唐代還有不少地區佳韻是不帶[-i]韻尾的。」

胡三省的音系中，蟹攝二等重韻合流，與咍泰等韻相同，其韻尾是帶[i]的。

2、二等韻與三四等韻的混註

佳韻與齊韻混註（1 例）：

1）箄 步佳 並 佳 開 二 平 蟹 ‖博計 幫 齊 開 四 平 蟹 【蒲街】

按：「箄」，木筏也，僅 1 次註音。胡註與《集韻》的註音韻地位相同。

3、二等韻與一等韻的混註

夬與灰混切例（1 例）：

1）敗 補內 幫 灰 合 一 去 蟹 ‖補邁 幫 夬 開 二 去 蟹 【北邁】

按：上文已經述及，敗，以此敗彼，音補內翻，僅 1 次。

夬合與泰合混切例（1 例）：

1）璯 黃外 匣 泰 合 一 去 蟹 ‖苦夬 溪 夬 合 二 去 蟹 【黃外】

按：「璯」，人名，僅 1 次註音。《重修廣韻》只有苦夬切，《原本廣韻》有呼外切、苦夬切二音。此處若從《原本廣韻》，作呼外切，則只有聲母的清濁問題。胡三省的註音與《集韻》的反切用字完全相同。存疑。

（四）三／四等韻與一等韻混註

齊與泰混切例（2例）：

1）薑 音帶 端 泰 開 一 去 蟹 ‖ 都計 端 齊 開 四 去 蟹 【當蓋】

2）薑 徒蓋 定 泰 開 一 去 蟹 ‖ 都計 端 齊 開 四 去 蟹 【徒蓋】

按：「薑」，姓也，胡三省引師古的音「音帶，又音徒蓋翻」，帶、蓋都是泰韻字。《集韻》有此二音。

祭與泰混切例（1例）：

1）厲 音賴 來 泰 開 一 去 蟹 ‖ 力制 來 祭 開 三 去 蟹 【落蓋·】

按：「厲」祖厲，地名，僅1次註音，《集韻》厲、賴同音。

祭韻、齊韻和泰韻混註的這幾個例子中，胡三省的音註與《集韻》相同，這說明祭韻、齊韻與泰韻的混同反映的是《集韻》時代的韻的演變的情況。

《廣韻》蟹攝的諸韻在《通鑑音註》裏發生了以下變化：齊、祭、廢歸併到齊微部裏去了，部分灰韻字、泰韻合口字變到齊微部的合口裏去了，咍、泰開與佳皆夬合流，部分灰韻也加入到此行列中了。我們把咍、泰開與佳皆夬、部分灰韻合併後的韻部稱之爲皆來部。皆來部的主要元音是[a]，有[ai]、[iai]、[uai]三個韻母。[ai]包括《廣韻》咍泰開口、佳皆夬開口（除了喉牙音開口字）以及部分三、四等字；[iai]包括《廣韻》佳皆夬喉牙音開口字；[uai]包括《廣韻》佳皆夬的合口、部分泰韻合口、部分灰韻以及部分齊祭諸韻的合口字。

餘論：止蟹分合

《切韻》音系的止、蟹二攝到《中原音韻》演變爲支思、齊微、皆來三個韻部6個韻母（支思韻算1個）。支思部是由止攝支脂之三韻的精、莊、章組以及日母的開口字分化出來的（唯「篩噬」二字來自蟹攝祭韻）；齊微部包括止攝大部分和蟹攝一等合口灰泰與三、四等齊祭廢韻字；皆來部主要來自蟹攝一等開口咍泰和二等皆佳夬韻以及少數止攝合口莊組字。

關於止蟹二攝的分合，王力先生說：

> 支脂微祭廢屬三等，齊屬四等，但是在合口呼上，它們完全和灰韻合流了。以等呼而論，應該說是三四等跑到了一等；但是以韻攝而論，倒反應該說是蟹攝一部分字跑到了止攝裏來，因爲蟹攝的

主要元音是 ai 及其類似音，止攝的主要元音是 i 及其類似音（ei）。
有三件事值得注意：

　　第一，蟹攝二等合口字（「懷」「淮」「怪」「快」）並沒有跑到止
攝裏來；第二，泰韻合口字一部分跑到了止攝，另一部分停留在蟹
攝（「檜」「儈」「劊」「外」）；第三，支脂兩韻系莊系合口字起了特
殊的變化，跑到蟹攝裏去了（「揣」tʂuai，「衰」「帥」「率」ʂuai）。

上面所述的音變，早在十四世紀以前已經完成了。〔註32〕

《廣韻》止攝支、脂、之、微四個韻母在《通鑑音註》中發生了以下變化：蟹
攝韻與止攝韻母的分合是：齊祭廢與支脂之微合併，灰韻、祭韻與支脂微的合
口合併，是爲齊微部。支思部產生。蟹攝一等韻與二等韻合流，形成皆來部。
它們的擬音以及與《廣韻》的對應關係如下：

《通鑑音註》	《廣韻》
支思部[ɿ] ————	支脂之開口精、莊、章、知組以及日母字，櫛，祭韻禪母字滋噬、書母字「貰」。
齊微部[i] ————	齊微部包括《廣韻》支脂之微除支思部以外的開口字，齊祭廢，灰泰合，支脂微合口字。
皆來部[ai] ————	咍泰開、佳皆夬，部分脂韻唇音字，支脂莊組合口字。

第五節　陰聲韻（二）

　　《廣韻》果、假、效、遇、流五攝在《通鑑音註》中演變成了歌戈、家麻、
車遮、魚模、尤侯、蕭豪六個韻部，下面我們分別討論。

一、歌戈部

　　歌戈部主要來自《廣韻》果攝的歌韻與戈韻。

　　果攝字的註音有 176 條，其中與《廣韻》音韻地位完全相同的有 132 條。
歌韻字的註音有 77 條，其中與《廣韻》音韻地位完全相同的有 64 條。戈一韻
的註音有 90 條，其中與《廣韻》有相同音韻地位的有 63 條。戈三韻字的註音
有 9 條，與《廣韻》音韻地位完全相同的有 5 條。

〔註32〕王力：《漢語史稿》（重排本），中華書局，2005 年第 10 版，第 188 頁。

（一）歌與戈一混切（16例）

1）番 蒲何 並 歌 開 一 平 果 ‖博禾 幫 戈 合 一 平 果 【蒲波】

2）番 蒲河 並 歌 開 一 平 果 ‖博禾 幫 戈 合 一 平 果 【蒲波】

3）番 蒲荷 並 歌 開 一 平 果 ‖博禾 幫 戈 合 一 平 果 【蒲波】

按：「番」，番陽，註音爲蒲何翻、蒲河翻、蒲荷翻、音婆（1次），共11次。

4）跛 普我 滂 歌 開 一 上 果 ‖布火 幫 戈 合 一 上 果 【補火】

按：「跛」，共2次註音，另一音是補火翻。

5）頗 普河 滂 歌 開 一 平 果 ‖滂禾 滂 戈 合 一 平 果 【滂禾】

6）頗 普何 滂 歌 開 一 平 果 ‖滂禾 滂 戈 合 一 平 果 【滂禾】

7）頗 滂何 滂 歌 開 一 平 果 ‖滂禾 滂 戈 合 一 平 果 【滂禾】

按：頗，廉頗、偏頗，共6次註音，普河、普何翻皆2次，滂何翻1次，另外還有滂禾翻1次。

8）麼 莫可 明 歌 開 一 上 果 ‖亡果 明 戈 合 一 上 果 【母果】

按：「麼」，人名，僅1次註音。

9）磨 莫賀 明 歌 開 一 去 果 ‖莫臥 明 戈 合 一 去 果 【莫臥】

按：「磨」，石磨，又濮磨，地名，共4次註音，另外三讀都是莫臥翻。「莫賀翻」是胡三省引司馬康的音（p.150）。

10）唾 土賀 透 歌 開 一 去 果 ‖湯臥 透 戈 合 一 去 果 【土禾】

按：「唾」，唾面，共9次註音，其中音湯臥翻3次，音吐臥翻5次。

11）痤 才何 從 歌 開 一 平 果 ‖昨禾 從 戈 合 一 平 果 【徂禾】

按：「痤」，公孫痤，共2次註音，另一註音爲才戈翻。

12）莎 素何 心 歌 開 一 平 果 ‖蘇禾 心 戈 合 一 平 果 【蘇禾】

13）莎 蘇何 心 歌 開 一 平 果 ‖蘇禾 心 戈 合 一 平 果 【蘇禾】

14）莎 素河 心 歌 開 一 平 果 ‖蘇禾 心 戈 合 一 平 果 【蘇禾】

按：「莎」，莎車、莎城、莎泉道，共註音12次。其中素何翻4次、素河翻1次、蘇禾翻1次、素和翻1次、素禾翻4次。另有巂州人王摩沙，音註：「沙，讀曰莎，蘇何翻。」（p.5965）

15）娑 素和 心 戈 合 一 平 果 ‖素何 心 歌 開 一 平 果 【桑何】

16）娑　素禾　心　戈　合　一　平　果　‖素何　心　歌　開　一　平　果　【桑何】

按：「娑」，音譯突厥人名用字，例如娑悉籠獵贊、曷娑那、娑固之類，亦婆娑（p.2995），共 17 次註音；其中註音爲桑何翻 2 次、蘇何翻 2 次、素何翻 8 次、素禾翻 3 次、素和翻 1 次、素那翻 1 次。

（二）戈韻與麻二韻的混註

1、戈三韻只有 9 個例子，其中與麻二混註 2 例，自註 7 例：

1）伽　求加　群　麻　合　二　平　果　‖去靴　溪　戈　合　三　平　果　【求迦】

按：「伽」，音譯突厥人名用字，亦僧伽、伽藍、孫伏伽之類，共 27 次註音；其中音求伽翻 19 次，求加翻 8 次。

2）䶗　許加　曉　麻　開　二　平　假　‖許肥　曉　戈　合　三　平　果　【呼肥】

按：「䶗」，在《音註》中出現了 7 次，其中有 3 次註爲「與靴同」，有 4 次直接註音：許戈翻 3 次、許加翻 1 次。䶗，《原本廣韻》註音爲「許戈切」。

需要說明的是，麻二與戈三混同，與漢語語音演變歷史上的果假合流不是一回事。戈韻三等字在《通鑑音註》中只有䶗、迦、伽 3 個字的註音，「迦」、「伽」基本上是音譯人名用字。

2、戈一與麻二混註（1 例）：

1）渦　音瓜　見　麻　合　二　平　假　‖古禾　見　戈　合　一　平　果　【姑華'】

按：「渦」，渦水、渦陽，又姓，共 15 次註音，其中古禾翻 2 次、工禾翻 1 次、音戈 11 次、「渦，音戈，又音瓜」1 次。

（三）特殊音變：支與歌（戈）混切（7 例）

1）波　彼義　幫　支　開　重三　去　止　‖博禾　幫　戈　合　一　平　果　【彼義】
2）波　彼皮　幫　支　開　重三　平　止　‖博禾　幫　戈　合　一　平　果　【班麋】
3）波　音陂　幫　支　開　重三　平　止　‖博禾　幫　戈　合　一　平　果　【班麋'】

按：波漢之陽，胡三省音註：「鄭氏曰：波，音陂澤之陂。師古曰：波漢之陽者，循漢水而往也，水北曰陽。波，音彼皮翻，又音彼義翻。」（p.1179）此例中鄭氏改「波」爲「陂」，師古爲「陂」註音，《集韻》「陂波」下云「班麋切。《說文》：阪也。一曰：池也。一曰：澤障。或作波」，其音正與師古音同。故此例看似特殊，其實是爲假借字註音。

4）陂 普羅 滂 歌 開 一 平 果 ‖彼爲 幫 支 開 重三平 止 【滂禾】

5）陂 普何 滂 歌 開 一 平 果 ‖彼爲 幫 支 開 重三平 止 【滂禾】

按：「陂」，坂也，有 2 次註音，一爲陂池註音，爲「普羅翻」，一爲「長坂坡」註音：「孔穎達曰：陂者曰坂。陂，彼寄翻，又普羅翻。李巡曰：陂者，謂高峯山坡。」

6）艤 音俄 疑 歌 開 一 平 果 ‖魚倚 疑 支 開 重三上 止 【牛河ˋ】

按：前文已經述及，「艤」，艤船，共 3 次註音，徐廣曰：艤，音儀，一音俄。另有「魚豈翻」、「魚倚翻」兩個註音。

7）絫 來戈 來 戈 合 一 平 果 ‖力委 來 支 合 三 上 止 【盧戈】

按：「絫」，黍絫，「師古曰：絫，孟音來戈翻。此字讀亦音纍絏之纍。」（p.5924）

中古支韻重紐三等來自上古音的歌部字，支韻重紐四等來自上古音的佳部字。《切韻》支韻與歌韻不混，《通鑑音註》中以歌韻開口一等字註支韻重紐三等開口字（「波」），以支韻重紐三等開口字註唇音歌（戈）韻字（「陂」、「艤」），反映的是支韻與歌韻的演變關係。胡三省音系中支韻重紐三等與歌韻的混同與《集韻》是一致的，這說明胡三省的語音系統的讀書音中，留存著《集韻》時代（北宋共同語）讀書音，而支韻重紐三等韻與歌韻的這一關係在胡三省時代的共同語的讀書音中，已經不復存在〔註33〕。從上古歌部分化出支韻重紐三等韻到《切韻》二者的獨立，再到《集韻》二者之間的聯繫，再到宋元之際共同語中二者的不相關涉，我們認爲在反映傳統讀書音的系統中，支韻重紐三等與歌韻分立，但在反映時音、甚至方音的著作中（《集韻》反映時音和方音，《通鑑音註》也反映時音和方音）支韻與歌韻的這種關係就有所表現。

（四）陰入混註：歌與曷混切（2 例）

1）可 苦曷 溪 曷 開 一 入 山 ‖枯我 溪 歌 開 一 上 果 【口我】

2）阿 烏葛 影 曷 開 一 入 山 ‖烏何 影 歌 開 一 平 果 【於河】

《切韻指掌圖》以曷、末兼配寒、桓和歌、戈，類似的做法一直到明清時的《交泰韻》、《韻法直圖》、《五方元音》卷首韻圖、《字母切韻要法》仍然。這

〔註33〕 對照鄭張尚芳先生《從〈切韻〉音系到〈蒙古字韻〉音系的演變對應規則》（2002），支與歌絕不相混。

兩個例子的被註字一個是「可汗」之「可」，一個是「阿父」、「阿母」之「阿」，
此「阿」也用在人名單字之前，如「阿秋」、「阿虔」等。胡三省的音註說「阿」
相傳讀從安入聲，又有讀如字的情況，這說明宋元時讀書音中「阿」字有兩讀，
一讀是存古的讀書音，從入聲的讀法，另一讀是時音中的讀書音，舒聲的讀法。
「可」是對外來詞的譯音，讀書音中只有入聲的讀法，是保存了上古文獻中的
讀書音的情況。《通鑑音註》的這兩個以曷韻註歌韻字的例子，與《切韻指掌圖》
相同，但反映的是上古音的歌與寒的主要元音相同，與宋末元初共同語的時音
並不一致。因為其時歌韻是[o]，而寒韻是[a]。鄭張尚芳《方言中的舒聲促化現
象》〔註34〕一文認為，「如『阿』《廣韻》為歌韻平聲字，今作詞頭時，客、閩
語仍讀平聲，粵語陽江也讀平聲，惟廣州讀去聲。而吳語都讀入聲，應視為促
化的結果。」（p.177）「促化跟音節輕讀的關係比較密切。經常輕讀的音節常出
現弱化現象，引起聲韻調的種種變化，如聲母上的濁化、通音化，韻母上的元
音央化、複元音單化等，在聲調上就表現為輕聲與促化。」「輕讀音節多數表現
為：長度縮短，原有聲調特徵消失而中性化。在有入聲的方言中就易於跟同具
短促特徵的入聲相混，這些輕短音節在連調變化中更易於與入聲同步。」「溫州
入聲字在連調首字位置時讀短調，輕聲字也一樣，如『˪以上[ʔi ji]＝一˩樣[ʔi
ji]』。輕讀字也很容易聽為入聲字」，「在入聲收喉塞音的方言中，舒聲輕讀字容
易增生喉塞從而促化。」「從各地看，虛字容易促化，這自然跟虛助成分時常輕
讀有關」（p.178）「促化現象不是現在才有的，雖然，古代有些舒促變化現象如
『庖犧－伏羲｜蛛蝥－蝃蝥｜稽（齓）古諧切－稽（秸）古黠切』情況複雜，
性質一時難以確定，而本文前面所舉有些方言促化字例唐宋以來確已見記載。
宋人筆記特別注意到唐詩（尤其白居易詩）中的這類現象。」（p.180）《通鑑音
註》中除了「阿」、「可」屬於舒聲促化現象外，還有下面的例子：

1）廁，今相傳讀從誷入聲（p.5261）。

2）廝，音斯，今人讀如瑟（p.5783）。

按：「廝」，廝役，共 16 次註音，其他註為音斯 11 次、息移翻 3 次。

3）蔡，師古曰千曷翻。

〔註34〕 鄭張尚芳：《方言中的舒聲促化現象》，《中國語言學報》，1995 年第 5 期，第 172
～183 頁。

按：「蔡」，昧蔡，「服虔曰：蔡，音楚言蔡。師古曰：昧，音本末之末。蔡，音千曷翻。」（p.706）〔註35〕

4）吐，從曉入聲。

按：「吐」，吐谷渾、吐蕃，共172次註音，註爲從曉入聲171次，註爲「如字，或土鶻翻」1次（p.5376）。

廝、廝是中古支韻字，蔡是泰韻字，吐是模韻字。胡三省音註中認爲它們應當讀成入聲，可見古文獻中的確有舒聲促化的現象。

陸志韋〔註36〕、施向東〔註37〕、黃典誠〔註38〕爲包括山攝在內的《切韻》果、蟹、效、山、宕、咸諸攝的一等韻構擬了[ɒ]元音，果、宕攝的三等也是這個元音。麥耘認爲構擬爲[ɒ]的證據之一是方言的證據：「張琨先生1985比較《切韻》的前a和後ɑ（按，後ɑ相當於ɒ）在現代方言中的表現，發現這兩類音有三種趨勢：一，分別讀作a和o，南方方言大多如此作，與《切韻》音接近。二，兩者混同，見於官話方言，與《切韻》稍遠；三，在吳方言中的演變，與《切韻》這個音相對應的字，即使不念o或者ɔ元音，也總是帶有某種圓唇成分。就是在官話方言中，唐、寒等陽聲韻元音變了不圓唇，而相應的入聲韻藥、曷等韻中讀圓唇元音的字仍相當多。」〔註39〕

歌戈部的主元音是[o]，韻母有[o]、[io]、[uo]三個，包括《廣韻》歌戈以及支韻的「陂」、「犧」、「縈」，還有曷韻的「可」、「阿」。

二、家麻部〔註40〕

《廣韻》假攝麻韻在《通鑑音註》中變成了家麻和車遮兩個韻部。家麻部來自《廣韻》假攝的麻二韻以及蟹攝的佳韻牙音字以及戈韻的喉牙音字、模韻的影母字、虞韻曉母字。車遮部來自《廣韻》麻三韻以及麻二韻的「塗」字、昔

〔註35〕 此處「音楚言蔡」意義不詳。存疑。

〔註36〕 陸志韋：《陸志韋語言學著作集》（一），中華書局，1985年版。

〔註37〕 施向東：《玄奘譯著中的梵漢對譯和唐初中原方音》，《語言研究》，1983年第4期。

〔註38〕 黃典誠：《從〈詩〉音到〈切韻〉》，《廈門大學學報》，1983年第1期。

〔註39〕 麥耘：《〈切韻〉元音系統試擬》，載《音韻與方言研究》，廣東人民出版社，1995年版，第102頁。

〔註40〕 註：家麻部、車遮部被註音字的《集韻》反切若與《廣韻》相同則不再列出。

韻的「掰」字、鐸韻的「橐」字。

假攝字的註音有 181 條，其中麻二韻字的註音有 119 條，其中與《廣韻》音韻地位完全相同的有 90 條。麻三韻字的註音有 62 條，其中與《廣韻》音韻地位完全相同的有 45 條。

《廣韻》麻二韻在《通鑑音註》中保持獨立，除了兩個變同麻三韻的字外，其他皆不與麻三韻混混。我們把《廣韻》麻韻二等字稱之爲家麻部。

（一）麻二韻自註例（102 例）

1）芭 音葩　滂 麻 開 二 平 假 ‖伯加 幫 麻 開 二 平 假 【披巴】

按：「芭」，侯芭，人名，僅 1 次註音。

2）玐 邦加　幫 麻 開 二 平 假 ‖邦加 * 幫 麻 開 二 平 假

按：「玐」，臟屬，僅 1 次註音。《廣韻》無「玐」字，《類篇》、《集韻》邦加切。

3）靶 音霸　幫 麻 開 二 去 假 ‖必駕 幫 麻 開 二 去 假

按：「靶」，僅 1 次註音，「晉灼曰：靶，音霸，謂轡也。」（p.840）

4）蚆 音葩　滂 麻 開 二 平 假 ‖普巴 滂 麻 開 二 平 假

按：「蚆」，蟲屬，僅 1 次註音。

5）帊 普駕　滂 麻 開 二 去 假 ‖普駕 滂 麻 開 二 去 假

按：「帊」，布屬，僅 1 次註音。

6）杷 蒲巴　並 麻 開 二 平 假 ‖蒲巴 並 麻 開 二 平 假

按：「杷」，杷頭烽，烽火臺名。僅 1 次註音。

7）壩 必駕　幫 麻 開 二 去 假 ‖必駕 幫 麻 開 二 去 假

按：「壩」，茅壩，驛站名。僅 1 次註音。

8）蟆 謨加　明 麻 開 二 平 假 ‖莫霞 明 麻 開 二 平 假

按：「蟆」，蝦蟆，僅 1 次註音。

9）蟇 謨加　明 麻 開 二 平 假 ‖莫霞 明 麻 開 二 平 假

按：「蟇」，蟇頤山，僅 1 次註音。

10）傌 音罵　明 麻 開 二 去 假 ‖莫駕 明 麻 開 二 去 假 【莫駕】

按：「傌」，刑名，僅 1 次註音。

11）禡 馬嫁　明　麻　開　二　去　假　‖莫駕　明　麻　開　二　去　假

按：「禡」，祭名，僅 1 次註音。

12）迦 求加　群　麻　開　二　平　假　‖古牙　見　麻　開　二　平　假　【居牙】

13）迦 古牙　見　麻　開　二　平　假　‖古牙　見　麻　開　二　平　假

14）迦 居牙　見　麻　開　二　平　假　‖古牙　見　麻　開　二　平　假

15）迦 音加　見　麻　開　二　平　假　‖古牙　見　麻　開　二　平　假

按：「迦」，人名譯音，如步迦可汗、亦人名，如劉迦；亦關名，如云迦關，共 19 次註音。其中音加 6 次，音求加翻 2 次，音古牙翻 3 次，音居牙翻 1 次，音居加翻 1 次。另有居伽翻 1 次、求伽翻 1 次、古牙翻又居伽翻 3 次、居牙翻又居伽翻 1 次。

16）枷 音加　見　麻　開　二　平　假　‖古牙　見　麻　開　二　平　假

17）枷 居牙　見　麻　開　二　平　假　‖古牙　見　麻　開　二　平　假

按：「枷」，刑具，亦有動詞義，共 4 次註音：音加 2 次、居牙翻 2 次。

18）袈 音加　見　麻　開　二　平　假　‖古牙　見　麻　開　二　平　假

按：「袈」，袈裟，僅 1 次註音。

19）茄 求加　群　麻　開　二　平　假　‖古牙　見　麻　開　二　平　假　【求迦】

按：「茄」，茄子浦，僅 1 次註音。

20）葭 音加　見　麻　開　二　平　假　‖古牙　見　麻　開　二　平　假

21）葭 音家　見　麻　開　二　平　假　‖古牙　見　麻　開　二　平　假

按：「葭」，葭萌，音家，4 次；寧葭、葭戍，音加，2 次。

22）豭 古牙　見　麻　開　二　平　假　‖古牙　見　麻　開　二　平　假

23）豭 居牙　見　麻　開　二　平　假　‖古牙　見　麻　開　二　平　假

按：「豭」，牡豕，共 2 次註音。

24）假 古訝　見　麻　開　二　去　假　‖古訝　見　麻　開　二　去　假

25）假 古暇　見　麻　開　二　去　假　‖古訝　見　麻　開　二　去　假

26）假 工雅　見　麻　開　二　上　假　‖古疋　見　麻　開　二　上　假

27）假 居訝　見　麻　開　二　去　假　‖古訝　見　麻　開二　去　假

28）假 工暇　見　麻　開　二　去　假　‖古訝　見　麻　開　二　去　假

按：「假」，共 20 次註音，其中爲休假註音 15 次：音古訝翻 6 次、音居訝翻 8 次、音古暇翻 1 次。爲假借義註音 1 次：師古曰：工暇翻，又工雅翻（p.1326）。

29）蝦 戶加　匣　麻　開　二　平　假　‖胡加　匣　麻　開　二　平　假

30）蝦 何加　匣　麻　開　二　平　假　‖胡加　匣　麻　開　二　平　假

按：「蝦」，魚蝦、蝦蟆，共 2 次註音。

31）瑕 音遐　匣　麻　開　二　平　假　‖胡加　匣　麻　開　二　平　假

按：「瑕」，瑕丘，縣名。僅 1 次註音。

32）麚 古牙　見　麻　開　二　平　假　‖古牙　見　麻　開　二　平　假

33）麚 居牙　見　麻　開　二　平　假　‖古牙　見　麻　開　二　平　假

按：「麚」，神麚，魏的年號；又神麚村，村名。共 2 次註音。

34）緺 音瓜　見　麻　合　二　平　假　‖古華　見　麻　合　二　平　假

按：「緺」紫青色，僅 1 次註音。

35）騧 古花　見　麻　合　二　平　假　‖古華　見　麻　合　二　平　假

36）騧 音瓜　見　麻　合　二　平　假　‖古華　見　麻　合　二　平　假

37）騧 古瓜　見　麻　合　二　平　假　‖古華　見　麻　合　二　平　假

按：「騧」，黃馬黑喙。共 3 次註音。

38）冎 古瓦　見　麻　合　二　上　假　‖古瓦　見　麻　合　二　上　假

按：「冎」，冎其肉，共 12 次註音，皆同。

39）媧 古華　見　麻　合　二　平　假　‖古華　見　麻　合　二　平　假

按：「媧」，女媧，僅 1 次註音。

40）撾 陟加　知　麻　開　二　平　假　‖張瓜˙知　麻　合　二　平　假

41）撾 則瓜　精　麻　合　二　平　假　‖張瓜˙知　麻　合　二　平　假

42）撾 側瓜　莊　麻　合　二　平　假　‖張瓜˙知　麻　合　二　平　假

43）撾 職瓜　章　麻　合　二　平　假　‖張瓜˙知　麻　合　二　平　假

按：「撾」，擊也，共 14 次註音，其中音則瓜翻 7 次、側瓜翻 5 次，職瓜、陟加翻各 1 次。

44）檛 陟加　知　麻　開　二　平　假　‖陟瓜　知　麻　合　二　平　假

45）檛 側瓜 莊 麻 合 二 平 假 ‖陟瓜 知 麻 合 二 平 假 【莊華】

46）檛 陟瓜 知 麻 合 二 平 假 ‖陟瓜 知 麻 合 二 平 假

47）檛 側加 莊 麻 開 二 平 假 ‖陟瓜 知 麻 合 二 平 假 【莊華】

48）檛 則瓜 精 麻 合 二 平 假 ‖陟瓜 知 麻 合 二 平 假 【莊華】

按：「檛」，箠也，又擊也，共 14 次註音。其中音側瓜翻 5 次、側加翻 1
次、則瓜翻 5 次、陟瓜翻 2 次、陟加翻 1 次。

49）夸 音跨 溪 麻 合 二 平 假 ‖苦瓜 溪 麻 合 二 平 假

按：「夸」，跨越，僅 1 次註音。

50）胯 枯化 溪 麻 合 二 去 假 ‖苦化 溪 麻 合 二 去 假

51）胯 苦瓦 溪 麻 合 二 去 假 ‖苦化 溪 麻 合 二 去 假

按：「胯」，共 2 次註音。

52）吾 音牙 疑 麻 開 二 平 假 ‖五加 疑 麻 開 二 平 假

按：「吾」，允吾，縣名，音鉛牙。僅 1 次註音。

53）衙 音牙 疑 麻 開 二 平 假 ‖五加 疑 麻 開 二 平 假

按：「衙」，縣名，屬馮翊，僅 1 次註音。

54）疋 五下 疑 麻 開 二 上 假 ‖五下 疑 麻 開 二 上 假

55）疋 音雅 疑 麻 開 二 上 假 ‖五下 疑 麻 開 二 上 假

按：「疋」，共 5 次註音，其中爲人名賈疋、和疋註音爲「音雅」（3 次）、「五
下翻」（1 次），爲「布一疋」註音爲「僻吉翻」（1 次）。

56）迓 魚駕 疑 麻 開 二 去 假 ‖吾駕 疑 麻 開 二 去 假

按：「迓」，迎也，逆也，僅 1 次註音。

57）啞 烏下 影 麻 開 二 上 假 ‖烏下 影 麻 開 二 上 假

58）啞 倚下 影 麻 開 二 上 假 ‖烏下 影 麻 開 二 上 假

按：「啞」，喑啞，共 2 次註音。

59）岈 虛加 曉 麻 開 二 平 假 ‖許加 曉 麻 開 二 平 假

按：「岈」，嵯岈山，僅 1 次註音。

60）諱 火瓜 曉 麻 合 二 平 假 ‖呼瓜 曉 麻 合 二 平 假

按：「諱」，喧嘩，僅 1 次註音。

61）華 戶化 匣 麻 合 二 去 假 ‖胡化 匣 麻 合 二 去 假

62）華 胡化 匣 麻 合 二 去 假 ‖胡化 匣 麻 合 二 去 假

按：「華」，共 203 次註音，其中地名、姓，註音為「戶化翻」（190 次）、胡化翻 1 次；為華林、華人註音為如字（4 次）、為桃李華、蓮華註音為「讀曰花」。

63）鏵 戶花 匣 麻 合 二 平 假 ‖戶花 匣 麻 合 二 平 假

按：「鏵」，鏵犁，僅 1 次註音。

64）踝 戶瓦 匣 麻 合 二 上 假 ‖胡瓦 匣 麻 合 二 上 假

65）踝 胡瓦 匣 麻 合 二 上 假 ‖胡瓦 匣 麻 合 二 上 假

按：「踝」，腳踝，共 4 次註音，其中戶瓦翻 2 次、胡瓦翻 2 次。

66）下 胡稼 匣 麻 開 二 去 假 ‖胡駕 匣 麻 開 二 去 假

67）下 戶稼 匣 麻 開 二 去 假 ‖胡駕 匣 麻 開 二 去 假

68）下 遐嫁 匣 麻 開 二 去 假 ‖胡駕 匣 麻 開 二 去 假

69）下 戶駕 匣 麻 開 二 去 假 ‖胡駕 匣 麻 開 二 去 假

70）下 遐駕 匣 麻 開 二 去 假 ‖胡駕 匣 麻 開 二 去 假

按：「下」，動詞義，共 437 次註音。其中戶嫁翻 63 次、遐稼翻 211 次、戶稼翻 8 次、遐嫁翻 150 次、胡稼翻 2 次、遐駕翻 1 次。

71）夏 音賈 見 麻 開 二 上 假 ‖胡雅 匣 麻 開 二 上 假 【舉下】

72）夏 戶雅 匣 麻 開 二 上 假 ‖胡雅 匣 麻 開 二 上 假

73）夏 工雅 見 麻 開 二 上 假 ‖胡雅 匣 麻 開 二 上 假 【舉下】

按：「夏」，共 343 次註音。其中為華夏、江夏、西夏、夏口、夏書等註音為戶雅翻 335 次，為陽夏註音 8 次，其中音賈 7 次、音工雅翻 1 次。

74）吒 初加 初 麻 開 二 平 假 ‖陟駕 知 麻 開 二 去 假 【陟加】

75）吒 陟加 知 麻 開 二 平 假 ‖陟加 知 麻 開 二 平 假

76）吒 叱稼 昌 麻 開 二 去 假 ‖陟駕 知 麻 開 二 去 假 【陟嫁】

77）吒 陟駕 知 麻 開 二 去 假 ‖陟駕 知 麻 開 二 去 假

按：「吒」，沙吒忠義、沙吒相如，音譯人名，平聲，音初加翻 5 次、陟加翻 2 次；歎吒，去聲，3 次註音，陟駕翻 2 次、叱稼翻 1 次。

78）咤 卓嫁　知 麻 開 二 去 假 ‖陟駕 知 麻 開 二 去 假

79）咤 竹駕　知 麻 開 二 去 假 ‖陟駕 知 麻 開 二 去 假

80）咤 涉駕　禪 麻 開 二 去 假 ‖陟駕 知 麻 開 二 去 假 【陟嫁】

按：「咤」，叱咤，共 3 次註音。

81）詫 丑亞　徹 麻 開 二 去 假 ‖丑亞 徹 麻 開 二 去 假

按：「詫」，誇也，共 2 次註音，皆同。

82）秅 直加　澄 麻 開 二 平 假 ‖宅加 澄 麻 開 二 平 假

按：「秅」，烏秅國，烏秅，鄭氏音鷃挐。師古曰：烏，音一加翻；秅音直加翻；急言之聲如鷃挐耳，非正音也（p.978）。

83）挐 女加　娘 麻 開 二 平 假 ‖女加 娘 麻 開 二 平 假

84）挐 奴加　娘 麻 開 二 平 假 ‖女加 娘 麻 開 二 平 假

按：「挐」，共 6 次註音，其中女加翻 2 次、奴加翻 1 次、音奴 1 次、女居翻 2 次。

85）笮 側駕　莊 麻 開 二 去 假 ‖側架 莊 麻 開 二 去 假

按：「笮」共 7 次註音，其中爲地名、姓氏，又竹索義註音的有 6 次，皆入聲韻字；又，「恭於城中穿井十五丈不得水，吏士渴乏，至笮馬糞汁而飲之。」胡三省音註：「賢曰：笮，謂壓笮也，側駕翻。」（p.1467）

86）差 初加　初 麻 開 二 平 假 ‖初牙 初 麻 開 二 平 假

按：「差」字共有 17 次註音，初加翻一爲「次也」、「不齊也」註音，此義《廣韻》註爲「楚宜切」；一爲「夫差」註音。《廣韻》「差」作「初牙切」，義爲擇也。

87）槎 仕下　崇 麻 開 二 上 假 ‖士下 崇 麻 開 二 上 假

88）槎 士下　崇 麻 開 二 上 假 ‖士下 崇 麻 開 二 上 假

89）槎 鉏加　崇 麻 開 二 平 假 ‖鉏加 崇 麻 開 二 平 假

按：「槎」，共 5 次註音，其中士下翻 2 次、仕下翻 2 次。

90）溠 側駕　莊 麻 開 二 去 假 ‖側駕 莊 麻 開 二 去 假

91）溠 壯加　莊 麻 開 二 平 假 ‖側加 莊 麻 開 二 平 假

按：「溠」，下溠城，僅 1 次註音：「側駕翻，《字林》壯加翻。」（p.5031）

92）汉 楚嫁 初 麻 開 二 去 假 ‖楚嫁·初 麻 開 二 去 假

按：「汉」，三汉城，共 2 次註音，皆同。

93）裟 音沙 生 麻 開 二 平 假 ‖所加 生 麻 開 二 平 假

按：「裟」，袈裟，僅 1 次註音。

94）柤 側瓜 莊 麻 合 二 平 假 ‖側加 莊 麻 開 二 平 假

按：「柤」，柤中，共 2 次註音，皆同。

95）苴 徐嗟 邪 麻 開 三 平 假 ‖鉏加 崇 麻 開 二 平 假 【徐嗟】

按：《通鑑音註》爲羊苴咩城註音 2 次：「史炤曰：苴，音酢，又徐嗟切」（p.7271）、「蜀《註》：苴，徐嗟翻」（p.7552）。

96）查 勦加 崇 麻 開 二 平 假 ‖鉏加 崇 麻 開 二 平 假

97）查 鉏加 崇 麻 開 二 平 假 ‖鉏加 崇 麻 開 二 平 假

98）查 鋤加 崇 麻 開 二 平 假 ‖鉏加 崇 麻 開 二 平 假

99）查 莊加 莊 麻 開 二 平 假 ‖鉏加 崇 麻 開 二 平 假 【莊加】

100）查 祖加 莊 麻 開 二 平 假 ‖鉏加 崇 麻 開 二 平 假 【莊加】

按：「查」，共 9 次註音，姓，又地名「查浦」、「查硎」等，其中音「鋤加翻」6 次。

101）渣 側加 莊 麻 開 二 平 假 ‖側加 莊 麻 開 二 平 假

按：「渣」，渣口，地名。僅 1 次註音。

102）嵖 鋤加 崇 麻 開 二 平 假

按：「嵖」，嵖岈山，僅 1 次註音，《廣韻》、《集韻》以及其他韻書、字書、訓詁書皆無此字，但多見于史書。

（二）佳韻有變同麻韻的現象

佳與麻₂混切例（2 例）：

1）鼃 烏花 影 麻 合 二 平 假 ‖烏媧 影 佳 合 二 平 蟹 【烏瓜】

2）差 叱駕 昌 麻 開 二 去 假 ‖楚懈 初 佳 開 二 去 蟹 【楚嫁】

佳與麻₂混切，說明佳韻鼃、差變到麻韻了。

《廣韻》假攝麻韻爲獨用，但在胡註裏蟹攝的佳韻影母字、昌母字與麻₂韻相混，這種情況在北宋的汴洛地區已經有所反映。周祖謨《宋代汴洛語音考》

說：「佳韻之牙音如佳崖之類亦讀同麻韻，此由邵氏詩章之用韻可知。」〔註41〕
（p.600）又在《宋代汴洛音與〈廣韻〉》一文中說：「果攝歌戈兩韻，《廣韻》
註同用；假攝麻韻則爲獨用。但在邵雍詩裏歌戈麻通用，而且蟹攝的佳韻牙音
字也與麻韻相押。……陳與義詩歌歌戈兩韻沒有與麻韻相協例，但佳韻牙音字
也與麻韻同用。」〔註42〕（p.364）又云：「惟邵雍等人除齊祭廢與止攝字合爲
一類外，其餘諸韻都通用不分，只有佳韻的『佳崖涯』和夬韻的『話』字讀入
假攝而已。」〔註43〕（p.365）

關於佳韻字讀同麻韻，馮蒸先生《〈爾雅音圖〉音註所反映的五代宋初重
韻演變》一文認爲：「這裏佳韻的『厓、畫』二字當讀同麻韻。從語音特點上
看，顯然是蟹攝佳韻的-i 尾脫落而導致與果假攝的麻二合流。佳韻的這種雙向
演變發生的時代頗早，它與同攝皆、夬韻的合流在多種中古音韻文獻中都有
表現，佳韻與麻二韻的混併看來至晚在中唐甚至此前即已發生。在李白、杜甫、
白居易這些大詩人的用韻裏，佳韻的『佳、涯、崖、娃、罷、畫、蠆』都押
入了麻韻。裴務齊正字本《王韻》把佳韻移到歌、麻之間，也反映了佳韻更
靠近麻韻的情況（黃笑山 1995：176）。但佳韻的這種變向是同時發生，抑或
有早有晚，尚需進一步研究。至於有人認爲佳韻混入麻韻，主要是脣喉牙音，
佳韻與皆韻混併，主要是齒音莊組字（黃笑山 1995：176-177），從《音圖》
的有關例證來看，情況並非全然如此，所以佳韻的分化條件，目下尚不能斷
定。」〔註44〕（p.391）

麥耘先生對麻韻與佳韻的混同作了如下解釋〔註45〕：

〔註41〕周祖謨：《宋代汴洛語音考》，載周祖謨《問學集》（下冊），中華書局，2004 年版，
　　　　第 581～655 頁。

〔註42〕周祖謨：《宋代汴洛音與〈廣韻〉》，載《周祖謨學術論著自選集》，北京師範學院
　　　　出版社，1993 年版，第 363～372 頁。

〔註43〕周祖謨：《宋代汴洛音與〈廣韻〉》，載《周祖謨學術論著自選集》，北京師範學院
　　　　出版社，1993 年版，第 363～372 頁。

〔註44〕馮蒸：《〈爾雅音圖〉音註所反映的五代宋初重韻演變》，載《漢語史研究集刊》（第
　　　　一輯），巴蜀書社，1998 年版，第 384～409 頁。

〔註45〕麥耘：《〈切韻〉元音系統試擬》，載《音韻與方言研究》，廣東人民出版社，1995
　　　　年版，第 107 頁。

「佳韻有兩讀，一讀與皆韻相同，另一讀作零尾韻。佳韻念零尾韻的證據有：1、《王二》列佳韻於歌韻與麻韻之間；2、初唐佳韻可以跟麻韻通押；3、玄奘以佳韻「攎」字譯梵文 ṭ ha，ṭ hya，ṭ a；4、佳韻字在今音有不少是零韻尾的，例如『佳罷蛙卦畫』之類；5、在上古來源方面，佳韻字多來自上古零韻尾的支部。

「不過佳韻又有念-i 尾的堅實證據：1、《切韻》原次佳、皆兩韻相屬；2、隋唐時佳韻主要同皆韻通押；3、今音佳韻字仍以有-i 尾者居多。從 1 來看，佳韻在陸法言心目中是以念-i 尾為正統的。

「筆者以為，佳韻的兩讀中，念零韻尾的是洛陽音，玄奘譯音可以為證；而念-i 尾的音則是金陵讀書音，《切韻》是以此為證的。陸法言依洛陽音使佳韻分立，又依正音使佳韻與皆韻為次，要說《切韻》有綜合性質，這是少數例子之一。」

從麥耘先生的觀點看，麻韻與佳韻的混同是由於佳韻有有零韻尾的讀音。從被註字的《集韻》反切看，「畫」、「差」的胡三省的註音與《集韻》一樣，都是將其歸到麻韻裏去的，但是這一現象不見於《蒙古字韻》音系，可見宋末元初共同語讀書音中也沒有將佳麻混同，我們認為佳、麻相混發生在胡三省的方音中，是《集韻》時代北宋時音的遺存。

（三）虞、模字的喉音字變同麻二韻

1、模與麻二混切例（1 例）：

1）汙 烏瓜 影 麻 合 二 平 假 ‖哀都 影 模 合 一 平 遇 【烏瓜】

按：「汙」，共 38 次註音，有 3 個意義：一是動詞義，污染，音烏故翻（30 次）、烏路翻（3 次）；二是名詞義，濁水、臟污，音烏（1 次）、音一胡翻（1 次）、音烏瓜翻（2 次）；三是水名，音于（1 次）。

2、虞與麻二混切例（1 例）：

1）荂 枯花 溪 麻 合 二 平 假 ‖況于 曉 虞 合 三 平 遇 【枯瓜】

按：「荂」，人名，僅 1 次註音。「荂，枯花翻。楊正衡音孚。」（p.2641）《廣韻》「荂」有況于、芳蕪二切。

魚模部字與家麻部字的混同在《集韻》裏有所反映，這 2 個混註的例子的音韻地位都與《集韻》相同。

家麻部有[a]、[ia]、[ua]三個韻母。[a]包括《廣韻》麻₂韻除了喉牙音開口字以外的開口字，以及蟹攝的佳韻牙音字開口。[ia]包括麻₂韻的喉牙音開口字，佳韻的部分喉牙音開口字。[ua]包括麻₂韻的合口字，佳韻的部分合口字，模韻的影母字、虞韻曉母字。家麻部與主要由麻₃韻構成的車遮部保持對立。

三、車遮部

《廣韻》麻₃韻在《通鑑音註》中還是麻₃韻字，除了與支韻、昔韻混註各1例外，不與麻₂韻混註，呈現獨立爲一韻的迹象，我們稱之爲車遮部。

（一）麻₃自註例（52例）

1）乜　母野　明　麻　開　三　上　假　‖彌也　明　麻　開　三　上　假

按：「乜」，虜姓，僅1次註音。

2）唶　子夜　精　麻　開　三　去　假　‖子夜　精　麻　開　三　去　假

按：「唶」，嘆也，僅1次註音。

3）借　子夜　精　麻　開　三　去　假　‖子夜　精　麻　開　三　去　假

按：「借」，假借，共2次註音，皆同。

4）姐　紫且　精　麻　開　三　上　假　‖茲野　精　麻　開　三　上　假

5）姐　且也　精　麻　開　三　上　假　‖茲野　精　麻　開　三　上　假

6）姐　子也　精　麻　開　三　上　假　‖茲野　精　麻　開　三　上　假

按：「姐」，罕姐、彡姐、勒姐、彌姐等，羌之種屬，共11次註音，其中「音紫」2次，音「音紫，又且也翻」2次、「音紫，又子也翻」2次、「子也翻，又音紫」3次、「紫且翻，又音紫」1次、「且也翻，又音紫」1次。

7）祖　子邪　精　麻　開　三　平　假　‖子邪　精　麻　開　三　平　假

8）祖　音罝　精　麻　開　三　平　假　‖子邪　精　麻　開　三　平　假

按：「祖」，祖厲、赤祖，縣名，共2次註音。

9）罝　咨邪　精　麻　開　三　平　假　‖子邪　精　麻　開　三　平　假

10）罝　音嗟　精　麻　開　三　平　假　‖子邪　精　麻　開　三　平　假

按：「罝」，罝罘，共2次註音。

11）藉　慈夜　從　麻　開　三　去　假　‖慈夜　從　麻　開　三　去　假

12）藉　才夜　從　麻　開　三　去　假　‖慈夜　從　麻　開　三　去　假

按：「藉」共 52 次註音，在《通鑑音註》中有二義：一是陵藉、假借，音慈夜翻（30 次）、才夜翻（1 次）；二是藉田，音秦昔翻（12 次）、在亦翻（7 次）、而亦翻（2 次）。

13）斜　似嗟　邪　麻　開　三　平　假　‖似嗟　邪　麻　開　三　平　假

14）斜　音邪　以　麻　開　三　平　假　‖以遮　以　麻　開　三　平　假

15）斜　昌遮　昌　麻　開　三　平　假　‖似嗟　邪　麻　開　三　平　假

16）斜　余奢　以　麻　開　三　平　假　‖以遮　以　麻　開　三　平　假

17）斜　余遮　以　麻　開　三　平　假　‖以遮　以　麻　開　三　平　假

按：「斜」，斜谷，共註音 15 次，其中音余遮翻 10 次，余奢翻 1 次，昌遮翻 3 次，「音邪，又似嗟翻」1 次。

18）邪　士嗟　崇　麻　開　三　平　假　‖似嗟　邪　麻　開　三　平　假

19）邪　即斜　精　麻　開　三　平　假　‖似嗟　邪　麻　開　三　平　假

20）邪　以奢　以　麻　開　三　平　假　‖以遮　以　麻　開　三　平　假

21）邪　余遮　以　麻　開　三　平　假　‖以遮　以　麻　開　三　平　假

按：「邪」，共註音 143 次，其中讀曰耶者 10 次、音耶 129 次、余遮翻 1 次；邪徑、邪城，註音為即斜翻、士嗟翻，各 1 次；涿邪山，邪音以奢翻，1 次。

22）爺　以遮　以　麻　開　三　平　假　‖以遮〔註46〕以　麻　開　三　平　假

按：「爺」，俗呼父為爺，僅 1 次註音。

23）椰　以嗟　以　麻　開　三　平　假　‖以遮　以　麻　開　三　平　假

按：「椰」，椰子，僅 1 次註音。

24）虵　以者　以　麻　開　三　上　假　‖羊者　以　麻　開　三　上　假

25）虵　食遮　船　麻　開　三　平　假　‖食遮　船　麻　開　三　平　假

按：「虵」，姓也，共 3 次註音，「《類篇》：虵，以者翻，虜姓也。《姓譜》姚萇后虵氏，南安人也。虵，食遮翻，又音他。」（p.3364）

26）射　音夜　以　麻　開　三　去　假　‖羊謝　以　麻　開　三　去　假

〔註46〕爺，《廣韻》、《集韻》無收，《古今韻會舉要》云耶俗作爺。《廣韻》耶，以遮切。

27）射　寅謝　以　麻　開　三　去　假　‖羊謝　以　麻　開　三　去　假

按：「射」，共 258 次註音，其中射箭義註音爲而亦翻（222 次）、食亦翻（6次）；僕射義註音 30 次，音夜 2 次、音寅謝翻 27 次，「音夜，寅謝翻」1 次。

28）蔗　之夜　章　麻　開　三　去　假　‖之夜　章　麻　開　三　去　假

按：「蔗」，甘蔗，共 3 次註音，皆同。

29）赭　音者　章　麻　開　三　上　假　‖章也　章　麻　開　三　上　假

30）赭　止也　章　麻　開　三　上　假　‖章也　章　麻　開　三　上　假

按：「赭」，赤也，共 6 次註音，其中音者 5 次，音止也翻 1 次。

31）堵　音者　章　麻　開　三　上　假　‖章也　章　麻　開　三　上　假

按：「堵」，堵鄉，地名，共 3 次註音，音皆同。

32）奢　正奢　章　麻　開　三　平　假　‖正奢　章　麻　開　三　平　假

按：「奢」，共 2 次註音，皆同。

33）闍　視遮　禪　麻　開　三　平　假　‖視遮　禪　麻　開　三　平　假

按：「闍」，人名用字，又耆闍寺、闍黎江，地名，共 9 次註音，其中視遮翻 8 次，「視遮翻，又音都」1 次。

34）炙　之夜　章　麻　開　三　去　假　‖之夜　章　麻　開　三　去　假

按：「炙」，燔肉，共 6 次註音，其中註音爲之夜翻 4 次、之石翻 2 次。

35）紒　充夜　昌　麻　開　三　去　假　‖充夜,昌　麻　開　三　去　假

按：「紒」，繫縛，有 4 次註音，皆同。

36）車　尺遮　昌　麻　開　三　平　假　‖尺遮　昌　麻　開　三　平　假

37）車　昌遮　昌　麻　開　三　平　假　‖尺遮　昌　麻　開　三　平　假

38）車　尺奢　昌　麻　開　三　平　假　‖尺遮　昌　麻　開　三　平　假

按：「車」，共 26 次註音，車輛、亦姓氏、輔車，音昌遮翻 7 次、尺遮翻 17 次，尺奢翻 2 次。

39）哆　昌者　昌　麻　開　三　上　假　‖昌者　昌　麻　開　三　上　假

40）哆　昌也　昌　麻　開　三　上　假　‖昌者　昌　麻　開　三　上　假

41）哆　尺奢　昌　麻　開　三　平　假　‖昌者　昌　麻　開　三　上　假　【昌遮】

按：「哆」，人名，共 2 次註音。「昌也翻。索隱音尺奢翻。」（p.700）

42）麝 神夜 船 麻 開 三 去 假 ‖ 神夜 船 麻 開 三 去 假

按：「麝」，麝香，僅 1 次註音。

43）貰 市夜 禪 麻 開 三 去 假 ‖ 神夜 船 麻 開 三 去 假

44）貰 神夜 禪 麻 開 三 去 假 ‖ 神夜 船 麻 開 三 去 假

45）貰 時夜 禪 麻 開 三 去 假 ‖ 神夜 船 麻 開 三 去 假

按：「貰」，貸也，赦也，共 10 次註音，其中市夜翻 1 次、時夜翻 2 次。始制翻 4 次、時制翻 1 次，式制翻 1 次，「始制翻，又神夜翻」1 次。

46）厙 音舍 書 麻 開 三 去 假 ‖ 始夜 書 麻 開 三 去 假

按：「厙」，姓也，僅 1 次註音。

47）佘 視遮 禪 麻 開 三 平 假 ‖ 時遮˙ 禪 麻 開 三 平 假

按：「佘」，姓也，僅 1 次註音。

48）鉈 音蛇 船 麻 開 三 平 假 ‖ 視遮 禪 麻 開 三 平 假

按：「鉈」，蛇矛，僅 1 次註音。

49）若 人者 日 麻 開 三 上 假 ‖ 人者 日 麻 開 三 上 假

按：「若」，般若經，又賀若敦、賀若弼，人名，共 23 次註音，皆同。

50）哘 音夜 以 麻 開 三 去 假

按：胡註：《龍龕手鏡》哘，音夜。原文「羌族哘毋。」按，「哘」不見於《廣韻》、《集韻》。

51）咩 彌嗟 明 麻 開 三 平 假

52）咩 莫者 明 麻 開 三 上 假

按：「咩」，苴咩城，《音註》：「咩，莫者翻，又徐婢翻，史炤曰：苴音酢，又徐嗟切。咩，音養，又彌嗟切。」（p.7271）《廣韻》、《集韻》無「咩」字。《宋刻集韻》：苴咩，城名，在云南，彌嗟切。《龍龕手鏡》（高麗本）咩（俗）咩（正），迷爾切。

（二）麻二與麻三混切例（1 例）

1）涂 音邪 以 麻 開 三 平 假 ‖ 宅加 澄 麻 開 二 平 假 【余遮﹡】

按：涿涂山，在匈奴中。僅 1 次註音。被註字與註音字在《集韻》裏是同音字。

（三）特殊音變

麻三韻與支韻開口混註（1 例）

1) 姐 音紫 精 支 開 三 上 止 ‖ 茲野 精 麻 開 三 上 假 【蔣氏 ×】

按：上文已經述及，「姐」，罕姐、彡姐、勒姐、彌姐等，羌之種屬，共 11 次註音，其中「音紫」2 次，音「音紫，又且也翻」2 次、「音紫，又子也翻」2 次、「子也翻，又音紫」3 次、「紫且翻，又音紫」1 次、「且也翻，又音紫」1 次。

麻三與魚混註（1 例）：

1) 且 七余 清 魚 合 三 平 遇 ‖ 七也 清 麻 開 三 上 假 【千余】

按：胡三省音與《集韻》音相同。「且」被註音 43 次，皆人名、地名用字，如「且末」、「龍且」。其中「子閭翻」9 次、「子余翻」27 次、「子餘翻」3 次、「子如翻」2 次、「子於翻」1 次，反切下字皆魚韻字。

車遮部的音值是[iɛ]，包括《廣韻》麻三韻字。與《中原音韻》車遮部相比，胡三省音系中的車遮部只有 1 個[iɛ]韻母，而《中原音韻》的車遮部則包括了來自山攝入聲韻的一些字，因而除了[iɛ]，還有[iuɛ]這個韻母。

四、魚模部

中古遇攝魚、虞、模各自不混；在《通鑑音註》中，三者卻混同為魚模部了。魚模部主要來自《廣韻》遇攝魚、虞、模，發生了三等韻合流、一三等韻的主要元音趨同的音變現象。

遇攝字有 708 條註音，其中與《廣韻》音韻地位完全相同的有 531 條。魚韻字的註音有 223 條，其中與《廣韻》音韻地位完全相同的有 169 條。虞韻字的註音有 283 條，其中與《廣韻》音韻地位完全相同的有 179 條。模韻字的註音有 202 條，其中與《廣韻》音韻地位完全相同的有 165 條。

（一）三等韻魚、虞混註（8 例）

1) 拒 俱甫 見 虞 合 三 上 遇 ‖ 其呂 群 魚 合 三 上 遇 【果羽】

按：「拒」，左拒、右拒，方陣，僅 1 次註音：「陸德明曰：拒，俱甫翻。」

2）伃 音于 云 虞 合 三 平 遇 ‖以諸 以 魚 合 三 平 遇 【羊諸】

按：「伃」，倢伃，共 7 次註音，音接予 6 次、音接于 1 次。

3）妤 音于 云 虞 合 三 平 遇 ‖以諸 以 魚 合 三 平 遇 【羊諸】

按：「妤」，婕妤，共 10 次註音，其中音接予 9 次、音接于 1 次。

4）祛 音區 溪 虞 合 三 平 遇 ‖去魚 溪 魚 合 三 平 遇 【丘于】

按：「祛」，人名，又攘卻也，共 3 次註音，另外的註音是丘於翻，2 次。

5）蒟 音矩 見 虞 合 三 上 遇 ‖俱雨 見 魚 合 三 上 遇 【果羽】

按：「蒟」，僅 1 次註音。

6）輿 音于 云 虞 合 三 平 遇 ‖以諸 以 魚 合 三 平 遇 【羊諸】

按：「輿」，乘輿，僅 1 次註音。

7）疏 所句 生 虞 合 三 去 遇 ‖所去 生 魚 合 三 去 遇 【所據】

按：「疏」，上疏、奏疏，共 42 次註音，其中所句翻 1 次，所據翻 12 次、所故翻 1 次、所去翻 28 次。

8）濡 人余 日 魚 合 三 平 遇 ‖人朱 日 虞 合 三 平 遇 【人余】

按：「濡」，濡染，註音 2 次，一音人余翻，一音汝朱翻；濡水、濡源，乃官翻，10 次，皆同。

《廣韻》遇攝虞、模同用，魚韻獨立，反映了三者之間不同的古音來源。其分別在於主元音：虞、模的主元音都是[u]，二者的分別只在於虞有[i]介音；魚韻的音值是[iɔ]，與[u]相比發音部位低一些、開一些。陸法言《切韻‧序》曾批評「魚虞共爲一韻」，《顏氏家訓‧音辭篇》裏說北人「以庶爲戍，以如爲儒」，「多以舉莒爲矩」，可見《切韻》時代魚虞已經在北方混同了，但是陸德明從分不從合的撰述原則，使得他採取了當時魚虞分韻的韻書的相關內容，把魚虞模分成三個不同的韻部。唐初許敬宗議以魚獨用，虞模同用，於是虞模的界限就混淆了。《通鑑音註》中魚與虞混註，此現象發生在見、溪、影、以、清、生、日、來諸母，說明宋末元初之際，魚和虞有混同的現象。魚、虞音值由不同變爲相同，因而合併，這是同攝三等韻的合併音變。

（二）三等韻與一等韻混註

1、魚模混註（7 例）：

1）苴 音酢 清 模 合 一 去 遇 ‖子與 精 魚 合 三 去 遇 【徐嗟】

按：「苴」，苴咩城，共 2 次註音，另一音是徐嗟切，皆取自史炤音。

2）怚 音麤 清 模 合 一 平 遇 ‖慈呂 從 魚 合 三 上 遇 【聰徂*】

按：「怚」，粗也，僅 1 次註音。

3）涂 音滁 澄 魚 合 三 平 遇 ‖同都 定 模 合 一 平 模 【陳如*】

按：「涂」，涂水、涂中、涂塘，共 8 次註音，其中音滁 2 次，音除 1 次，另有讀曰滁 4 次、讀曰除 1 次。

4）䢵 音魚 疑 魚 合 三 平 遇 ‖五乎 疑 模 合 一 平 遇 【牛居*】

按：「䢵」，䢵鄉，僅 1 次註音。

5）挐 音奴 泥 模 合 一 平 遇 ‖女余 娘 魚 合 三 平 遇 【女居】

按：上文已經述及，「挐」有 6 次註音：女加翻 2 次、奴加翻 1 次、音奴 1 次、女居翻 2 次。

6）疏 所故 生 模 合 一 去 遇 ‖所菹 生 魚 合 三 平 遇 【所據】

按：上文已經述及，「疏」，上疏、奏疏，共 42 次註音，其中所句翻 1 次，所據翻 12 次、所故翻 1 次、所去翻 28 次。

7）臚 陵奴 來 模 合 一 平 遇 ‖力居 來 魚 合 三 平 遇 【淩如】

按：「臚」，鴻臚，官職，共 75 次註音，其中音陵如翻 70 次，淩如翻 2 次，音閭 2 次。

2、虞模混註（5 例）：

1）憮 音呼 曉 模 合 一 平 遇 ‖武夫 微 虞 合 三 平 遇 【荒胡*】

按：「憮」，德用不憮，憮，大也，僅 1 次註音；憮然，罔甫翻 3 次、文甫翻 1 次、音武 1 次。

2）莆 音蒲 並 模 合 一 平 遇 ‖方矩 非 虞 合 三 上 遇 【匪父】

按：「莆」，莆口，共 2 次註音，皆同。

3）杅 音烏 影 模 合 一 平 遇 ‖羽俱 云 虞 合 三 平 遇 【云俱】

按：「杅」，杅采國，僅 1 次註音。

4）殂 祚于 從 虞 合 三 平 遇 ‖昨胡 從 模 合 一 平 遇 【叢租】

按:「殂」,帝殂,共 6 次註音,其中音祚乎翻 5 次。

5）毋 莫胡 明 模 合 一 平 遇 ‖武夫 微 虞 合 三 平 遇 【微夫】

按:「毋」,淳毋,八珍之一。僅 1 次註音:「莫胡翻,一音武由翻。」（p.6028）

《廣韻》遇攝魚虞模在胡三省《音註》變爲魚模部,其主要元音是[u]。魚虞模合爲一部,實則始於初唐。王力《〈經典釋文〉反切考》（1982：p.135-211）可證,但《經典釋文》三韻的混同,王力先生認爲「應該是方言現象」（1987：p.266）,因爲其後 30 年出現的顏師古《漢書註》反切三韻未混,李善《文選註》反切三韻也未混〔註 47〕。但是《通鑑音註》的反切和直音中魚虞模的混同是共同語的普遍現象,因爲胡三省的註音反映的現象與《蒙古字韻》、《中原音韻》是一致的。

（三）魚模部與尤侯部混註

1、虞模韻與尤侯部的脣音字混切（6 例）

1）掊 芳遇 敷 虞 合 三 去 遇 ‖縛謀 奉 尤 開 三 平 流 【芳遇】

按:「掊」,頓也,音芳遇翻 1 次;又掊地,音蒲侯翻 10 次、薄侯翻 1 次。

2）涪 音符 奉 虞 合 三 平 遇 ‖縛謀 奉 尤 開 三 平 流 【馮無ˋ】

按:「涪」,涪水、涪城、涪州,共 59 次註音,皆音浮,並註明「杜佑音符」（p.1369）。

3）枹 芳無 敷 虞 合 三 平 遇 ‖縛謀 奉 尤 開 三 平 流 【芳無】

按:「枹」,枹鼓、枹罕,共 54 次註音,其中音膚 53 次。

4）毋 武由 微 尤 開 三 平 流 ‖武夫 微 虞 合 三 平 遇 【迷浮】

按:上文已經述及,「毋」,淳毋,八珍之一。僅 1 次註音:「莫胡翻,一音武由翻。」（p.6028）

5）朴 音浮 奉 尤 開 三 平 流 ‖薄胡 並 模 合 一 平 遇 【披尤】

按:「朴」,朴胡,地名;又朴泰,人名。共 2 次註音,皆同。

6）姆 莫補 明 模 合 一 上 遇 ‖莫候 明 侯 開 一 去 流 【滿補】

按:「姆」,女師也,僅 1 次註音:「莫補翻,又音茂」（p.3390）

〔註47〕轉引自蔣冀騁、吳福祥《近代漢語綱要》,湖南教育出版社,1997 年版,第 55 頁。

　　這 6 個魚模部與尤侯部混註，胡三省的註與《集韻》基本相同，涉及到漢語語音史上的「流攝唇音歸遇攝」的音變問題。我們知道，流攝的一部分唇音字如「浮否婦負富覆謀牟畝牡母」等大約從唐代後期起轉入遇攝，具體說是尤韻唇音字轉入虞韻。根據鄭張尚芳先生的中古元音複化理論，這些尤韻字原讀 ju，非唇音後複化爲 jəu，唇音則不複化，就與從 jo 變來的虞韻 ju 合流了。《通鑑音註》中尤侯部與魚模部唇音混註的現象即說明了這個問題。我們基本上同意前代學者的看法，即尤韻唇音字在未變輕唇音之前即已轉入虞韻，而不是尤韻唇音字先變輕唇而後與虞韻合流（李惠昌〔註48〕、唐作藩〔註49〕）。

　　魚模部與尤侯部的混同現象主要發生在唇音聲母裏，也有發生在喉音、齒音裏的情況。魚虞模的唇音字與尤韻字混同，在南唐《朱翱反切》中已經出現了〔註50〕（王力 1987：p.315）。中唐以後的詩韻裏，北宋的詞韻裏，尤侯的唇音字大致叶入魚虞模，跟《切韻》不同。尤韻系的唇音字除了一個「否」字在《中原音韻》的魚模部跟尤侯重出外，其餘一概變入魚模（陸志韋 1988：p.21）。

2、虞韻章母、禪母、來母字與尤韻字混註（3 例）

　　1）豎 而洧 日 尤 開 三 平 流 ‖臣庾 禪 虞 合 三 上 遇 【上主】

　　按：「豎」，豎子，闒豎、豎眼，共 17 次註音，其中音「而洧翻」1 次，其他反切下字用庾（10 次）、主（4 次）、遇、句各（1 次）。

　　2）侏 張流 知 尤 開 三 平 流 ‖章俱 章 虞 合 三 平 遇 【張流】

　　按：「侏」，侏張，僅 1 次註音。此註與《集韻》切語同。

　　3）鏤 力俱 來 虞 合 三 平 遇 ‖盧候 來 侯 開 一 去 流 【龍珠】

　　按：「鏤」，雕鏤，又鏤方，地名，共 11 次註音。其中音郎豆翻 8 次、力豆翻 1 次、「力俱翻，又力侯翻」1 次（p.141）、「盧侯翻」1 次（4507）。

〔註48〕 李惠昌：《遇攝韻在唐代的演變》，《汕頭大學學報》（人文科學版），1989 年第 4 期，第 81～88 頁。

〔註49〕 唐作藩：《晚唐尤韻唇音字轉入虞韻補正》，載《紀念王力先生九十誕辰文集》，山東教育出版社，1992 年版。

〔註50〕 王力：《朱翱反切考》，載《龍蟲並雕齋文集》（第三冊），中華書局，1982 年版，第 315 頁。

3、侯韻喉音字與虞韻混註（2例）

1）謳 音吁 曉 虞 合 三 平 遇 ‖烏侯 影 侯 開 一 平 流 【匈于˙】

按：「謳」，共2次註音，言語謳謳，音吁；謳吐，音一口翻。

2）鉤 音劬 群 虞 合 三 平 遇 ‖古侯 見 侯 開 一 平 流 【權俱˙】

按：「鉤」，鉤町，共2次註音，皆同。

魚模部的喉音字與尤侯部字混同，胡三省的直音與《集韻》所反映的被註字與註音字同音的情況相同。尤韻、侯韻字變同虞韻、模韻的註音與《集韻》的註音幾乎相一致。這說明自北宋始，共同語中就有《廣韻》侯韻字讀同虞韻的。

（四）特殊音變

1、止遇混註

虞與支混切例（1例）：

1）婁 音羸 來 支 合 三 平 止 ‖力朱 來 虞 合 三 平 遇 【倫為˙】

按：婁，墊婁，古地名。胡三省音註：「服虔曰：墊，音墊陷之墊。鄭氏曰：婁，音羸。師古曰：墊，音丁念翻。婁音樓。」（p.1035）此例不當用來研究宋元時音。

2、模與刪混切例（1例）

1）烏 音鷃 影 刪 開 二 去 山 ‖哀都 影 模 合 一 平 遇 【於諫˙】

按：「烏」，烏秅國，胡三省音註：「烏秅，鄭氏音鷃拏。師古曰：烏，一加翻。急言之，聲如鷃拏耳，非正音也。」此讀是古域外譯音，保留了古音的讀法。此例不當用來研究宋元時音。

魚模部有[iu]、[u]兩個韻母。包括來自《廣韻》的魚虞模，部分尤侯部字，以及「劇」、「玉」、「趨」、「足」、「格」、「洛」、「鵒」幾個入聲韻字。

五、尤侯部

中古流攝尤幽侯三韻系各自獨立，在《通鑑音註》中發生了三等韻合流、一三等韻的主要元音趨同的音變現象。

流攝字的註音有370條，其中與《廣韻》有相同音韻地位的是304條。尤韻字的註音有227條，與《廣韻》音韻地位相同的有184條。侯韻字的註音有

131 條，其中與《廣韻》音韻地位完全相同的有 110 條。幽韻字的註音有 12 條，其中有 8 條與《廣韻》的音韻地位完全相同，發生音變的有 3 條。

（一）三等韻尤與幽混切（1 例）

1）摎 紀虯 見 幽 開 三 上 流 ‖力求 來 尤 開 三 平 流 【居虯】

按：「摎」，秦將軍名，共 2 次註音，皆同。

《切韻》尤侯與幽主元音不同：尤侯是[ə]，幽是[e]，都收[-u]韻尾。尤與幽都是三等韻。在《通鑑音註》中，尤與幽有混註的現象，則說明二者因主元音變得相同而合流了。

（二）三等韻尤、幽韻與一等侯韻混註

1、尤與侯混註（6 例）：

1）繆 莫侯 明 侯 開 一 平 流 ‖莫浮 微 尤 開 三 平 流 【迷浮】

按：「繆」，綢繆，共 2 次註音，一是莫彪翻，一是莫侯翻。

2）鍪 莫侯 明 侯 開 一 平 流 ‖莫浮 微 尤 開 三 平 流 【迷浮】

按：「鍪」，兜鍪，共 4 次註音，其中音莫侯翻 2 次，音牟 2 次。

3）蟊 莫侯 明 侯 開 一 平 流 ‖莫浮 微 尤 開 三 平 流 【迷浮】

按：「蟊」，蟊賊，僅 1 次註音。

4）龜 丘勾 溪 侯 開 一 平 流 ‖居求 見 尤 開 三 平 流 【袪尤】

按：「龜」，龜茲，胡三省音註：「龜，音丘。茲，音慈。賢曰：龜，丘勾翻，茲，沮惟翻，蓋急言之也。」（p.771）此切語僅 1 見。

5）掫 音鄒 莊 尤 開 三 平 流 ‖側九 莊 尤 開 三 上 流 【甾尤ˊ】

按：「掫」，共 2 次註音，有 2 各意義：地名，音子侯翻；麻幹，音鄒，又音側九翻（p.1094）。

6）取 音秋 清 尤 開 三 平 流 ‖倉茍 清 侯 開 一 上 流 【雌由ˊ】

按：「取」，攻取，此義註音 1 次：「音趨，又音秋。」（p.1945）其他皆註為「讀曰娶」（10 次）。

三等尤韻在微母、見母、莊母的條件下與侯韻混同，說明在這些聲母後，尤韻的三等[i]介音丟失，故而和一等侯韻混同。

2、幽與侯混註（1例）：

1）樛 居蚪 見 侯 開 一 上 流 ‖ 居蚪 見 幽 開 三 平 流 【居尤】

按：「樛」，人名，又姓，共4次註音，其中音居虯翻2次，音居蚪翻2次。

（三）流攝尤、幽韻與效攝宵、蕭、豪韻混切

尤宵混註（1例）：

1）髹 許昭 曉 宵 開 三 平 效 ‖ 許尤 曉 尤 開 三 平 流 【虛尤】

按：「髹」，僅1次註音，胡三省音註：「師古曰：以漆漆物謂之髹，音許求翻，又許昭翻。」（p.1002）

尤蕭混註（1例）：

1）勠 音遼 來 蕭 開 四 平 效 ‖ 力救 來 尤 開 三 去 流 【憐蕭ˇ】

按：「勠，力竹翻，古戮字。《說文》：并力也。《字林》音遼。」（p.47）《集韻》有此音。

幽宵混註（2例）：

1）幼 一笑 影 宵 開 三 去 效 ‖ 伊謬 影 幽 開 三 去 流 【一笑】

按：「幼」，幼眇，細微也，共出現2次，註音1次，指出假借1次：「讀曰要眇」。

蕭幽混註（1例）：

1）繳 音糾 見 幽 開 三 上 流 ‖ 古了 見 蕭 開 四 上 效 【吉弔】

按：「夫繳紒爭言而競後息。」胡三省音註：「《索隱》曰繳，音糾，康吉弔切，非。」（p.115）

幽豪混註（1例）：

1）嫪 居蚪 見 幽 開 三 平 流 ‖ 郎到 來 豪 開 一 去 效 【郎到】

按：「嫪」，嫪毐，共2次註音，皆同。

蕭豪部與尤侯部字的相混在《中原音韻》中也有表現。《中原音韻》中將「剖」、「缶」、「茂」、「覆」四個尤、侯韻的唇音字收入蕭豪部。《中州音韻》中蕭豪部只收「缶」，並註明「收」，表明此字已經從舊韻書的某韻轉入另一韻了。這種轉變說明「缶」字已經從[fəu]變成了[fɑu]。「茂」字依舊放在尤侯部，也許是方言的不同（陸志韋 1988：20）

（四）特殊音註

尤與咍混切例（1例）：

1）菩 音倍　並 咍 開 一 上 蟹　‖房久 並 尤 開 三 上 流【簿亥ˇ】

按：「菩」，菩陽宮（p.213），秦文王所起。《集韻》有此音。

流攝幽侯、尤侯在《通鑑音註》中混併為尤侯部，其主元音是[ə]，其擬音是[iəu]、[uə]。包括中古的幽尤侯，蕭韻的「繚」、豪韻的「嫽」，入聲韻字「龜」。

六、蕭豪部

蕭豪部主要來自《廣韻》效攝諸韻。中古效攝諸韻在《通鑑音註》中發生了洪細分別合流的音變，合併後的兩組之間還存在著相互混註的情況，則說明此兩組的主要元音是相同的，其區別在於介音的不同。

效攝字的註音有 604 條，其中與《廣韻》有相同音韻地位的有 462 條。蕭韻字的註音有 114 條，其中與《廣韻》音韻地位完全相同的有 91 條。宵韻字的註音有 199 條，其中與《廣韻》音韻地位完全相同的有 139 條。肴韻字的註音有 94 條，與《廣韻》音韻地位完全相同的有 71 條。豪韻字的註音有 195 條，其中與《廣韻》音韻地位完全相同的有 161 條。

（一）三四等韻合流

1、重紐區別消失

宵A宵B混註（1例）

1）轎 旗妙 群 宵 開 重四 去 效　‖渠廟 群 宵 開 重三 去 效

按：「轎」，輿轎，僅 1 次註音。

宵B與宵的舌齒音混註（3例）：

1）夭 於紹 影 宵 開 三 上 效　‖於兆 影 宵 開 重三 上 效

按：「夭」，夭折，共 15 次註音，其中音於紹翻 11 次，音於兆翻 3 次，音於矯翻 1 次。

2）妖 一遙 影 宵 開 三 平 效　‖於喬 影 宵 開 重三 平 效

3）妖 於遙 影 宵 開 三 平 效　‖於喬 影 宵 開 重三 平 效

按：「妖」，妖賊、妖言、妖術等義，共 91 次註音，其中音與嬌翻 2 次、音於驕翻 58 次，音於喬翻 13 次，音於遙翻 13 次，音一遙翻 5 次。

宵 A 與宵韻的舌齒音混註（11 例）：

1）鏢 匹燒 滂 宵 開 三 平 效 ‖ 撫招 滂 宵 開 重四 平 效

2）鏢 甫招 幫 宵 開 三 平 效 ‖ 撫招 滂 宵 開 重四 平 效

按：「鏢」，有二義：火珠鏢首，服飾，共 3 次註音，皆音紕招翻；錢鏢，人名，共 3 次註音，音甫招翻 2 次，匹燒翻 1 次。

3）瘭 必燒 幫 宵 開 三 平 效 ‖ 甫遙 幫 宵 開 重四 平 效

按：「瘭」，瘭疽，病名，僅 1 次註音。

4）翹 祈消 群 宵 開 三 平 效 ‖ 渠遙 群 宵 開 重四 平 效

按：「翹」，人名，僅 1 次註音。

5）嫖 匹昭 滂 宵 開 三 平 效 ‖ 撫招 滂 宵 開 重四 平 效

按：「嫖」，長公主嫖，僅 1 次註音。

6）縹 匹小 滂 宵 開 三 上 效 ‖ 敷沼 滂 宵 開 重四 上 效

7）縹 匹紹 滂 宵 開 三 上 效 ‖ 敷沼 滂 宵 開 重四 上 效

按：「縹」，青黃色也，共 5 次註音，其中音匹小翻 1 次，音匹紹翻 1 次，音匹沼翻 2 次，音普沼翻 1 次。

8）藐 妙小 明 宵 開 三 上 效 ‖ 亡沼 明 宵 開 重四 上 效

按：「藐」，共 3 次註音，藐視義，音亡沼翻、音妙小翻又亡角翻；又藐藐，疊音詞，悶也，音美角翻。

9）要 於消 影 宵 開 三 平 效 ‖ 於霄 影 宵 開 重四 平 效

10）要 於遙 影 宵 開 三 平 效 ‖ 於霄 影 宵 開 重四 平 效

11）要 一遙 影 宵 開 三 平 效 ‖ 於霄 影 宵 開 重四 平 效

按：「要」，共 99 次註音，有三義：其一爲腰也，音註曰「讀曰腰」8 次，「讀與腰同」10 次，「古腰字」1 次。其二爲邀也、約也，共 79 次註音，其中音一遙翻 61 次，音於遙翻 1 次；音邀 1 次、讀曰邀 4 次、與邀同 2 次；音一妙翻 1 次；其三，姓也，於消翻，1 次。

宵 A 與宵 B 混，宵 A、宵 B 與宵韻的舌齒音字混，說明宵韻的重紐區別已經消失了。

2、三四等韻合流

蕭與宵混切（7 例）：

1）梟 于驕 云 宵 開 重三 平 效 ‖古堯 見 蕭 開 四 平 效 【堅堯】

按：「梟」，共 81 次註音，其中為梟首義註音 80 次，其反切下字皆為「堯」，其反切上字為「工」者 3 次、為「古」者 9 次，為「堅」者 68 次；為梟鳥義註音 1 次：「堅堯翻，又于驕翻。」（p.831）

2）徼 一遙 影 宵 開 三 平 效 ‖古堯 見 蕭 開 四 平 效 【伊消】

按：「徼」，共 82 次註音，其中邊境義註音為「吉弔翻」24 次，音「古弔翻」1 次、吉釣翻 1 次；要也、求也義，音堅堯翻 15 次，音古堯翻 3 次，音工堯翻 6 次，

3）幺 一遙 影 宵 開 三 平 效 ‖於堯 影 蕭 開 四 平 效 【伊堯】

按：「幺」，共 2 次註音，另一音為「一堯翻」。

4）湫 子小 精 宵 開 三 上 效 ‖子了 精 蕭 開 四 上 效 【子小】

按：「湫」，隘也，共 2 次註音：「子小翻，隘也。《經典釋文》曰：湫，徐音秋，又在酒翻」（p.4332）、「陸德明《音義》：子小翻，徐音秋」（p.7094）。

5）剿 子小 精 宵 開 三 上 效 ‖子了 精 蕭 開 四 上 效 【子小】

按：「剿」，絕也，共 2 次註音，皆同。

6）療 力弔 來 蕭 開 四 去 效 ‖力照 來 宵 開 三 去 效 【力照】

按：「療」，治疾也，共 2 次註音，另一音為「力照翻」。

7）鵰 丁了 知 蕭 開 四 平 效 ‖止遙 章 宵 開 三 平 效 【丁了】

按：「鵰」，鵰舼，舟名，僅 1 次註音。

喉牙音見母、影母以及齒音精母章母以及來母的蕭韻字併入宵韻，蕭併入宵，三四等韻合流。

（二）一等韻與二等韻合流

看韻與豪韻混註（2 例）：

1）磝 音敖 疑 豪 開 一 平 效 ‖五交 疑 看 開 二 平 效 【牛刀 *】

2）磝 五勞 疑 豪 開 一 平 效 ‖五交 疑 看 開 二 平 效 【牛刀】

按：「磽」，磽磝津，僅 1 次註音：「杜佑曰：磝，口交翻；磽音敖。楊正衡曰：磝，口勞翻；磽，五勞翻；毛晃曰：磝，丘交翻；磽，牛交翻；或曰：磝，音確；磽音爻。」（p.3124）

關於「磝」字的註音，胡三省在這裏引用了三家的註音而未置可否，則說明在胡三省看來，三家的音都是可行的，豪韻和肴韻在他看來是沒有分別的。而且從胡三省以舒聲豪、肴韻給入聲覺韻註音看，覺韻字在《通鑑音註》時代的讀書音中，其韻尾有脫落現象。韻尾脫落後的覺韻字與陰聲韻豪、肴變得相同，說明江宕攝的主要元音與蕭豪部的主要元音是相同的。據此，我們把蕭豪部的主要元音也構擬成[ɑ]。

（三）一、二等韻與三、四等韻混註

1、肴韻與蕭宵韻混註（2 例）

1) 巢 祖了 精 蕭 開 四 上 效 ‖ 士稍 崇 肴 開 二 去 效 【徂交】

按：「巢」，巢湖，僅 1 次註音：「裴松之曰：巢，祖了翻。今巢湖與焦湖通。焦、勦音近，故有勦音，今讀如字」（p.2292）

2) 漅 音巢 崇 肴 開 二 去 效 ‖ 子小 精 宵 開 三 上 效 【鉏交ˊ】

按：「漅」，漅湖，僅 1 次註音，「音巢，又子小翻。」（p.5194）

肴韻巢字與蕭宵韻混同，同時還伴有聲母的音變：肴韻字在莊組（崇母字）後讀得與蕭宵韻在精母字後相同，即在莊組肴韻字與精組蕭宵韻字同音。精組細音讀與莊組洪音同。這一現象在《集韻》音切中有所反映（例 2）。

2、三四等韻與一等豪韻混註（13 例）

1) 嘵 音敖 疑 豪 開 一 平 效 ‖ 許嬌 曉 宵 開 重三 平 效 【牛刀ˊ】

2) 嘵 五高 疑 豪 開 一 平 效 ‖ 許嬌 曉 宵 開 重三 平 效 【牛刀ˊ】

3) 嘵 五羔 疑 豪 開 一 平 效 ‖ 許嬌 曉 宵 開 重三 平 效 【牛刀ˊ】

4) 嘵 五刀 疑 豪 開 一 平 效 ‖ 許嬌 曉 宵 開 重三 平 效 【牛刀ˊ】

5) 嘵 牛刀 疑 豪 開 一 平 效 ‖ 許嬌 曉 宵 開 重三 平 效 【牛刀ˊ】

按：「嘵」，共 13 次註音，有喧嘵義，亦人名。其中：音五高翻 1 次、音五羔翻 2 次，音虛驕翻 3 次，許驕翻 1 次、音敖 2 次，音五羔翻又許驕翻 1 次、音虛驕翻又牛刀翻 2 次、音許驕翻，又五刀翻 1 次。

6）轑 音料 來 蕭 開 四 去 效 ‖盧皓 來 豪 開 一 上 效 【力弔˙】

7）轑 音遼 來 蕭 開 四 平 效 ‖盧皓 來 豪 開 一 上 效 【憐蕭˙】

8）轑 音聊 來 蕭 開 四 平 效 ‖盧皓 來 豪 開 一 上 效 【憐蕭˙】

按：「轑」，轑陽，共 2 次註音：「徐廣曰：轑，音老，在幷州。據十三州志，轑，當音遼」（p.218）、「音料，又音聊」（p.771）。

9）脩 音條 定 蕭 開 四 平 效 ‖土刀 定 豪 開 一 平 效 【他彫˙】

按：「脩」，脩縣，在渤海郡，僅 1 次註音。

10）洮 音兆 澄 宵 開 三 上 效 ‖土刀 定 豪 開 一 平 效 【直紹˙】

按：「洮」，洮水、臨洮、洮州、洮湖，共 42 次註音。其中音土刀翻 37 次，音徒刀翻 1 次、音兆 1 次、音韜 2 次，音余招翻 1 次（爲「洮湖」註音，p.3478）。

11）騷 音蕭 心 蕭 開 四 平 效 ‖蘇遭 心 豪 開 一 平 效 【先彫˙】

12）騷 音繅 生 蕭 開 四 平 咸 ‖蘇遭 心 豪 開 一 平 效 【蘇遭˙】

按：「騷」，蒲騷之役，僅 1 次註音：「陸德明曰：騷，音蕭，又音繅。」（p.6842）

13）橈 奴高 泥 豪 開 一 平 效 ‖如招 日 宵 開 三 平 效 【如招】

按：「橈」，曲也，註音共 39 次，其中音奴高翻 1 次，音奴教翻 29 次，音「奴教翻，又奴巧翻」3 次，女教翻 1 次；又吳人爲「楫」爲「橈」，音饒，2 次。

三四等宵蕭韻與一等豪韻混註發生在曉母、來母、定母和心母以及日母，這些音變在《集韻》中已經存在，因爲胡三省的註與《集韻》的註音韻地位完全相同（除了例 13 外）。這些混註情況表明一部分蕭宵韻字在一定聲母（即曉母、來母、澄母、生母、心母、日母）條件下失去其三等[i]介音而與豪韻混同。

（四）特殊音變

宵與歌混切例（1 例）：

1）肇 大可 定 歌 開 一 上 果 ‖治小 澄 宵 開 三 上 效 【直紹】

按：胡三省音註：「伏侯《古今註》曰：肇之字曰始，音兆。賢曰：案許愼《說文》，肇，音大可翻，上諱也。但伏侯、許愼並漢時人，蓋別有所據。」（p.1518）又按：此處疑「可」爲「丂」之誤，如此則胡三省的註與《廣韻》的音只在於聲母的區別。

宵與虞混註例（1 例）：

1）朝音郰　知　虞　合　三　平　遇　‖陟遙　知　宵　開　三　平　效　【追輪ˋ】

按：「朝」，朝那山，山名，此義僅 1 次註音，胡三省音註：「朝，丁度《集韻》音與郰同。」（p.6414）

豪與模混切例（1 例）：

1）皋音姑　見　模　合　一　平　遇　‖古勞　見　豪　開　一　平　效　【攻乎ˋ】

按：「皋」，橐皋，地名，胡三省引孟康「音拓姑」（p.2211）。孟康是南朝梁時人，其音記的是上古音，胡三省註此音，不是時音，而是古地名的特定讀法。由此看朝、皋二例所記的是讀書音中所保留的文獻古讀，不當作爲胡三省時代共同語的讀書音來處理。

（五）入聲變陰聲

肴與覺混切例（2 例）：

1）淖音卓　知　覺　開　二　入　江　‖奴教　泥　肴　開　二　去　效　【直角】

2）淖竹角　知　覺　開　二　入　江　‖奴教　泥　肴　開　二　去　效　【直角】

按：「淖」，泥淖，又姓，共 11 次註音，其中音奴教翻 9 次。此處「音卓」、「竹角翻」的來源是：「《索隱》曰：淖，女教翻；康曰：竹角切，姓也」（p.126）、「鄭氏音卓。師古音奴教翻。淖，姓也」（p.632）。

蕭藥混註（1 例）：

1）鳥音雀　精　藥　開　三　入　宕　‖都了　端　蕭　開　四　上　效　【丁了】

按：「鳥」，鸞鳥，縣名，在武威郡，共註音 2 次，另一音「讀曰雀」。

豪與屋三混切例（1 例）

1）奧音郁　影　屋　合　三　入　通　‖烏到　影　豪　開　一　去　效　【乙六】

按：奧，奧鞬王，共 3 次註音，皆音郁。此音是域外譯音，記的是上古音，與宋元時音無關。

《廣韻》效攝豪獨用，肴獨用，蕭宵同用，發展到胡三省《通鑑音註》音系中，豪韻與肴韻在疑母條件下混註，莊組肴韻字與精組蕭宵韻字讀音相同，蕭宵韻字在一定聲母（即曉母、來母、澄母、生母、心母、日母）條件下失去其三等 [i] 介音而與豪韻混同。而且，《通鑑音註》音系的這 3 個方面的變化與中古音在

《集韻》中的變化相同（除了「巢」字）。這說明，豪韻字與肴韻字、豪韻字與三四等的蕭宵韻字、以及肴韻字與蕭宵韻字的音值在一定聲母條件下是相同的。因此，我們認爲效攝的蕭宵肴豪四韻變成了一個韻部——蕭豪部，並且爲其構擬的主要元音是[ɑ]（因爲宕攝的入聲韻鐸韻字有與豪韻混註的現象，江攝入聲韻覺韻有與肴韻混註的現象）。蕭豪部的主要元音是[ɑ]，有[au]、[iɑu]兩個韻母。

第六節　入聲韻

中古入聲韻發展的總趨勢是逐步走向消亡：隨著不同韻尾的歸併、弱化、消失而逐漸併入舒聲。馮蒸先生《〈爾雅音圖〉音註所反映的宋初四項韻母音變》認爲：「如果以中古的韻攝爲單位來觀察中古以來入聲韻母的演變方式，大約可以區分爲這樣三種類型：(1) 同攝入聲韻的合流；(2) 異攝同尾入聲韻的合流；(3) 異尾入聲韻的合流。這三種音變類型在宋代入聲韻的演變中都存在……可以看作是入聲韻母演變的一個時代標尺。」〔註51〕中古入聲韻有九部，-p、-t、-k 尾不混；與陽聲韻相配，不配陰聲韻。晚唐五代（838～960）時江宕、梗曾入聲合併，變爲 7 部；宋元韻圖《切韻指掌圖》、《四聲等子》中入聲兼承陰陽；宋末詞韻臻攝、深攝入聲併入梗曾攝入聲，山攝入聲與咸攝入聲合併，變爲 4 部，並且開始有入配陰的現象出現。這種入配陰的變化到元代就漸趨明朗。宋人韻圖、音釋以及西夏文對譯中都反映出入聲韻尾弱化或脫落的趨勢。魯國堯認爲「陰入相葉表明宋金時代北方話的入聲處在削弱消變的過程中，入聲韻尾比較微弱，故偶爾與主元音相同的陰聲字押韻。」〔註52〕對於入配陰，周祖謨說：「至於入聲字，廣韻本不與陰聲韻相承，今圖中於陰聲韻下皆配以入聲，是入聲字之收尾久已失去，以其元音與所配之陰聲韻相近或相同，故列爲一貫耳。然其聲調當較短較促，自與平上去不同。進而論之，入聲之承陰聲，不兼承陽聲者，正元明以降入派三聲之漸。」〔註53〕竺家寧認爲宋代邵雍《皇極經世聲

〔註51〕 馮蒸：《〈爾雅音圖〉音註所反映的宋初四項韻母音變》，載《宋元明漢語研究》（程湘清主編），山東教育出版社，1992 年版，第 510～578 頁。

〔註52〕 魯國堯：《宋詞陰入通叶現象的考察》，載《音韻學研究》（第二輯），中華書局，1986 年版，第 146 頁。

〔註53〕 周祖謨：《宋代汴洛語音考》，載周祖謨《問學集》（下冊），中華書局，2004 年版，第 600 頁。

音唱和圖》的入聲弱化成爲喉塞音[-ʔ]了。他說:「本文的看法是入聲並未完全失去輔音韻尾,而是弱化爲喉塞音-ʔ韻尾。有兩點理由:其一,如果入聲變得和陰聲字完全相同,則宋代的語音材料必定會跟陰聲同列,混而不分的,但是不論宋代韻圖或邵氏的十聲,都絲毫和陰聲字不相混。所以,這些入聲字後面必定還留有一個輕微的,表現入聲特性的成分,因爲它是個微弱的輔音,所以能和元音相同的陰聲字由於音近而相配,又因爲它後面仍有個輔音存在,所以不和陰聲字相混,它仍需留在入聲的位置上。其二,從現代有入聲的方言分佈上看,北方多半已失落入聲,南方則大致保存,夾在南北中間的地區則往往有個喉塞音韻尾,例如吳語就是。……像這種活語言留下的痕跡,說明了入聲韻尾不是一下子就失落的,它必有個弱化的過程,宋代正處於這個轉替的階段。」〔註54〕

　　從《廣韻》到《通鑑音註》,入聲韻發生了如下變化:一是入聲韻部由 9 個減少到 7 個;二是濁塞音韻尾有弱化成喉塞音韻尾的迹象,有的入聲字的韻尾已經脫落了,並且歸入相同主元音的陰聲韻裏去了。但是因爲變化的數量太少,所以我們還是認爲-p、-t、-k 三個入聲尾都完整保留。《通鑑音註》音系中入聲韻有屋燭、藥鐸、質物、陌職、緝入、月薛、葉帖七部。下面是各入聲韻部的討論。

一、屋燭部

　　屋燭部主要來自通攝入聲韻。在《通鑑音註》中,屋一、屋三與燭都混註,屋一與沃混註,說明通攝入聲屋、沃、燭的主要元音變得相同了。另外屋燭部與覺、鐸、德韻的並母字混同。

　　通攝入聲韻字共有221條反切和直音,其中與《廣韻》音韻地位完全一致的有 169 條。屋一韻字的註音有 52 條,其中有 46 條與《廣韻》的音韻地位完全相同。屋三韻字的註音有 103 條,其中與《廣韻》的音韻地位完全相同的有 78 條。沃韻字的註音有 15 條,其中與《廣韻》音韻地位完全相同的有 11 條。燭韻字的註音有 51 條,其中與《廣韻》音韻地位完全相同的有 34 條。

〔註54〕 竺家寧:《論皇極經世聲音唱和圖之韻母系統》,載《近代音論集》,(中國語文叢刊),臺灣學生書局,1994 年版。

（一）同攝入聲混註

屋₁與燭混切（3例）：

1）嗕 奴獨 泥 屋 合 一 入 通 ‖而蜀 日 燭 合 三 入 通 【奴沃】

按：「嗕」，西嗕，匈奴種，僅1次註音：「孟康曰：嗕，音辱，匈奴種。師古曰：嗕，音奴獨翻。」（p.807）

2）錄 音祿 來 屋 合 一 入 通 ‖力玉 來 燭 合 三 入 通 【盧穀'】

按：「錄」，「公等錄錄」，胡三省音註：「音祿。《索隱》曰：音六。王劭曰：錄，借字耳。」（p.178）

3）逯 音鹿 來 屋 合 一 入 通 ‖力玉 來 燭 合 三 入 通 【盧穀'】

按：「逯」，姓也，亦人名，共4次註音。其中音錄1次，音盧谷翻2次，「音錄，又音鹿」1次。「鹿」是屋韻字，「逯」、「錄」是燭韻字。

屋三與燭混切（5例）：

1）畜 吁玉 曉 燭 合 三 入 通 ‖許竹 曉 屋 合 三 入 通 【許六】

2）畜 吁玉 曉 燭 合 三 入 通 ‖許竹 曉 屋 合 三 入 通 【許六】

3）畜 呼玉 曉 燭 合 三 入 通 ‖許竹 曉 屋 合 三 入 通 【許六】

按：「畜」，共126次註音，其中為蓄養義註音為「音吁玉翻」（26次）、「許六翻」（28次）、「許竹翻」（2次）、「呼玉翻」（1次）、「許六翻」（3次）「呼玉翻，又許竹翻」1次；為蓄積義註音為「讀曰蓄」（8次）、「吁玉翻」（1次）、「敕六翻」（1次）；為六畜義註音為「許救翻」（43次）、「許又翻」（13次），等等。

4）麴 音曲 溪 燭 合 三 入 通 ‖驅匊 溪 屋 合 三 入 通 【丘六】

按：「麴」，酒母，共2次註音；另一音為丘六翻。

5）璹 殊玉 禪 燭 合 三 入 通 ‖殊六 禪 屋 合 三 入 通 【神六】

按：「璹」，人名，共16次註音，其中音殊玉翻14次、殊六翻1次、神六翻1次。

沃與屋₁混切（1例）：

1）耨 奴屋 泥 屋 合 一 入 通 ‖內沃 泥 沃 合 一 入 通 【奴沃】

按：「耨」，共2次註音：耨薩，高麗官職，音奴屋翻；楊耨姑，人名，音奴篤翻。

（二）異攝同尾入聲混註

屋一與德混切（1例）：

1) 暴 蒲北 並 德 開 一 入 曾 ‖ 蒲木 並 屋 合 一 入 通 【步木】

按：「暴」，暴露、露也，又姓，又借爲「曝」（1次），共18次註音，其中姓暴之暴音「白報翻」（1次），暴露義，胡三省音註用「木」、「卜」作反切下字者13次，用「北」作反切下字者1次，後者是採用《史記正義》的註音（p.304）。

屋三與德混切（2例）：

1) 伏 蒲北 並 德 開 一 入 曾 ‖ 房六 奉 屋 合 三 入 通 【鼻墨】
2) 伏 凫墨 並 德 開 一 入 曾 ‖ 房六 奉 屋 合 三 入 通 【鼻墨】

按：「伏」，蒲伏、扶伏、鷄伏子共4次註音，其中「鷄伏子」註音爲「房富翻」（1次），蒲伏、扶伏義註音爲蒲北翻（2次）、凫墨（1次）。

屋三與鐸混切（1例）：

1) 鰒 步各 並 鐸 開 一 入 宕 ‖ 房六 奉 屋 合 三 入 通

按：「鰒」，鰒魚，僅1次註音。《集韻》有弼角、步木二切均與此音註相對應。

屋一與覺混註（1例）：

1) 撲 弼角 並 覺 開 二 入 江 ‖ 普木 滂 屋 合 一 入 通 【弼角】

按：「撲」，撲殺，共32次註音：音弼角翻14次、普卜翻10次、普木翻4次、「弼角翻，又普卜翻」1次、「弼角翻，又普木翻」1次、「蒲卜翻，又弼角翻」1次、「普卜翻，蜀本弼角翻」1次。

燭韻與覺韻混註（2例）：

1) 屬 音驚 崇 覺 開 二 入 江 ‖ 之欲 章 燭 合 三 入 通 【殊玉】
2) 玉 音鷟 疑 覺 開 二 入 江 ‖ 魚欲 疑 燭 合 三 入 通 【虞欲】

按：「屬」，屬玉觀。胡三省音註：「服虔曰：屬玉觀，以玉飾，因名焉，在扶風。李奇曰：音鷟鷟，其上有此鳥，因以爲名。晉灼曰：屬玉，水鳥，似鷄鷫，以名觀也。師古曰：晉說是也。屬，之欲翻。」（p.885）

中古屋韻在胡三省《通鑑音註》中有變到藥覺部、德韻裏去的，發生變化的條件是唇音字。燭韻的唇音字也有與藥覺部混註的，變化發生的條件是並母、章母和疑母。

　　東鍾韻和梗曾攝的這些混註情況，與其後的《蒙古字韻》、《中原音韻》裏的情況相一致。《蒙古字韻》的公韻包括了庚耕登合口，弓韻包括庚三合口、清韻合口〔註55〕。而《中原音韻》中，庚青部的「崩、繃、烹、棚、鵬、薨、盲、蕾、萌、迸、猛、艋、蜢、孟、肱、觥、甍、轟、宏、絃、橫、嶸、弘、兄」等字都歸在東鍾韻裏，東鍾韻的「疼」歸在庚青部裏〔註56〕。陸志韋認爲在《中原音韻》裏，登、庚、耕的喉牙音合口字變到東鍾韻裏去了：「庚耕登的合口跟東鍾韻通押。這樣的字《中原音韻》兩韻部都收，可是兩方面的字不全同。卓書只收在東鍾，好像那些合口字眞的已經變爲 uŋ、iuŋ 音了。那末《中原音韻》的分收或是兼收表明有些合口字在方言異讀（參《西儒耳目資》uŋ 跟 uəŋ 重讀）。卓氏的辨音也許是靠不住的，而周氏只按曲文歸納。所以表上把收入東鍾韻的庚耕登字依然擬成 uəŋ，iu（ə）ŋ。蘭茂《韻略易通》還是把它們收在庚晴韻的。」〔註57〕

（三）入聲變同陰聲例

屋三與尤混切（4 例）：

1）肉　疾僦　從　尤　開　三　去　流　‖如六　日　屋　合　三　入　通　【如又】

2）肉　而救　日　尤　開　三　去　流　‖如六　日　屋　合　三　入　通　【如又】

按：「肉」，內郭爲肉，外郭爲好，共 2 次註音。

3）忸　尼丑　娘　尤　開　三　上　流　‖女六　娘　屋　合　三　入　通　【女九】

4）忸　女九　娘　尤　開　三　上　流　‖女六　娘　屋　合　三　入　通　【女九】

按：「忸」，忸怩、忸志，又人名如「莫敖忸」、「勿忸于氏」之類，共 7 次註音。其中註音爲女九翻者 4 次，女六翻 1 次、尼丑翻 1 次，「女九翻，又女六翻」1 次。

燭與魚、虞混切例（4 例）：

1）曲　丘羽　溪　虞　合　三　上　遇　‖丘玉　溪　燭　合　三　入　通　【顆羽】

2）曲　音麯　溪　虞　合　三　上　遇　‖丘玉　溪　燭　合　三　入　通　【顆羽'】

〔註55〕鄭張尚芳：《從〈切韻〉音系到〈蒙古字韻〉音系的演變對應法則》，（香港）《中國語文研究》，2002 年第 1 期（總第 13 期），第 51～63 頁。

〔註56〕甯繼福：《中原音韻表稿》，吉林文史出版社，1985 年版，第 12～16 頁、第 122 頁。

〔註57〕陸志韋：《釋〈中原音韻〉》，載《陸志韋近代漢語音韻論集》，商務印書館，1988 年版，第 13 頁。

3）曲 區句 溪 虞 合 三 去 遇 ‖丘玉 溪 燭 合 三 入 通 【顆羽】

按：曲遇，地名，有 2 次註音：第一次是「蘇林曰：曲，音麹。遇，音顯。師古曰丘羽翻」（p.288），第二次是「曲、逆，讀皆如字。《文選·高祖功臣贊註》曰：曲，區句翻；逆，音遇，非也。顏之推曰：俗儒讀曲逆爲去遇；票姚校尉曰飄搖。票姚，諸儒有兩音；最無謂者，曲逆爲去遇也。」（p.378）

4）錄 力具 來 虞 合 三 去 遇 ‖力玉 來 燭 合 三 入 通 【良據】

按：「錄」，錄囚，共 2 次註音：「今之慮囚，本『錄』聲之去者耳，音力具翻，而近俗不曉其意，訛其文，遂爲思慮之慮，失其源矣」（p.1456）。

屋燭部的主要元音是[u]，有[uk]、[iuk]兩個韻母。中古的屋一韻字入聲尾脫落後與侯韻相同，屋三韻字入聲韻尾脫落後與尤韻相同，燭韻字入聲尾脫落後與魚虞韻相同。中古屋一、屋三、燭三個入聲韻尾脫落後的不同歸屬，反映出這些入聲變同陰聲韻例字早在東鍾韻形成之前就已經變同陰聲韻了。

二、藥覺部

藥覺部來自江攝入聲韻以及宕攝入聲韻。

江攝入聲覺韻字註音有 67 條，與《廣韻》音韻地位完全相同的有 55 條。宕攝入聲韻字的註音共有 161 條，與《廣韻》音韻地位完全相同的有 137 條。藥韻字的註音有 59 條，其中與《廣韻》音韻地位完全相同的有 48 條。鐸韻字的註音有 102 條，其中與《廣韻》的音韻地位完全相同的有 90 條。

（一）宕攝入聲混註

藥與鐸混切（1 例）：

1）爍 歷各 來 鐸 開 一 入 宕 ‖離灼 來 藥 開 三 入 宕 【歷各】

按：爍然，如石之固之貌，僅 1 次註音。

藥韻在來母條件下與鐸韻混同，說明其三等介音丟失，主元音變得相同。

（二）覺與藥、鐸無混註情況說明

胡三省的音註沒有覺韻與藥韻或鐸韻混註的例子，但是江韻卻有與唐韻混註的情況，根據四聲相承的原則，我們認爲江宕攝的入聲也混了。

（三）覺韻字與燭韻字混註

1）數 七欲 清 燭 合 三 入 通 ‖所角 生 覺 開 二 入 江 【趨玉】

2）數 趨玉 清 燭 合 三 入 通 ‖所角 生 覺 開 二 入 江 【趨玉】

按：「數」，共 1045 次註音，其中爲屢次義註音及次數爲：所角翻 891 次、色角翻 3 次；數落、數罪、計數義註音及次數爲：所具翻 121 次、音所具翻又所主翻 24 次；細密義註音爲七欲翻 1 次、趨玉翻 2 次。

（四）宕攝入聲與梗攝陌韻相混

1、藥與陌三混切（1 例）：

1）玃 俱碧 見 陌 開 三 入 梗 ‖居縛 見 藥 合 三 入 宕 【俱碧】

按：「玃」，一種動物，亦人名，共 2 次註音，另一音是厥縛翻。此例的開合不同是由於反切下字是唇音字的緣故。藥與陌三混註的現象，與其所相配的陽聲韻陽與庚三韻的混註相一致。

2、鐸與陌二混切例（4 例）：

1）粕 普白 滂 陌 開 二 入 梗 ‖匹各 滂 鐸 開 一 入 宕 【匹陌】

按：「粕」，糟粕。共 2 次註音：音普各翻 1 次、音匹各翻又普白翻 1 次。

2）澤 音鐸 定 鐸 開 一 入 宕 ‖瑒伯 徹 陌 開 二 入 梗 【達各ʼ】

按：漢時張掖兩都尉，一治日勒澤索谷，一治居延，師古：澤，音鐸（p.1043）。僅 1 次註音。

3）魄 音薄 並 鐸 開 一 入 宕 ‖普伯 滂 陌 開 二 入 梗 【白各ʼ】

按：「魄」，落魄，鄭氏音薄（p.287）。

4）額 音洛 來 鐸 開 一 入 宕 ‖五陌 疑 陌 開 二 入 梗 【鄂格】

按：「額」，額頭，又龍額侯，共 4 次註音，其中音洛 3 次、鄂格翻 1 次。鐸韻與陌二相混，跟唐韻與庚二韻的相混的情況相一致。

（五）入聲韻變同陰聲韻

覺與豪、肴混切例（3 例）：

1）确 口勞 溪 豪 開 一 平 效 ‖苦角 溪 覺 開 二 入 江 【克角】

2）确 口交 溪 肴 開 二 平 效 ‖苦角 溪 覺 開 二 入 江 【克角】

3）确 丘交 溪 肴 開 二 平 效 ‖苦角 溪 覺 開 二 入 江 【克角】

按：「确」，确磝津，註音 2 次：「杜佑曰：确，口交翻；磝音敖；楊正衡曰：

磽，口勞翻；磝，五勞翻；毛晃曰：磽，丘交翻；磝，牛交翻；或曰：磽，音確；磝，音爻。」（p.3124）又，「丘交翻，楊正衡曰：磽，口勞翻，杜佑曰：磽，口交翻。」（p.3336）

鐸與麻三混切（1例）：

1) 橐 章夜 章 麻 開 三 去 假 ‖ 他各 透 鐸 開 一 入 宕 【之夜】

按：「橐」，橐皋，地名，共 2 次註音。胡三省音註：「今曰柘皋……孟康音拓姑……陸德明曰：橐，章夜翻，又音託。」（p.2211）又於第 2424 頁註曰：「音託，又讀爲柘。」胡三省列出孟康和陸德明兩人的音註，且不加一語評價，是難於取捨還是都可行呢？我們不得而知。此註既然有這樣的問題，我們先暫時存疑。

江宕攝的入聲韻沒有混切的例子，但舒聲有唐、江混切，江宕合併，根據四聲相承原則，覺韻與鐸韻、藥韻也合併了，我們稱之爲藥覺部。梗攝的陌二、陌三部分字分別與鐸、藥合併，都歸入藥覺部，藥覺部韻母有[iɑk]、[ɑk]、[uɑk]。

三、質物部

質物部主要來自臻攝入聲韻。臻攝入聲韻字的註音有 234 條，與《廣韻》音韻地位完全相同的有 185 條。質韻字的註音有 91 條，與《廣韻》音韻地位完全相同的有 78 條。術韻字的註音有 37 條，與《廣韻》音韻地位完全相同的有 22 條。櫛韻字的註音有 6 條，與《廣韻》音韻地位完全相同的有 5 條。物韻字的註音有 51 條，與《廣韻》音韻地位完全相同的有 39 條。迄韻字的註音有 12 條，與《廣韻》音韻地位完全相同的有 6 條。沒韻字的註音有 37 條，其中與《廣韻》音韻地位完全相同的有 35 條。

（一）三等韻入聲韻合併

質與物混註（2例）：

1) 佛 音弼 並 質 開 重三入 臻 ‖ 符弗 奉 物 合 三 入 臻 【薄密'】

按：「佛」，佛狸，人名，共 4 次註音：音弼 3 次，讀曰弼 1 次。

2) 拂 音弼 並 質 開 重三入 臻 ‖ 敷勿 敷 物 合 三 入 臻 【薄密'】

按：「拂」，共 5 次註音，其中保拂、右拂，官職名，讀曰弼；拂意，讀曰咈，2 次；拂梯泉，引史炤音曰：薄勿切，1 次。

術與質混切（1例）：

1）颭　越筆　云　質　開　三　入　臻　‖于筆　云　術　合　三　入　臻　【越筆】

按：「颭」，人名，共2次註音。另一音于筆翻。

術韻與迄混切（1例）：

1）䢭　時迄　禪　迄　開　三　入　臻　‖食律＊船　術　合　三　入　臻

按：「䢭」，人名，共4次註音，另外的註音是：十律翻、時橘翻、辛律翻。

物與術韻混切（1例）：

1）鬱　音聿　以　術　合　三　入　臻　‖紆物　影　物　合　三　入　臻　【紆勿】

按：「鬱」，鬱洲，僅1次註音。

迄與質混切（2例）：

1）契　欺詰　溪　質　開　重四　入　臻　‖去訖　溪　迄　開　三　入　臻　【欺訖】

按：「契」，契丹，又契苾部落，共註音68次，其中音欺訖翻32次、欺訖翻又音喫32次、欺詰翻1次；又稷契，人名，音息列翻，7次；契闊，音苦結翻，2次。

2）釳　許乙　曉　質　開　重三　入　臻　‖許訖　曉　迄　開　三　入　臻　【許訖】

按：「釳」，鐵孔也，僅1次註音。

臻攝三等入聲韻混註，說明它們已經相混併且合併了。

（二）三等入聲韻與一等入聲韻混註

物與沒混切（3例）：

1）屈　求忽　群　沒　合　一　入　臻　‖九物　見　物　合　三　入　臻　【渠勿】

按：「屈」，北屈，縣名，共3次註音，顏師古音居勿翻，陸德明音求忽翻。

2）蔚　紆忽　影　沒　合　一　入　臻　‖紆物　影　物　合　三　入　臻　【紆勿】

按：「蔚」，地名，又姓名，共52次註音，其中紆勿翻43次，音鬱4次，於勿翻3次，紆忽翻1次，「音尉，又音紆勿翻」1次。

3）齕　恨勿　匣　物　合　三　入　臻　‖下沒　匣　沒　合　一　入　臻　【胡骨】

按：「齕」，人名，又齧也，共8次註音，其中恨勿翻5次。

三等入聲韻與一等入聲韻混註，說明二者之間主要元音變得相同。

（三）同尾異攝入聲韻混註

迄與屑混切（1例）：

1）犵 古黠 見 屑 開 四 入 山 ‖ 居乞 見 迄 開 三 入 臻 【蹇列】

按：「犵」，僅1次註音，紇犵羥，人名，音「古黠翻，又胡骨翻」。

（四）異攝異尾混註

質屋混註（1例）：

1）宓 音伏 奉 屋 合 三 入 通 ‖ 美筆 明 質 開 重三 入 臻 【莫筆】

按：「宓」，秦宓、李宓，人名，共2次註音：「莫必翻，通作密」、「音密，又音伏」。前者與《廣韻》、《集韻》音同。《五音集韻》宓，芳福切，其下註云：「宓，同上，又人名，三國有秦宓，今增。」「同上」指的是其上之字「虙」：「虙，古虙犧字，《說文》云：虎貌，又姓，虙子賤是也。」

（五）入聲韻變同陰聲韻例

迄與齊混切（1例）：

1）乞 丘計 溪 齊 開 四 去 蟹 ‖ 去訖 溪 迄 開 三 入 臻 【丘既】

迄與微混切（1例）：

1）乞 音氣 溪 微 開 三 去 止 ‖ 去訖 溪 迄 開 三 入 臻 【丘既'】

按：「乞」，與也，共4次註音，其中音氣3次、音丘計翻1次。「音氣」與《集韻》音同。

臻攝入聲韻中，術、迄、文都與質韻混併；沒有櫛韻與質韻混切的例子，但其舒聲臻韻與眞韻相混併，則櫛韻也與質韻混併；舒聲眞韻與文韻合併，則質、物也合併。從三等韻合併以及三等韻和一等韻混註兩種情況看，臻攝入聲韻在《通鑑音註》中變成了一個韻部，我們稱之爲質物部。質物部的主要元音是[ə]，有[ət]、[iət]、[uət]、[iuət]4個韻母，包括《廣韻》沒、質、術、櫛、迄、物諸韻。

四、薛月部

薛月部主要來自中古山攝入聲韻。山攝入聲韻字共有301條註音，其中與《廣韻》的音韻地位完全相同的有251條。曷韻字的註音有46條，與《廣韻》

音韻地位完全相同的有 43 條。末韻字的註音有 37 條，與《廣韻》音韻地位完全相同的有 31 條。黠韻字的註音有 13 條，與《廣韻》音韻地位完全相同的有 13 條。鎋韻字的註音有 5 條，其中有 3 條與《廣韻》音韻地位完全相同。月韻字的註音有 32 條，與《廣韻》的音韻地位完全相同的有 29 條。屑韻字的註音有 68 條，與《廣韻》音韻地位完全相同的有 56 條。薛韻字的註音有 99 條，與《廣韻》音韻地位完全相同的有 75 條。

（一）三四等入聲韻合流

屑與薛混切（6 例）：

1）紇 恨竭 匣 薛 開 重三入 山 ‖胡結 匣 屑 開 四入 山 【恨極】

按：「紇」，回紇，又姓氏、人名，共 69 次註音。其中音戶骨翻 7 次，音下沒翻 60 次，音鶻 1 才，音「胡骨翻，又恨竭翻」1 次。

2）契 息列 心 薛 開 三入 山 ‖苦結 溪 屑 開 四入 山 【私列】

按：上文已經述及，「契」作爲人名，有 8 次註音，皆音息列翻。

3）折 之截 章 屑 開 四入 山 ‖旨熱 章 薛 開 三入 山 【之列】

按：「折」，共 165 次註音，其中折合義註音爲之截翻，1 次；折斷、面折、屈也等義註音爲而設翻 97 次、之舌翻 54 次、之列翻 5 次、食列翻 2 次、常列翻 2 次、上列翻 1 次，等等。

4）滅 綿結 明 屑 開 四入 山 ‖亡列 明 薛 開 重四入 山 【莫列】

按：「滅」，消滅，僅 1 次註音。

5）拽 戶結 匣 屑 開 四入 山 ‖羊列 以 薛 開 重三入 山 【羊列】

按：「拽」，拽刺，奚王名，共 4 次註音，其中音戶結翻 2 次、音羊列翻 2 次。《廣韻》正文無「拽」字的註音，但在「抴」字下註云：「羊列切，亦作拽，拕也。」可見「抴」、「拽」是異體字。《集韻》將「抴」、「拽」同條註音爲羊列切。

6）惙 丑捩 徹 屑 開 四入 山 ‖陟劣 知 薛 合 三入 山 【株劣】

按：「惙」，氣息惙然，氣息衰疲也，共 3 次註音。另 2 音是：「積雪翻」、「陟劣翻，《類篇》丑例翻」。此例胡三省用徹母字「丑」作四等的屑韻字「捩」的上字，可見胡三省時代四等韻的已經變同三等韻了。

月與薛混切（1例）：

1）羯 居列 見 薛 開 三 入 山 ‖居謁 見 月 開 三 入 山 【居謁】

按：「羯」，共 15 次註音，其中音居謁翻 14 次，音居列翻 1 次。

月與屑混切（1例）：

1）刖 魚決 疑 屑 開 四 入 山 ‖魚厥 疑 月 合 三 入 山 【魚厥】

按：「刖」，共 4 次註音，其中音月 3 次，音魚決翻 1 次。

純四等變入重紐三等，純三等韻也與重紐韻合併。山攝入聲韻三四等韻已經合併了。

（二）一等曷末韻合流

末與曷混切（3例）：

1）沫 莫曷 明 曷 開 一 入 山 ‖莫撥 明 末 合 一 入 山 【莫葛】

按：「沫」，涎也，此義只有 1 次註音。

2）昧 莫曷 明 曷 開 一 入 山 ‖莫撥 明 末 合 一 入 山 【莫葛】

3）昧 莫葛 明 曷 開 一 入 山 ‖莫撥 明 末 合 一 入 山 【莫葛】

按：「昧」，人名，共 8 次註音，其中莫葛翻 5 次，音莫曷翻 2 次，音末 1 次。

與其所配的陽聲韻混註情況相同，山攝入聲韻一等的末與曷在唇音條件下混同，而唇音不分開合，這說明末與曷的主要元音其時已經變得相同了，故而合併。

（三）二等的黠鎋混註（1例）

1）軋 乙轄 影 鎋 開 二 入 山 ‖於黠 影 黠 開 二 入 山 【乙黠】

按：「軋」，車輾也，僅 1 次註音。

（四）三四等入聲韻與一等入聲韻混註

屑與末混切（1例）：

1）㹠 音秣 明 末 合 一 入 山 ‖莫結 明 屑 開 四 入 山 【莫結】

按：「㹠」，污㹠，僅 1 次註音：「孟康曰：㹠，音漫。師古曰：㹠，音秣，謂塗染也。」（p.1024）

薛與曷混切（4例）：

1）愒 許葛 曉 曷 開 一 入 山 ‖丘竭 溪 薛 開 重三入 山 【許葛】

2）愒 許曷 曉 曷 開 一 入 山 ‖丘竭 溪 薛 開 重三入 山 【許葛】

3）愒 呼葛 曉 曷 開 一 入 山 ‖丘竭 溪 薛 開 重三入 山 【許葛】

4）愒 呼曷 曉 曷 開 一 入 山 ‖丘竭 溪 薛 開 重三入 山 【許葛】

按：「愒」，恐愒，共 5 次註音，另一音註是「今人讀如喝，呼葛翻」。

（五）異攝異尾入聲韻混註

1、-t 與 -k 尾韻混註

曷與昔混切（1 例）：

1）捺 奴刺 娘 昔 開 三 入 梗 ‖奴曷 泥 曷 開 一 入 山 【乃曷】

按：「捺」，共 4 次註音，其中音奴葛翻 3 次。此例中「刺」是否是「剌」之誤？《廣韻》曷韻字有「剌」。存疑。

鎋與陌二混切（1 例）：

1）帕 莫白 明 陌 開 二 入 梗 ‖莫鎋 明 鎋 開 二 入 山 【普駕】

按：「帕」，帕頭，僅 1 次註音。

2、-t 與 -p 尾韻混註

薛與葉混切（1 例）：

1）埒 龍輒 來 葉 開 三 入 咸 ‖力輟 來 薛 合 三 入 山 【龍輟】

按：「埒」，敵也、等也、同也，共 11 次註音，其中音力輟翻 5 次，龍輟翻 5 次，龍輒翻 1 次。

（六）異攝同尾入聲韻混註

末與物混切（2 例）：

1）祓 敷勿 敷 物 合 三 入 臻 ‖北末 幫 末 合 一 入 山 【敷勿】

2）祓 音拂 敷 物 合 三 入 臻 ‖北末 幫 末 合 一 入 山 【敷勿‧】

按：「祓」，共 2 次註音：「師古曰：祓者，除惡之祭。祓，音廢，又敷勿翻」（p.429）、「音廢，又音拂」（p.559）

（七）入聲韻變同陰聲韻

末與廢混切（1 例）：

1）祓 音廢 幫 廢 合 三 去 蟹 ‖北末 幫 末 合 一 入 山 【放吠‧】

按：「祓」，共 2 次註音：「師古曰：祓者，除惡之祭。祓，音廢，又敷勿翻」（p.429）、「音廢，又音拂」（p.559）

薛與祭混切（2 例）：

1）惙 丑例 徹 祭 開 三 去 蟹 ‖陟劣 知 薛 合 三 入 山 【丑芮】

按：上文已經述及，「惙」共 3 次註音，「陟劣翻，《類篇》丑例翻」（p.3082）。

2）茢 音例 來 祭 開 三 去 蟹 ‖良薛 來 薛 開 三 入 山 【力制】

按：「茢」，以桃茢祓除不祥，僅 1 次註音：「音列，又音例」（p.7759）。

（八）陽入混註例

屑與桓混切（1 例）：

1）𡼥 音漫 明 桓 合 一 去 山 ‖莫結 明 屑 開 四 入 山 【暝見】

按：上文已述及，「𡼥」，孟康曰：𡼥，音漫。（p.1024）

《廣韻》山攝入聲韻在《通鑑音註》中合併成了一個韻部——薛月部。薛月部主要元音是[a]，有[at]、[iat]、[uat]、[iuat]四個韻母。

五、陌職部

陌職部來自《廣韻》梗攝和曾攝的入聲韻。

梗攝入聲韻字的音註有 267 條，其中與《廣韻》音韻地位完全相同的有 206 條。陌₂韻字的註音有 47 條，其中與《廣韻》音韻地位完全相同的有 35 條。陌₃韻的註音有 11 條，與《廣韻》音韻地位完全相同的有 10 條。麥韻字的註音有 50 條，其中與《廣韻》音韻地位完全相同的有 35 條。昔韻字的註音有 82 條，其中與《廣韻》音韻地位完全相同的有 61 條。錫韻字的註音有 78 條，其中與《廣韻》音韻地位完全相同的有 66 條。曾攝入聲韻字的註音有 81 條，其中與《廣韻》音韻地位完全相同的有 65 條。職韻字的註音有 49 條，其中與《廣韻》音韻地位完全相同的有 40 條。德韻字的註音有 32 條，與《廣韻》音韻地位完全相同的有 25 條。

（一）梗攝入聲韻合併

1、梗攝三、四等入聲韻合併

昔與錫混切（5 例）：

1）擿 他歷 透 錫 開 四 入 梗 ‖直炙 澄 昔 開 三 入 梗 【他歷】

2）擿 他狄 透 錫 開 四 入 梗 ‖ 直炙 澄 昔 開 三 入 梗 【他歷】

按：「擿」，共 19 次註音，其中為投也擲義註音 3 次；為揭發、挑動註音 16 次，音他歷翻（5 次）、他狄翻（11 次）

3）辟 音壁 幫 錫 開 四 入 梗 ‖ 必益 幫 昔 開 三 入 梗 【必歷】

按：「辟」，君也，又人名，此意義共註音 2 次，皆音壁。

4）酈 郎益 來 昔 開 三 入 梗 ‖ 郎擊 來 錫 開 四 入 梗 【狼狄】

5）酈 直益 澄 昔 開 三 入 梗 ‖ 郎擊 來 錫 開 四 入 梗 【直炙】

按：「酈」，共 4 次註音，酈食其、從子酈，皆音歷；酈邑公主，音櫟；酈縣，音直益翻，又郎益翻（p.290）。昔與錫混切表明三、四等入聲合流了。

2、昔與陌三混註（1 例）

1）刺 七逆 清 陌 開 三 入 梗 ‖ 七跡 清 昔 開 三 入 梗 【七跡】

按：「刺」，刺殺、刺探，共 152 次註音，其中音七亦翻 145 次，七亦翻又七賜翻 3 次、七逆翻又七四翻 1 次，等等。

3、二等入聲韻合併

麥與陌二混切（4 例）：

1）覈 下格 匣 陌 開 二 入 梗 ‖ 下革 匣 麥 開 二 入 梗 【下革】

按：「覈」，考覈、覆覈，又人名，此種意義音戶革翻 5 次、下革翻 1 次、下格翻 1 次。

2）矺 音宅 澄 陌 開 二 入 梗 ‖ 陟革 知 麥 開 二 入 梗 【陟格']

3）矺 竹格 知 陌 開 二 入 梗 ‖ 陟革 知 麥 開 二 入 梗 【陟格】

4）矺 貯格 端 陌 開 二 入 梗 ‖ 陟革 之 麥 開 二 入 梗 【陟格】

按：「矺」，磔也，僅 1 次註音。胡三省音註曰：「《索隱》曰：矺，貯格翻。《史記正義》音宅，與磔同，謂磔裂支體而殺之；溫公《類篇》音竹格翻，磓也。」（p.252）

4、二等入聲韻與三、四等入聲韻混註

陌二與昔混切（2 例）：

1）澤 音釋 書 昔 開 三 入 梗 ‖ 場伯 徹 陌 開 二 入 梗 【施隻'】

按：「澤」，陳澤，人名，僅 1 次註音，《史記正義》曰：「澤，音釋。」（p.285）

2）赤 音赫 曉 陌 開 二 入 梗 ‖昌石 昌 昔 開 三 入 梗 【昌石】

按：「赤」，董赤，人名，僅 1 次註音，《史記正義》音赫（p.498）。

（二）曾攝入聲混註

職與德混切例（1 例）：

1）扐 音力 來 職 開 三 入 曾 ‖盧則 來 德 開 一 入 曾 【六直】

按：「扐」，扐侯，僅 1 註。

（三）梗曾二攝入聲韻合併

1、昔與職混切（3 例）

1）擿 丁力 知 職 開 三 入 曾 ‖直炙 澄 昔 開 三 入 梗 【直炙】

按：「擿」，擲也，投也，共 3 次註音：「讀曰擲」、「與擲同，古字耳，音持益翻」、「投也，持益翻；一曰：擿，磓也，丁力翻」。

2）鶒〔註 58〕恥力 徹 職 開 三 入 曾 ‖昌石 昌 昔 開 三 入 梗 【昌石】

按：「鶒」，僅 1 次註音。

3）踖 資息 精 職 開 三 入 曾 ‖資昔 精 昔 開 三 入 梗 【資昔】

按：「踖」，踧踖，不自安貌，共 5 次註音，其中資昔翻 2 次、子昔翻 2 次。

2、錫與職混切（2 例）

1）惕 他力 透 職 開 三 入 曾 ‖他歷 透 錫 開 四 入 梗 【他歷】

按：「惕」，怵惕，共 7 次註音，其中音他歷翻 6 次。

2）甓 蒲力 並 職 開 三 入 曾 ‖扶歷 並 錫 開 四 入 梗 【蒲歷】

按：「甓」，瓴也，共 4 次註音，其中音扶歷翻 1 次、音蒲歷翻 2 次。

〔註 58〕《廣韻》、《集韻》無此字。《古今韻會舉要》：「鷔，鸂鷔，水鳥，毛五色。或作鶒。杜詩『一雙鸂鷔對沈浮』，亦作『鸂鶒』，又作『鶒』。《倪若水傳》云唐元宗遣中人採鳲鶒鸂鶒南方。」又，《中華字海》「鶒」，同「鶒」，字見《宋詩紀事》卷二十八。又，「鸂鶒」又作「鸂鷔」。《正韻》：昌石切，音尺，與鶒同。鸂鶒，水鳥也。謝靈運《鸂鶒賦》：「覽水禽之萬類，信莫麗於鸂鶒。」

3、陌二與德混切（1例）

1）貊 莫北 明 德 開 一 入 曾 ‖莫白 明 陌 開 二 入 梗 【莫白】

按：「貊」，蠻貊，共 15 次註音，其中音莫北翻 1 次、音莫白翻 3 次、音莫百翻 11 次。

梗曾二攝的入聲韻合流：德韻與陌二韻合流，職韻與錫、昔韻合流。梗曾二攝的入聲韻合併成一個韻部，我們稱之為陌職部。陌職部主要元音是[ə]，有 [ək]、[iək]、[uək]、[iuək] 四個韻母。

（四）其他入聲韻與梗曾混註

1、異尾混註

錫與緝混切（1例）：

1）櫟 音立 來 緝 開 三 入 深 ‖郎擊 來 錫 開 四 入 梗 【狼狄】

按：「櫟」，人名，又櫟林，音力（1次）、音郎狄翻（1次）；櫟陽，縣名，音藥（7次）。

胡三省音註中梗、曾、深、臻的主元音相同，昔、錫、緝與質混同，是因為韻尾有弱化為喉塞尾的現象存在的緣故。

2、同尾異攝入聲混註

（1）錫與沃混切（1例）：

1）戚 將毒 精 沃 合 一 入 通 ‖倉歷 清 錫 開 四 入 梗【子六／昨木】

按：「戚」，地名，胡三省註曰：「戚，如字；如淳將毒翻」（p.265）。胡註與《廣韻》相同，如淳的註則與《集韻》有兩個反切與之相近。

（2）陌二與鐸混註（3例）：

1）頟，音洛；2）魄，音薄；3）澤，音鐸。此 3 例在藥覺部已經討論，此處略。

（五）入聲韻變同陰聲韻

昔祭混註（1例）：

1）蕈 音蔽 幫 祭 開 重四 去 蟹 ‖房益 並 昔 開 重四 入 梗 【必袂'】

按：「蕈」，蕈山，僅 1 次註音。

昔魚混註（1 例）：

1）墌 章恕 章 魚 合 三 去 遇 ‖之石 章 昔 開 三 入 梗【職略／之石】

按：「墌」，高墌城，地名，共 5 次註音，皆同。《集韻》有二切可以與之對應。

按，墌，基址之義。《廣韻》之石切，《集韻》職略、之石二切，此處懷疑胡三省誤註。

昔支混註（1 例）：

1）瘠 音漬 從 支 開 三 去 止 ‖秦昔 從 昔 開 三 入 梗 【秦昔】

按：「瘠」，羸瘠，捐瘠，共 5 次註音，其他註音是：音秦昔翻 2 次、音在亦翻 1 次、音而尺翻 1 次。

錫與齊混切（2 例）：

1）裼 徒計 定 齊 開 四 去 蟹 ‖先擊 心 錫 開 四 入 梗 【他計】

2）裼 他計 透 齊 開 四 入 梗 ‖先擊 心 錫 開 四 入 梗 【他計】

按：「裼」，袒也，又人名，共 6 次註音。其中音錫 2 次、先擊翻 1 次、先的翻 1 次、他計翻又先擊翻 1 次、先擊翻又徒計翻 1 次。

錫與蕭混切（1 例）：

1）蓨 音條 定 蕭 開 四 平 效 ‖他歷 透 錫 開 四 入 梗 【他彫ˋ】

按：「蓨」，蓨縣，共 6 次註音，皆同。

職與之混切（5 例）：

1）識 式志 書 之 開 三 去 止 ‖賞職 書 職 開 三 入 曾 【式吏】

按：「識」，記也，共 16 次註音，其中音職吏翻 7 次、音志 4 次、音誌 2 次、音式志翻 2 次、式志翻又職吏翻 1 次。

陌職部主要來自梗攝和曾攝入聲韻。《廣韻》梗曾二攝的入聲韻在《通鑑音註》中韻母變得相同而合併。陌職部的主元音與其舒聲庚青部相同，都是[ə]，其擬音開口是[ək]、[iək]，合口是[uək]、[iuək]。入聲韻尾有脫落現象。

六、緝入部

緝入部來自深攝入聲緝韻。《通鑑音註》中緝韻的音註例有 38 個，其中自註 29 例。

緝合混註（2 例）

1）邑 烏合 影 合 開 一 入 咸 ‖於汲 影 緝 開重三 入 深 【過合】

按：「邑」，內懷於邑，胡三省音註：「師古曰：於邑，短氣貌，讀並如字。又，於，音烏；邑，音烏合翻。」《廣韻》「邑」於汲切，影母緝韻。《廣韻》緝韻「邑」小韻下有「唈，嗚唈，短氣。」又，「合」韻下有「唈，烏荅切，《爾雅》云：優唈也。」胡三省的「烏合翻」，與讀「烏荅切」同，意義亦相同，則說明此處的「邑」不過是「唈」的假借字。唈，《廣韻》有緝韻和合韻兩個讀音，胡三省的音註與《廣韻》註音相同。故此例是合韻自註的例子。

2）颯 音立 來 緝 開 三 入 深 ‖蘇合 心 合 開 一 入 咸 【力入】

按：「莽遣歆、歆弟騎都尉、展德侯颯使匈奴。」（p.1203）胡三省音註：「師古曰：颯，音立。」《廣韻》「颯」只有合韻一讀。此處「颯」作為人名出現，師古的音是保留東漢時的讀音，人名作為固定名稱不易更改，胡三省從之。《集韻》有此讀。

深攝入聲在《通鑑音註》中我們稱之為緝入部。緝入部的主要元音是[ə]。韻母有[əp]、[iəp]兩個。[əp]出現在莊組字後；[iəp]出現在莊組以外的聲母後。

七、葉帖部

葉帖部主要來自咸攝入聲韻字。《通鑑音註》中咸攝入聲韻字的註音有206條，其中與《廣韻》音韻地位完全相同的有144條。合韻字的註音有40條，有31條與《廣韻》的音韻地位完全相同。盍韻字的註音有30條，與《廣韻》的音韻地位完全相同的有12條。洽韻字的註音有26條，與《廣韻》音韻地位完全相同的有18條。狎韻字的註音有11條，與《廣韻》音韻地位完全相同的有6條。葉韻字的註音有52條，與《廣韻》音韻地位完全相同的有34條。業韻字的註音有3條，其音韻地位都與《廣韻》的相同。胡註中沒有乏韻字的註音。帖韻字的註音有43條，與《廣韻》音韻地位完全相同的有39條。

（一）咸攝三、四等入聲韻合流

葉與帖混切（4 例）：

1）厭 於協 影 帖 開 四 入 咸 ‖於葉 影 葉 開重四入 咸 【益涉】
2）厭 一協 影 帖 開 四 入 咸 ‖於葉 影 葉 開重四入 咸 【益涉】

按:「厭」,共 139 次註音,其中爲厭勝(動詞)義註音爲於協翻(6 次)、一協翻(2 次)、一葉翻(7 次)、於葉翻(8 次),等等。

3)呫 叱涉 昌 葉 開 三 入 咸 ‖他協 透 帖 開 四 入 咸 【尺涉】

按:「呫」 呫囁,細語也,共 3 次註音,其中音叱涉翻 2 次、音他協翻 1 次。

4)浹 音接 精 葉 開 三 入 咸 ‖子協 精 帖 開 四 入 咸 【即協】

按:「浹」,浹口、汗流浹背、洽也等,共 15 次註音,其中音即協翻 9 次、音子協翻 2 次、音即叶翻 3 次、音接 1 次。

此處無嚴韻入聲業韻與葉帖混註的例子,但其舒聲有此類現象,根據四聲相承的原則,我們認爲業韻也已經與葉帖合流。

(二)咸攝入聲一、二等合流

合與盍混切(7 例):

1)郃 古盍 見 盍 開 一 入 咸 ‖古遝 見 合 開 一 入 咸 【曷閤】

按:「郃」,郃陽,又人名,共 23 次註音,其中音古合翻 2 次、音古合翻又曷閤翻 6 次、音古合翻又曷閤翻 5 次、曷閤翻 2 次、曷閤翻 1 次、古沓翻 1 次、音合 2 次、曷閤翻又古合翻 1 次、曷閤翻又古合翻 1 次、曷閤翻又古盍翻 1 次。這裏「閤」是鐸韻字,「閤」是合韻字。

2)榼 苦合 溪 合 開 一 入 咸 ‖苦盍 溪 盍 開 一 入 咸 【克盍】

3)榼 克合 溪 合 開 一 入 咸 ‖苦盍 溪 盍 開 一 入 咸 【克盍】

按:「榼」,榼盧城,又人名、飲器,共 4 次註音,另二音是:戶盍翻、苦盍翻。

4)闟 徒臘 定 合 開 一 入 咸 ‖徒盍 定 盍 開 一 入 咸 【敵盍】

按:「闟」,闟鞠,音徒臘翻 1 次;闟茸,音吐盍翻 2 次、闟敦地,音蹋 1 次。

5)蹋 徒臘 定 合 開 一 入 咸 ‖徒盍 定 盍 開 一 入 咸 【敵盍】

6)蹋 徒合 定 合 開 一 入 咸 ‖徒盍 定 盍 開 一 入 咸 【達合】

按:「蹋」,蹋頓、蹋折、蹋鞠,共 9 次註音,其中徒臘翻 4 次,徒盍翻 1 次、「賢曰:蹋,音大蠟翻。楊正衡《晉書音義》蹋,徒合翻」1 次、與踏同 3 次。

7）蓋 古合 見 合 開 一 入 咸 ‖古盍 見 盍 開 一 入 咸 【穀盍】

按：「蓋」，姓也，共 36 次註音，其中音古盍翻 33 次、古合翻 2 次、徒蓋翻 1 次。

洽與狎混切（6 例）：

1）歃 所甲 生 狎 開 二 入 咸 ‖山洽 生 洽 開 二 入 咸 【色洽】
2）歃 色甲 生 狎 開 二 入 咸 ‖山洽 生 洽 開 二 入 咸 【色洽】

按：「歃」，歃血，共 12 次註音，其中音色甲翻 7 次、色洽翻 4 次、色洽翻又所甲翻 1 次。

3）渫 色洽 生 洽 開 二 入 咸 ‖所甲 生 狎 開 二 入 咸 【色洽】

按：「渫」，人名，共 4 次註音，音色洽翻 1 次、音所甲翻 2 次、音山立翻又所甲翻 1 次。

4）胛 古洽 見 洽 開 二 入 咸 ‖古狎 見 狎 開 二 入 咸 【古狎】

按：「胛」，肩胛，共 2 次註音。另一音註爲「音甲」。

5）啑 色洽 生 洽 開 二 入 咸 ‖所甲 生 狎 開 二 入 咸 【色甲】

按：「始與高帝啑血盟。」音註：「所甲翻，小歠也。《索隱》引鄒氏音使接翻。」（p. 419）。另「今已誅諸呂，新啑血京師」，音註：「《索隱》曰：《漢書》作『喋』，音跕，丁牒翻。陳湯、杜鄴皆言『喋血』，無盟歃事。《廣雅》『喋』，履也。予據《類篇》『啑』字有色甲、色洽二翻，既從『啑』字音義，當與『歃』同。若從『喋』字，則有履之義。」（p.436）

洽與合混切（1 例）：

1）祫 音合 匣 合 開 一 入 咸 ‖侯夾 匣 洽 開 二 入 咸 【曷閤ˊ】

按：「祫」，祭名，共 5 次註音，其中音合 1 次、音胡夾翻 2 次、戶夾翻 1 次、疾夾翻 1 次。

（三）咸攝入聲二等韻與三／四等韻混註

狎與葉混切（1 例）：

1）啑 使接 生 葉 開 三 入 咸 ‖所甲 生 狎 開 二 入 咸 【色甲】

按：上文已述及，「啑」，《索隱》引鄒氏音使接翻。

（四）異尾入聲韻混註

合與鐸混切（1 例）：

1）郃 曷閣 匣 鐸 開 一 入 宕 ‖ 侯閣 匣 合 開 一 入 咸 【曷閣】

按：上文已述及，「郃」，郃陽，又人名，共 23 次註音，其中音曷閣翻 2 次。

葉與薛混切（2 例）：

1）懾 之舌 章 薛 開 三 入 山 ‖ 之涉 章 葉 開 三 入 咸 【質涉】

按：「懾」，怖也，共 29 次註音，其中音之涉翻 28 次。

2）鰈 彼列 幫 薛 開 三 入 山 ‖ 與涉 以 葉 開 三 入 咸 【弋涉】

按：「太子法服設樂以待之。」胡三省音註：「革帶，金鉤鰈。……鰈，丑例翻，又彼列翻。」（p.5573）《集韻》有弋涉、實攝、虛涉、達協四切，聲母都不與胡三省音同。存疑。

（五）入聲韻變同陰聲韻

盍與支混切（1 例）：

1）狧 食爾 船 支 開 三 上 止 ‖ 吐盍 透 盍 開 一 入 咸 【甚尔】

按：「狧」，「師古曰：狧，古舐字，食爾翻。」（p.518）

葉與祭混切（1 例）：

2）鰈 丑例 徹 祭 開 三 去 蟹 ‖ 與涉 以 葉 開 三 入 咸 【弋涉】

按：上文已述及，「鰈」，丑例翻，又彼列翻（p.5573）。《集韻》有弋涉、實攝、虛涉、達協四切，聲母都不與胡三省音同。存疑。

葉與脂混切（1 例）：

3）疌 竹二 知 脂 開 三 去 止 疾葉 從 葉 開 三 入 咸 【陟利】

按：「疌」，人名，僅 1 次註音。

與其所配的陽聲韻相同，中古咸攝入聲韻在《通鑑音註》中變成了一個韻部，我們稱之為葉帖部。葉帖部主要來自中古咸攝諸入聲韻，包括合韻、盍韻、洽韻、狎韻、葉韻、帖韻業韻、乏韻字。葉帖部的主元音是[a]，有[ap]、[iap]兩個韻母。

第七節 《通鑑音註》韻母系統的特點及其音值構擬

　　以上我們討論了《通鑑音註》的韻部，本節我們討論它的主要元音、介音、入聲韻尾以及唇音開合等四個問題。

一、關於主元音問題

　　《廣韻》依照主元音與聲調的不同將中古韻母劃分為 206 韻，早期韻圖《韻鏡》、《七音略》又依照主要元音相同或相近、韻尾相同的條件將韻母進行了歸併，劃分成了 16 攝，而在《四聲等子》、《切韻指掌圖》、《經史正音切韻指南》等宋元後期韻圖裏，又將 16 攝進一步合併，成了 13 攝：江宕合圖、梗曾合圖、果假合圖，比早期韻圖少了 3 攝。宋代的實際語音已經明顯不同於《切韻》(《廣韻》)，三等和四等已經沒有區別了，《韻鏡》、《七音略》即是如此。此外宋詞的押韻——其實可上溯到晚唐時代——基本上是按照 16 攝或 13 攝的系統押韻，馮蒸先生〔註 59〕認為此種情況「似乎暗示著同一攝的主要元音此時已基本上或完全趨於相同（我們當然知道詩詞押韻並不要求主元音完全一樣了）。我認為『攝』這一名稱的起源與同攝諸韻主元音相同的情況一定有某種聯繫，否則『攝』這一名稱的出現就沒什麼意義了。」(p.237) 又，「宋元等韻圖以及明清等韻圖的『攝』都是指主要元音和韻尾完全相同而只是介音不同的一組韻而言」(p.231)。我們認為，宋元之際胡三省《通鑑音註》韻母系統所發生的一系列的變化，同樣是主元音的問題：每一韻部主要元音基本相同、韻尾相同、介音不同。

　　按照上述一韻部基本上只有一個主要元音的原則，參照邵榮芬《切韻研究》的音值構擬，參照前輩學者對於眞文、庚青、侵尋、支思、車遮、家麻諸韻部音值的構擬，我們給《通鑑音註》諸韻攝的主要元音構擬的音值是：

表 4-1：《通鑑音註》音系主要元音的音值

陰聲韻	支思	齊微	魚模	皆來	蕭豪	歌戈	家麻	車遮	尤侯	
	ï	i	u	a	ɑ	o	a	ɛ	ə	
陽聲韻	寒仙		東鍾	眞文	江陽	庚青			侵尋	覃鹽
	a		u	ə	ɑ	ə			ə	a

〔註 59〕 馮蒸：《論〈四聲等子〉和〈切韻指掌圖〉的韻母系統及其構擬》，載馮蒸《漢語音韻學論文集》，首都師範大學出版社，1997 年版，第 230～253 頁。

但是，在《通鑑音註》的韻母系統中，除了合併還有分化現象。

中古的止攝和蟹攝變成了支思、齊微、皆來等韻部，支思部的音值是 ʅ 和 ɿ，齊微的主元音是 i，皆來部的主元音是 a。支思部字絕大多數來自精莊章組以及日母的支脂之三韻的開口字，齊微部來自除了支思部之外的支脂之微、齊祭廢、灰韻字以及泰韻合口字。

果假二攝在《通鑑音註》中的演變與《四聲等子》、《切韻指掌圖》不同。《四聲等子》和《切韻指掌圖》果假二攝合流，歌與戈一合流，戈三變到了麻三，麻二獨立。《通鑑音註》中，歌戈一合併，戈三與麻三混註，但沒有戈三與麻二混的例子。麻二、麻三基本不混，表現出歌戈一、戈三、麻二（家麻）、麻三（車遮）四個韻部的對立，即歌戈獨立，麻獨立，果假二攝沒有發生合併（但是存在車遮與魚模的混同）。對此我們的構擬是：

歌戈：o、io、uo；家麻：a、ia、ua；車遮：iɛ

《通鑑音註》的主要元音有以下 8 個：

[ɑ]，江宕韻的主元音；蕭豪部的的主元音，入聲韻的主元音與舒聲相同，下同。

[a]，皆來、家麻、寒仙、覃鹽諸韻部的主元音。

[i]，是齊微部的主元音。

[ï]，是支思部的主元音，包括[ʅ]、[ɿ]兩個舌尖元音。

[u]，是東鍾部、魚模部的主元音。

[ə]，是眞文部、庚青部、侵尋部、尤侯部的主元音。

[o]，是歌戈部的主元音。

[ɛ]，是車遮部的主元音。

二、關於介音的問題

《通鑑音註》韻母大量合併。原來同攝的不同韻母發生了趨同音變。《通鑑音註》的韻母系統基本上是二呼二等，即每個韻部有一等、三等，各等又各自分開合口（原獨韻攝除外）。一等無介音，三等有[i]介音，合口介音是[u]。原中古二等韻喉牙音的開口字的[i]介音已經產生了。

三、關於入聲韻尾的問題

（一）入聲韻尾的弱化和脫落現象

中古漢語的入聲字具有-p、-t、-k 韻尾，到了宋末元初，這些入聲字發生了變化。在《通鑑音註》中的入聲字的註音有 1577 條，其中有 1243 條與《廣韻》的音韻地位完全相同，-p、-t、-k 韻尾的字有相混的現象僅有 10 條，入聲的性質發生改變已現端倪。又有以入聲字爲陰聲字註音的，可知這些入聲字的韻尾都已經由弱化而至於脫落。但是絕大部分還是入聲互註，入聲特性還沒有喪失。《通鑑音註》的入聲韻已經存在弱化爲-ʔ韻尾的現象了，所以存在著-p、-t、-k 韻尾互相註音的情況。《通鑑音註》中-p、-t、-k 的混同標誌著個別入聲字的韻尾已經弱化尾一個喉塞音-ʔ韻尾，因此才能夠與有著相同主元音的異尾入聲韻互註。

表 4-2：入聲韻尾混註情況統計表

	入－入						陰－入			陽－入
	異　攝									
	同　尾			異　尾						
	-k	-t	-p	-k/-t	-k/-p	-t/-p	-k/-ø	-t/-ø	-p/-ø	-n/-t
次　數	20	4	3	5	2	3	45	23	3	1

從上表看，胡註中同尾入聲韻的混併情況最爲劇烈，同尾入聲韻的混併又以-k 尾入聲的合併最爲劇烈。結合前文的分析，我們可以知道，收-k 尾的通、江、宕、梗、曾五攝的 5 個韻類 12 個入聲韻在胡註中變成了三個韻部，即屋燭、藥覺、陌職；收-t 尾的臻、山二攝 2 個韻攝 13 個入聲韻在胡註中變成了質物、薛月兩個韻部；收-p 尾的深、咸二攝的入聲韻在這裏變成了緝入和葉帖。胡註中，-k、-t、-p 三個韻尾有混同爲-ʔ的情況，但三者仍然保持獨立的格局。

陰聲韻與入聲韻相混的情況說明，胡註中已經有入聲韻尾脫落的現象存在，入聲字韻尾脫落後，併入到與之有著相同主元音的陰聲韻裏去了，由此可以說胡三省的音系中入聲是配陰聲的。陰聲韻和入聲韻的相配情況大致如下：屋配尤侯、燭配魚模，藥覺配蕭豪、質物配齊微，其他入聲韻部因爲缺乏例證，暫時不能明確。

（二）陽聲韻與入聲韻有混註的情況

在紐四聲法和同義又音中的例子可以看出入聲韻還有和陽聲韻相配的現象。

（1）紐四聲法的例子

1）遜書與琮曰：「卿不師日磾而宿留阿寄。」胡三省音註：「阿，相傳從安入聲。」（p.2361）

2）乃礪斧于庭，謂諸大人曰：「可汗恨汝曹讒殺太子。」胡三省音註：「可，讀從刊入聲。」（p.2548）

3）魏末以來，縣令多用廝役。胡三省音註：「廝，音斯，今相傳讀從詵入聲。」（p.5261）

4）吐谷渾可汗伏允東走，入西平境內。胡三省音註：「吐，讀暾入聲」（p.5641）

按：「阿」是影母歌韻字，「安」是寒韻字，寒韻所配入聲是曷韻；用「安入」標明「阿」的讀音，從中也可以看到「阿」及以下五例反映的都是入聲配陽聲的語音格局。「可」是溪母歌韻字，「刊」是寒韻字，其所配入聲也是曷韻，入聲配陽聲；「廝」是心母支韻字，胡註音「斯」，與「廝」同音，但他又說「今相傳讀從詵入聲」，則說明時音中還存在「詵入」的讀法。「詵」是臻韻字，臻韻所配的入聲是櫛韻，入聲配陽聲；「吐」是透母模韻字，「暾」是魂韻字，魂韻所配入聲是沒韻，入聲配陽聲。

從這4個例子可以看出，《通鑑音註》中還有些入聲字保持著與其陽聲韻相配的格局，其入聲的-p、-t、-k 韻尾並沒有脫落。從這些保持中古入聲配陽聲的格局的例字看，「阿」、「廝」出現在較古的文獻書面語中，而「可」、「吐」則是外來詞的譯音。

（2）從不區別意義的又音材料中反映出來的入聲韻與陽聲韻相配的信息

「汙幭宗室。」胡三省音註：「幭，孟康曰：音漫。師古曰：幭，音秣，謂塗染也。」（p.1024.）

按：胡註與此處引兩家註音，且不置可否，說明此兩家的註音在時音中都存在。孟康註「幭」音「漫」，「幭」莫結切，明母屑韻；漫，莫半切，明母桓韻去聲。以「漫」為「幭」註音，看來時音中的確依舊存在著入聲配陽聲的格局。

保持著中古音的入聲配陽聲的格局的例字出現在外來詞譯音以及較古的書面語中。那麼，《通鑑音註》中的入聲韻到底是配陰聲韻還是配陽聲韻？我們認

爲，既然-p、-t、-k 三個入聲濁塞音韻尾已經有混同現象，既然入聲韻有變同陰聲韻以及胡註用入聲韻字給中古陰聲韻字註音的的諸多例子，入聲韻的韻尾弱化現象的存在是必然無疑的。胡註中的入聲韻和陰聲韻相配，而文獻中存在的少量譯音和較古文獻書面語中的入聲韻配陽聲韻的情況是存古的特點。中古入聲韻的濁塞音韻尾-p、-t、-k 尾韻的字在《通鑑音註》中依舊保持三分的格局，有些入聲字已經弱化爲喉塞音-ʔ了，有些入聲韻字的韻尾弱化後又有脫落，因而變到與之主要元音相同的陰聲韻裏去了，這種演變符合詞彙擴散理論談到的詞在演變過程中的三種存在狀態。

有些宋元時期的材料研究將其時的入聲尾構擬成-ʔ尾了，理由也是-p、-t、-k 有混同的情況，如竺家寧的《宋代入聲的喉塞音韻尾》〔註60〕一文所述。《通鑑音註》三種塞音韻尾有混同的例子，其比例是 10：1577，所占比例太低，因此我們認爲-p、-t、-k 依然保持中古的格局。

四、關於陽聲韻尾的問題

根據前文的敘述，胡註中陽聲韻也發生了劇烈的變化，由於同攝不同等位的韻母的大量合併、異攝同尾韻母的合併，中古音系的 9 個陽聲韻攝在胡註中變成了 7 個：東鍾、江陽、眞文、寒仙、庚青、侵尋、覃鹽。不同韻尾的陽聲韻也有混註現象。

表 4-3：陽聲韻尾混註情況統計表

	-ŋ/-n	-ŋ/-m	-n/-m
相混次數	6	6	6

陽聲韻-ŋ、-n、-m 之間都有混同的情況存在。這些現象我們在前文已經作了詳細的闡述，此處只是簡單將其混註的次數與音註總數做個簡單比較，用以說明我們的結論。

1、《通鑑音註》中收-ŋ 與-n 的被註音字共有 3576 條註音。-ŋ、-n 相混，用現代的話說，叫做前後鼻音不分。胡註中此類混同現象發生在通、梗、曾三攝收-ŋ 尾的字與臻、山二攝收-n 尾的字之間，雖然相混的例子只有 6 例，但卻

〔註60〕 竺家寧：《宋代入聲的喉塞音韻尾》，載《近代音論集》（中國語文叢刊），臺灣學生書局，1994 年版。

說明胡三省口裏的前後鼻音是不分的。這一特點與同時代的吳語區的其他文獻研究相一致〔註61〕。

2、《通鑑音註》中收-ŋ 與-m 的被註音字共有 2426 條註音，-ŋ 與-m 混註的有 6 條。胡三省的《音註》中將此-ŋ 與-m 相混不是韻母的合併問題，也不是-m 韻尾向-ŋ 韻尾的轉化，而是上古音的來源問題。

3、《通鑑音註》中收-n 與-m 的被註音字共有 2448 條註音。-n、-m 相混只有 6 例，寒談混 2 例、仙覃 1 例、銜山 1 例、元凡 2 例。寒談、仙覃、山銜、元凡之間的混併現象是屬於異攝異尾相同主元音的合併，說明-m 尾的消變現象已經存在。但變的比例甚低，-m 尾還是獨立存在。

因此胡註中陽聲韻的-ŋ、-n、-m 三分的格局依舊。

五、唇音字的開合問題

唇音不分開合，李榮《切韻音系》（1956）、邵榮芬《切韻研究》（1982）早有定論。麥耘先生根據《王三》統計了各韻系唇音字與開口字（冒號前）與合口字（冒號後）互為反切下字的次數：支 12:4，脂 7:0，微 0:4，皆 3:2，佳 12:5，夬 1:2，廢 1:1，泰 3:0，祭 1:0，齊 6:0，眞 9:4，仙 13:2，寒 6:4，刪 13:9，元 1:13，山 6:2，先 11:1，歌 10:2，麻 9:1，唐 11:3，陽 5:10，庚 23:15，清 6:1，耕 6:3，青 8:3，登 3:0，職 1:1。並據此認為在《切韻》開合韻裏，唇音字在切下字方面大多同開、合口兩邊都有聯繫，但總的說來是同開口字的接觸較多〔註62〕。

胡三省《通鑑音註》中唇音字作反切下字以及唇音字的反切下字的情況是：

（1）開口字用唇音字作反切下字或直音的有 392 條音註。

（2）合口字用唇音字作反切下字或直音的有 330 條音註。

（3）唇音開口字的註音有 631 條，其中有 34 條的反切下字或直音用的是合口字。

（4）唇音合口字的註音有 416 條，其中有 37 條的反切下字或直音用的是開口字。

〔註61〕 朴柔宣：《從宋元時期用韻材料看吳語中的-n、-ŋ 韻尾相押》，《紹興文理學院學報》，2005 年，第 25 卷，第 4 期（總第 150 期）。

〔註62〕 麥耘：《〈切韻〉元音系統試擬》，載《音韻與方言研究》，廣東人民出版社，1995年版，第 117 頁。

（5）同一唇音字既可以作開口字的反切下字，又可以作合口字的反切下字有 25 個字，這些字是：皮、盤、墨、免、孟、猛、萌、媚、昧、板、妹、漫、慢、買、浮、補、博、丙、變、婢、鄙、筆、逼、北、版。

《通鑑音註》韻母系統中唇音字不分開合，可開可合，與《切韻》（《廣韻》）一致。因此，我們在分析音韻地位時，也和前輩學者一樣，對於中古韻圖中有合無開的通、遇二攝，我們認爲是合口，對於有開無合的流攝、深攝、咸攝，則認爲是開口。同時我們還參照《廣韻韻圖》中的唇音開合分佈，如寒韻、山韻唇音無字，其唇音字都包括在桓韻、刪韻字中了，等等，在同音字表中我們將中古寒韻、山韻字的唇音字都歸入合口韻[uan]裏去了。

六、《通鑑音註》韻母系統的特點

（一）同攝一等重韻合流、二等重韻合流，同時一等韻與二等韻也發生了合流音變。

（二）同攝三四等韻合流，三等韻合流、重紐韻的區別特徵消失。

同攝三四等韻合流實際上包含 3 個信息，即重紐韻消失、純四等韻併入重紐三等、純三等韻與重紐三等韻合流。胡三省《通鑑音註》中重紐韻已經完全消失，在上文的相關韻部裏我們已經作了詳細的分析。中古重紐的 A 類和 B 類在胡三省的音系中混併、重紐韻與純四等韻、純三等韻發生了合流音變。

胡三省《通鑑音註》反切和直音系統中，純四等韻的-i-介音已經產生，主元音也變得和三等韻相同了，因此，純四等韻都變入三等韻了，具體變化是：齊韻、祭韻變入支韻，並與支、脂、之、微構成齊微部；先韻變入仙韻，蕭韻變入宵韻；青韻變入清（庚三）韻；添韻變入鹽韻。入聲韻的變化與舒聲相同。

總的說來，胡註中三等韻合流，純四等韻變入三等韻，重紐韻的區別特徵消失。

（三）二等韻喉牙音開口字產生了[i]介音，二等韻消失。

《通鑑音註》中二等韻與一等韻發生合流音變，同時也有與三、四等混同的情況。

關於二等消變的原因，二等變入一等，可從元音和介音兩方面來說。從元音方面說，可能是一、二等韻的主元音相近，某些二等韻的主元音在演化過程中，開口度加大，向一等韻靠近，最後因類化作用使得一、二等韻合流；關於

二等開口喉牙音併入三／四等，一般認爲是因爲齶化作用使得二等韻的喉牙音產生前齶介音-i-，這個-i-與三／四等韻的前齶介音相同，因而導致了二等與三／四等的合流。近年來，隨著漢語音韻學研究的發展，音韻學界已一般接受中古二等韻具有從上古＊-r-變來的後齶介音-ɣ-介音之說。如果這樣的話，似乎可以這樣解釋二等韻消變的原因，即：二等的這個-ɣ-介音在開口喉牙音之後轉化爲-i-，即-ɣ- > -ɯ- > -i-〔註63〕，以至於與三／四等合流，而在開口其他聲母合口之後，-ɣ-介音消失，導致二等韻與一等韻合流。《通鑑音註》中二等韻的喉牙音開口字已經產生了[i]介音。二等韻大多數與一等韻合流，其喉牙音開口字則變到了三等。

（四）異攝的江宕合流、梗曾合流。蟹攝的齊祭廢灰與止攝支脂之微組成了齊微韻部（除了支脂之精莊章組（含日母）的開口字）。

（五）支思部產生。

（六）車遮部產生。

（七）梗、曾、臻、深四韻字有混同現象。

（八）-p、-t、-k 有混同的現象，但入聲韻保持-p、-t、-k 三分的格局。入聲韻與陰聲韻相承。

（九）-ŋ、-n 有混註的現象，但陽聲韻保持-ŋ、-n、-m 三分的格局。

（十）唇音不分開合。

（十一）其他：

1、通攝與梗攝韻字有交互的現象，庚二合口見母字混入東鍾韻的三等，被註字胡三省的註音與《集韻》相同。

東鍾韻與江韻混註，這是因爲江韻字和東韻字、鍾韻字、冬韻字的上古來源相同。東鍾韻與江韻的混同在《廣韻》裡兩見於通攝韻和江攝韻。

東鍾韻與凡韻、覃韻有混同，呈現出-m、-ŋ尾韻的混切現象，是上古來源的問題。胡三省的音切與《集韻》的音切音韻地位相同。

2、庚韻與陽唐混註的現象說明三者讀音兩兩相同，中古不同韻攝的庚韻和陽唐韻，在上古卻是同一來源。

〔註63〕 鄭張尚芳：《重紐的來源及其反映》，載《第四屆國際暨第十三屆全國聲韻學學術研討會論文集》，1995 年 A3-1-7。

3、臻攝韻與山攝韻有混註現象。仙韻合口字與諄韻字有混同現象，說明這些聲母條件下諄韻與仙韻合口不分；還有眞韻與仙先韻、諄韻與刪韻混、魂韻與桓韻混的現象，與《廣韻》一致。臻攝字在一定聲母條件下與山攝混同，是因爲方言中桓韻有的讀作[un]、[uɔn]的緣故。

4、陽聲韻與陰聲韻有混註的現象（如灰魂、之蒸、虞鍾混註），「可能就是古時『文白異讀』的沉積」（徐通鏘）。

5、有舒聲促化的現象，如「阿」、「可」、「厛」、「吐」等舒聲韻字讀入聲韻。

6、佳韻有變同麻韻的現象。

7、魚模部與尤侯部的混同現象主要發生在唇音聲母里，也有發生在喉音、章母、禪母裏的情況。

8、止遇有混註的現象。

9、流攝與效攝有混註的現象。

10、效攝與遇攝有混註的現象。

七、《通鑑音註》音系韻母表

根據對主元音、介音、韻尾、開合口等方面的討論，我們定出了《通鑑音註》的韻母系統。

表4-4：《通鑑音註》韻母表

	一	三	一	三
	開　口		合　口	
東鍾			uŋ	iuŋ
江陽	ɑŋ	iɑŋ	uɑŋ	
齊微		i	ui	
支思	ï (ɿ/ʅ)			
魚模			u	iu
皆來	ai	iai	uai	
真文	ən	iən	uən	iuən
寒仙	an	ian	uan	iuan
蕭豪	ɑu	iɑu		
歌戈	o	io	uo	
家麻	a	ia	ua	

	一	三	一	三
	開　　口		合　　口	
車遮		iɛ		
庚青	əŋ	iəŋ	uəŋ	iuəŋ
尤侯	əu	iəu		
侵尋	əm	iəm		
覃鹽	am	iam		
屋燭			uk	iuk
藥覺	ɑk	iɑk	uɑk	
質物	ət	iət	uət	iuət
薛月	at	iat	uat	iuat
陌職	ək	iək	uək	iuək
緝入	əp	iəp		
葉帖	ap	iap		
總計	陰聲韻 9 部 19 個韻母	陽聲韻 7 部 21 個韻母	入聲韻 7 部 21 個韻母	
	23 個韻部，61 個韻母（支思部算 1 個）			

第五章 《通鑑音註》的聲調系統

　　《切韻》一系的韻書都是按照平、上、去、入四聲來編排的。漢字的讀書音有平、上、去、入四聲的分別是從很古就有的，四聲的名稱和四聲類別的確定則是從宋齊時代開始的。根據鄭張尙芳先生的看法，古四聲表現爲韻尾的對立，聲調是無關緊要的羨餘成分。從韻尾到聲調的發展大致經過四個階段：第一階段只有韻尾對立，沒有聲調（如藏文）。上古漢語中平聲是零韻尾（即沒有韻尾），上聲是個-ʔ尾，去聲是-s或-h尾，入聲是-p、-t、-k尾。第二階段聲調作爲韻尾的伴隨成分出現，仍以韻尾爲主，聲調不是獨立音位。先秦韻文之有辨調傾向也許只因韻尾不同，也許伴隨的不同音高成分也是個音素。第三階段聲調上升爲主要成分，代償消失中的韻尾的辨義功能，部分韻尾或作爲殘餘成分存在，或仍然保持共存狀態（例如現今南方一些方言上聲的喉塞音成分是殘存的不辨義成分，入聲帶塞尾的方言塞尾仍與短調共同起作用）。第四階段則完全是聲調，韻尾全部消失〔註1〕。第四階段在多數北方方言中存在（除晉語和江淮話），第三階段的情況在現代吳方言中也還可以看到，漢語聲調變化的第一、二階段的特徵則早已不存在了〔註2〕。

〔註1〕 參見鄭張尙芳《上古漢語韻母系統及聲調的發源》（北京語言學院講稿，1996年，第11～12頁）、《上古音系》（上海教育出版社，2003年版，第224頁）。

〔註2〕 參見以下資料：鄭張尙芳：《溫州音系》，《中國語文》，1964年第1期，第28～60頁、第75頁；李榮：《溫嶺方言的語音分析》，《語文論衡》，商務印書館，1985年版，第45～54頁；馮蒸：《北宋邵雍方言次濁上聲歸清類現象試釋》，載馮蒸《漢語音韻學論文集》，首都師範大學出版社，1997年版，第254～266頁；趙元任：《現代吳語的研究》，科學出版社，1956年版，第76～79頁。

現代漢語方言的聲調和《切韻》一系韻書中四聲的分合有很大的差異。現代的方言平聲都分爲陰平和陽平兩類，陰平都是古清聲母字，陽平都是古濁聲母字。上、去兩聲有些方言也隨著聲母的清濁各分爲兩類，即陰上、陽上、陰去、陽去。但大多數方言的全濁上聲字都變成了去聲。入聲在有些方言還保留，在有些方言則讀爲平聲或去聲；保留入聲的又有跟平聲一樣分爲陰入、陽入兩類的，也有的則不分。因爲調類的分合不同，各處方言的調類的數目也就不一樣：少的有四個調、五個調，多的有六個調、七個調、八個調、九個調。北方方言通常四個調，南京官話有五個調，客家話有六個調，福州話、廈門話有七個調，吳語有八個調，廣州話有九個調。韻書反映的聲調系統以及現代方言聲調調類的數目不一，要求我們分析文獻著作時應當注意到其時代和地域的因素。胡三省是宋末元初吳語區的人，他所著的《通鑑音註》的聲調系統有幾個調類是我們所關註的問題。

第一節　《通鑑音註》聲調的考察方法

一、胡三省的聲調觀念

《通鑑音註》的註音形式有反切、直音、紐四聲法，研究中我們還借助了如字和假借的一些用例。從紐四聲法的註音材料中，我們能夠看出作者的時代有四個聲調，但是看不出有幾個調類。下面我們將《通鑑音註》中的紐四聲法的音註加以歸類列出，從中可以看出胡三省有明確的平、上、去、入四個聲調的觀念：

平聲例：

1）臧，與藏通，讀從平聲（p.1099））。

2）焉氏，讀曰燕支。燕平聲（p.5353）。

3）但，平音，或上（p.1137）。

4）凡以物送之曰輸，音則平聲；指所送之物曰輸，則音去聲。委輸之委亦音去聲（p.1974）。

上聲例：

1）斂，力贍翻，又上聲（p.8891）。

2）灑，所賣翻，又上聲（p.4174）。

3）掃，素報翻，又上聲（p.4175）。

4）去，上聲（p.5468））。

5）索，宋白曰：上聲（p.7973）。

去聲例：

1）陸德明曰：背音佩，誕，音但。按：今讀從去聲亦通（p.5490）。

2）稱，去聲；不稱，不愜意也（p.245）。

3）遲，去聲，丈二翻（p.289）。

4）粗，坐五翻，今人多從去聲（p.5711）。

5）高，去聲（p.6114）。

6）監，去聲，康又居銜切。余謂：守尉，監官名也，當從去聲，若監郡之監，則從平聲（p.236）。

7）近，附近之近，去聲（p.53）。

8）寧，相傳讀從去聲。劉禹錫詩從平聲（p.4070）。

9）敗散，去聲（p.5129）。

10）說，去聲（p.1320）。

11）為，去聲（p.1370）。

12）先，去聲；後，去聲（p.45）。

13）衣，去聲（p.6686）。

14）與，去聲（p.522）。

15）緣，去聲（p.577）。

16）守，始究翻。監，去聲，康又居銜切。余謂：守、尉、監，官名也，當從去聲；若監郡之監，則從平聲。（p.236）。

入聲例：

1）阿，相傳從安入聲（p.2361）。

2）可，讀從刊入聲（p.2548）。

3）厮，音斯，今相傳讀從訛入聲（p.5261）。

4）吐，讀嗽入聲（p.5641）。

5）據術字公路，當讀如《月令》「審端徑術」之術，音遂。又據說文：術，邑中道，讀從入聲，則二音皆通（p.1822）。

從這些描述性的例子看，胡三省的音系中存在著平、上、去、入四個聲調，胡三省在做註音工作時是有明確的聲調觀念的。這是我們研究《通鑑音註》的聲調類型的前提條件。

二、研究《通鑑音註》聲調系統的方法 (註3)

《通鑑音註》是隨文註釋的著作，它不像韻書、韻圖那樣把各個韻按照平、上、去、入的次序很直觀地列在那裏，讓人一看便知是什麼聲母、什麼韻母、什麼聲調。我們先要利用反切比較法，將胡三省的反切用字、直音用字一一與中古音比較，考察從中古到《通鑑音註》聲調的變化，根據變化的情況進一步考察《通鑑音註》的聲調系統的特點。具體步驟有三個：

第一步，以中古音平、上、去、入四聲爲基礎，考察被註字的中古聲調與胡三省音註聲調的異同。這項工作的最後成果就是我們在下文列出的同調自註、異調混註的統計表。在做這項工作時，我們沒有考慮聲母的清濁以及聲母的其他音變，也沒有考慮韻母的音變，只是把聲調作爲一個考察的對象進行的。這樣首先我們得出《通鑑音註》中有平、上、去、入四個聲調。

第二步，在確定有平、上、去、入四個聲調的基礎上，我們進一步考察每個聲調內部的聲母的清濁、同時去掉那些已經發生音變的聲母和韻母，以保證我們對材料的分析研究是在韻母相同、聲母相同（除了清濁的不同）的條件下進行的，以求證在聲母的清濁不同的條件下平、上、去、入四聲內部是否存在清濁的對立，即清平與濁平、清上與濁上、清去與濁去、清入與濁入的對立。

第三步，把前兩項的結合起來，以確定的《通鑑音註》的聲調系統。

具體做法是：

1、在中古音平、上、去、入四個聲調的基礎上，我們把各聲調的字又作了如下分類：清平、次濁平、全濁平；清上、次濁上、全濁上；清去、次濁去、全濁去；清入、次濁入、全濁入。考察每一聲調下的三個類之間的自註和混註情況，具體考察時是以韻部爲單位。《通鑑音註》有 7 個入聲韻部。入聲韻部有入聲調，陰聲韻部和陽聲韻部均各有平、上、去三個聲調。

〔註 3〕註：關於研究聲調的方法，我們借鑒了馮蒸先生《〈爾雅音圖〉的聲調》一文，該文載於《語言研究》1997 年第 1 期，第 148～159 頁。

2、對比統計各聲調的清濁自註和混註的數量和所占的比例。如果清濁各類自註的數量大於清濁混註的數量，我們就認爲聲調內部的清類和濁類有別，反之，即認爲該聲調內的清類和濁類無別。這裏的「清類」、「濁類」是聲母的清和濁，但也有聲母的清濁無別，而只是聲調的陰陽問題。

3、各聲調清、濁數量對比的解釋問題。在既有的清、濁自註和混註數量統計結果的基礎上，如果自註的數量遠遠大於混註數量，從理論上來說可有兩種解釋，解釋的焦點就是全濁聲母的存失問題。

（1）該音系中尚保存著完整的全濁聲母。在這種情況下，則只能是清註清，濁註濁，不可能存在清濁混註的情況，因爲此時清濁聲母是兩種完全對立的音位。這時的清濁自註，只能認爲是聲母的問題，不能認爲是或基本上不能是聲調的問題，雖然同一聲調內的清濁聲母在聲調上也會有所體現，但那可以認爲是一種伴隨現象。

（2）該音系中的全濁聲母業已消失，而分別來自中古清濁聲母的兩套字仍是以自註爲主，那麼這種清濁自註已不是聲母的清濁問題，而是轉化爲聲調的陰陽問題。不過此時肯定會出現相當數量的清濁混註的，而且這種混註的數量在各個大調類之內的表現是不平衡的。

《通鑑音註》各聲調內的清類和濁類顯然是自註遠遠大於混註，但清濁混註也有相當數量，總計有 119 條。不但平、上、去、入四聲內都有，而且遍及全部十一個中古全濁聲母（俟母無例），但是基本上完整保存了中古的全濁聲母。依照上文的原則，我們基本上認爲《通鑑音註》的聲調系統中，各聲調內的清、濁自註是聲母的問題，同時也是聲調的問題。

三、《廣韻》四聲系統在《通鑑音註》中的反映

《通鑑音註》中被註字是中古平聲字的約有 2970 條〔註4〕，註音爲「如字」的 28 條音註，平聲自註 2776 條，與《廣韻》音韻地位完全相同的音註有 2273 條，與上、去、入混註的有 166 條。上聲字的音註有 1588 條，註音爲「如字」的有 16 條。上聲字自註 1397 條，與《廣韻》音韻地位完全相同的有 1197 條，

〔註 4〕註：其中有 28 條註音爲「如字」而其中古音是平聲。有些被註字中古有兩種或三種聲調，我們以具體的語義環境以及與胡三省的音爲參照，取其相同或相近者予以比較。被註字是兩讀字，其中的平聲材料也於此處統計。

與其他聲調的混註的有 175 條。去聲字的音註有 2170 條，註音為「如字」的有 20 條。去聲字自註 1990 條，與《廣韻》音韻地位完全相同的有 1647 條，與其他聲調的字混註的有 160 條。入聲字的音註有 1577 條，註音為「如字」的有 16 條。入聲字自註 1518 條，與《廣韻》音韻地位完全相同的有 1240 條，與其他聲調字混註的有 44 條。為方便計，我們將上文的統計資料做成下面這張表：

表 5-1：《通鑑音註》四聲自註與混註統計表

	平	上	去	入
平	2776	54	70	4
上	55	1397	69	6
去	97	116	1990	34
入	14	5	21	1518
總數	2970	1588	2170	1577
同調自註比例	93.5%	87.8%	91.7%	96.2%
異調混註比例	5.6%	11.2%	7.4%	2.9%

從上面的統計結果看，《通鑑音註》聲調系統中，同調自註的平均比例約為 92.3％，異調混註的平均比例約為 6.8％，同調自註的數字與比例遠遠高於異調混註的數字與比例。聲調自註與混註的比例差距是顯而易見的。因此我們認為，在《通鑑音註》有平、上、去、入四個聲調，與《廣韻》的聲調格局格局一致。

《通鑑音註》中同調自註占了絕大多數，發生聲調混註的有 545 個例子，我們將在下文分類討論。

第二節　《通鑑音註》聲調演變的幾個問題

一、關於全濁上聲變去聲的探討

全濁上聲變去聲是中古以來發生的一項重要的聲調演變，指的是中古時期的全濁的塞音、塞擦音、擦音聲母的上聲字在許多漢語方言尤其是官話區方言中變為去聲。這一演變，自唐時即已發生。唐人李涪《刊誤・切韻篇》曰：「（吳音）上聲為去，去聲為上：……恨怨之『恨』則在去聲，很戾之『很』則在上聲。又言辯之『辯』則在上聲，冠弁之『弁』則在去聲。又舅甥之『舅』則在上聲，故舊之『舊』則在去聲。又皓白之『皓』則在上聲，號令之『號』則在

去聲。又以『恐』字、『若』字俱去聲。今士君子於上聲呼『恨』，去聲呼『恐』，得不爲有知之所笑乎？」〔註5〕這裏所舉的「很」、「辯」、「舅」、「皓」等字都是全濁上聲字，「恨」、「弁」、「舊」、「號」等字都是全濁去聲字。李涪既以《切韻》所分爲非，可知當時洛陽音全濁上聲與全濁去聲已經讀得一樣了，即其方音中必已不分全濁上去了。李涪《刊誤》成於公元 895 年放死嶺南之前，距《切韻》成書將近 300 年。將近 300 年的時間，語音中已有不辨全濁上、去。張麟之《韻鏡・序例》云「逐韻上聲濁位並當呼去聲」，此之謂也。這些事實說明唐代已經開始了全濁上聲變去聲的音變現象，而且聲調的分化跟聲母的清濁有關係。但是明確地把中古全濁上聲字和去聲字看成是同音字而編排在一起的最早的文獻，學術界公認爲是《中原音韻》（1324 年）。《通鑑音註》是反映宋末元初共同語讀書音的著作，比《中原音韻》早出 39 年，研究《通鑑音註》的聲調系統中的濁上變去，在漢語語音史上無疑具有重要的意義。

　　《通鑑音註》中，中古全濁聲母並、奉、定、澄、群、崇、船、禪、從、邪、匣、俟〔註6〕諸母的上聲字有 370 條音註，其中全濁上聲字自註 339 條。考察《通鑑音註》的全濁上變去的現象，我們從以下兩個方面入手：一是考察胡三省對於中古全濁上聲字的註音用字的聲、韻、調，一是考察胡三省對於中古全濁去聲字的註音用字的聲、韻、調；取聲、韻相同而調不同的用例來研究其時全濁上聲變去聲的實際情況。同時，以胡三省《通鑑釋文辯誤》中涉及全濁上聲與去聲辯誤的材料爲參照，輔助確定上聲的調類。

（一）全濁上聲字的註音情況

　　胡三省用全濁字作反切上字、以去聲字作反切下字給中古全濁上聲字註音的有 10 例：

1）琲 蒲昧　並 灰 合 一 去 蟹 ‖ 薄罪 並 灰 合 一 上 蟹 【蒲昧】

2）奉 扶用　奉 鍾 合 三 去 通 ‖ 扶隴 奉 鍾 合 三 上 通 【房用】

　　按：「奉」，俸祿，有註爲「讀曰俸」的，也有註爲「讀曰俸，扶用翻」的，還有直接註爲「音扶用翻」的（4 次）。

〔註 5〕李涪：《刊誤・切韻篇》，載文淵閣《四庫全書》（子部）。

〔註 6〕註：根據邵榮芬先生《切韻研究》，此處增加了「俟」母。而且輕唇音分化已經徹底完成，故增加「奉」母，這樣一共有 12 個全濁聲母。

3）腐 音附 奉 虞 合 三 去 遇 ‖扶雨 奉 虞 合 三 上 遇 【奉甫】

按：「腐」，腐刑。

4）蕩 徒浪 定 唐 開 一 去 宕 ‖徒朗 定 唐 開 一 上 宕 【待朗】

按：「蕩」，放蕩。

5）噉 徒濫 定 談 開 一 去 咸 ‖徒敢 定 談 開 一 上 咸 【徒濫】

6）杖 直亮 澄 陽 開 三 去 宕 ‖直兩 澄 陽 開 三 上 宕 【直亮】

按：「杖」，杖殺。

7）豎 殊遇 禪 虞 合 三 去 遇 ‖臣庾 禪 虞 合 三 上 遇 【上主】

按：「豎」，豎子。

8）阱 才性 從 清 開 三 去 梗 ‖疾郢 從 清 開 三 上 梗 【疾郢】

按：「阱」，陷阱，共 3 次註音，音才性翻 2 次，音疾郢翻 1 次。

9）佼 音効 匣 肴 開 二 去 效 ‖下巧 匣 肴 開 二 上 效 【後教ˋ】

按：「佼」，佼強，人名，共 3 次註音：「古巧翻，又音効」（p.1315）、「賢日音絞，杜佑音効」（p.1272）、「音絞，又音効」（p.1303）「絞」，《廣韻》古巧切。

10）皖 音患 匣 刪 合 二 去 山 ‖戶板 匣 刪 合 二 上 山 【戶版】

按：「皖」，皖城，共 14 次註音，以「版」、「板」作反切下字者 12 次，另 2 次註音是：「師古曰：皖，音胡管翻」（p.2119）、「師古曰：音胡管翻。杜佑曰：音患」（p.2014）。

（二）胡註用全濁上聲字為《廣韻》去聲字註音（12 例）

《通鑑音註》中，還有用全濁上聲字為《廣韻》全濁去聲字註音的用例，反映的是全濁上已經變成全濁去的音變現象。用例如下：

1）碭 徒朗 定 唐 開 一 上 宕 ‖徒浪 定 唐 開 一 去 宕 【待朗】

按：「碭」，碭郡、碭山，共 7 次註音，其中音徒郎翻 3 次，音唐、又音宕、音徒浪翻 3 次，音徒朗翻 1 次（p.4891）。

2）柩 其久 群 尤 開 三 上 流 ‖巨救 群 尤 開 三 去 流 【巨九】

按：「柩」，棺柩，共 21 次註音，其中「音舊」16 次，音「巨救翻」4 次，音「其久翻」1 次。

3）悸 音撰 群 脂 合 重四上 止 ‖其季 群 脂 合 重四去 止 【其季】

按：「悸」，共 16 次註音，其中音「其季翻」14 次、「葵季翻」1 次，「師古曰：悸，心動也，音撰。《韻略》：其季翻」（p.796）。師古音與《韻略》音在於上聲與去聲的不同。

4）饌 士免 崇 仙 開 三 上 山 ‖士戀 崇 仙 合 三 去 山 【鶵免】

按：「饌」，酒饌，胡三省音註：「雛戀翻，又士免翻」（p.5798）。

5）僎 雛冕 崇 仙 開 三 上 山 ‖士戀 崇 仙 合 三 去 山 【鶵免】

6）僎 雛免 崇 仙 開 三 上 山 ‖士戀 崇 仙 合 三 去 山 【鶵免】

按：「僎」，共 5 次註音，其中音雛免翻 2 次、音雛冕翻 1 次、音雛戀翻 1 次、皺戀翻 1 次。

7）襌 音墠 禪 仙 開 三 上 山 ‖時戰 禪 仙 開 三 去 山 【之膳】

按：「襌」，受襌，共 5 次註音，其中音時戰翻 3 次，音墠 1 次。

8）靚 疾郢 從 清 開 三 上 梗 ‖疾政 從 清 開 三 去 梗 【疾郢】

按：「靚」，人名，共 15 次註音，其中音疾正翻 10 次，音「疾郢翻，又疾正翻」、「疾正翻，又疾郢翻」5 次。

9）悍 戶罕 匣 寒 開 一 上 山 ‖侯旰 匣 寒 開 一 去 山 【下罕】

10）悍 下罕 匣 寒 開 一 上 山 ‖侯旰 匣 寒 開 一 去 山 【下罕】

按：「悍」，兇悍、驍悍，共 52 次註音，其中音侯旰翻 4 次，音「侯旰翻，又音下罕翻」11 次，音「下罕翻，又音侯旰翻」21 次、音「戶罕翻，又音戶旰翻」1 次、音「戶罕翻，又音侯旰翻」2 次。

11）濩 音戶 匣 模 合 一 上 遇 ‖胡誤 匣 模 合 一 去 遇 【胡故】

按：「濩」，人名，又「湯樂名濩」，共 3 次註音，音胡故、戶故翻各 1 次，音戶 1 次。

12）回 戶悔 匣 灰 合 一 上 蟹 ‖胡對 匣 灰 合 一 去 蟹 【戶賄】

按：「回」，回遠，避回，共 2 次註音，另 1 音是「胡對翻」。

胡三省用全濁字作反切上字、以上聲字作反切下字，爲中古去聲字作反切或直音，說明這些字在胡三省看來已經是去聲字了，所以混用不分，而且這項音變涉及到並、奉、定、群、崇、禪、從、匣 8 個聲母。

（三）胡註區別全濁上與全濁去的例子

根據詞彙擴散理論，語音的變與不變都共存於一個實際語音體系；變了的已經爲人們所承認，而還沒有變的或者在共同語中還沒有變的卻被認爲是錯誤的音。我們從胡三省《通鑑釋文辯誤》對於史炤本、海陵本、費氏本關於音讀方面的辯誤進行了考察，發現胡三省把史炤的註音中濁上變去的音當作是錯誤的音而予以辨別，把全濁上聲字史炤註成去聲的一律給改成了濁上字。這就是說，至少胡三省認爲史炤的註音中被改的這些字在當是共同語中尚未發生變化。《通鑑釋文辯誤》中涉及聲調辯誤的材料有 18 條，區別全濁上與全濁去的有下面 9 條：

1）齊人隆技擊。（一，6）〔註7〕

　　《釋文辯誤》：「史炤《釋文》曰：技，巨至切。（海陵本同。）

　余按：技，渠綺翻。炤音非。」

按：巨至切，群脂開三去止；渠綺翻，群支重三上止。胡三省時代脂支合流，此處的區別在於聲調：前者是全濁去，後者是全濁上，說明這兩個調存在區別。

2）公子所以重於諸侯者，徒以有魏也。（一，6）

　　《釋文辯誤》：「史炤《釋文》曰：重，直用切。余按文義，此

　乃輕重之重，音直隴翻。若音直用翻，乃再三之義，考《經典釋文》

　可見。」

按：「重」有兩個音讀、兩個意思，直用切，澄鍾合三去通；直隴翻，澄鍾合三上通。在這裏區別全濁上和全濁去，而且指出聲調不同意義也不同，說明二者存在差別。

3）鈎盾令鄭眾。（二，27）

　　《釋文辯誤》：「史炤《釋文》曰：盾，音順。中官所隸，其處

　在少府監。（海陵本同。）余按：盾，音食尹翻。《後漢書·百官志》：

　鈎盾令，宦者爲之，典諸近池苑囿遊觀之處，屬少府。蓋鈎盾令以

　中官爲之，非中官所隸也。漢少府列於九卿，唐始以少府爲監。言

　其處在少府監，亦非也。」

〔註 7〕此處「一」指的是《通鑑釋文辯誤》的卷次，「6」指的是頁碼，下文原文後所附括弧內數字皆與此同。

按：順，船諄合三去臻；食尹翻，船諄合三上臻。此處分辨的也是全濁上和全濁去。

4) 凡供薦新味，多非其節，或鬱養強孰之。（二，28）

《釋文辯誤》：「史炤《釋文》曰：強，去聲。（費本同。）余謂鬱養強孰者，言物非其時，未及成熟，爲土室，蓄火其下，使土氣蒸暖，鬱而養之，強使先時而成熟也。強，音其兩翻，讀從上聲，不從去聲。自此之後，凡勉強之強，史炤多從去聲，蓋蜀人土音之訛也。」

按：《廣韻》「強」有平、上二讀。此處胡三省區別全濁上聲與全濁去聲的不同，並指出將上聲讀爲去聲是蜀地的方言特點。

5) 每郡國貢獻，先輸中署，名爲「導行費」。（三，32）

《釋文辯誤》：「史炤《釋文》曰：導，徒浩切；導引也。（費本同。）余按字書，道字從徒浩切者，理也，路也，直也，無導引之義。以導引爲義者，當音徒到翻。」

按：《廣韻》「道」有二音、二義：徒浩切，定豪開一上效；徒到翻，定豪開一去效。胡三省於此處根據意思將全濁上聲與全濁去聲作了分辨，說明其語音系統文讀中，「道」的上聲讀法和去聲讀法的區別很明顯，容不得混淆。

6) 董卓取長安洛陽鍾簴以鑄錢。（三，33）

《釋文辯誤》：「史炤《釋文》曰：簴，音具。（海陵本同。）余按簴，音其呂翻。至七十三卷魏明帝青龍元年，簴，音其矩切。則炤亦誤音『具』之非矣。」

按，《廣韻》「虡」下註云：「俗作簴」，其呂切，群魚合三上遇，胡註與之相同。史炤音「具」，群虞合三去遇。胡三省時代，魚虞模已經合流，魚虞無別，此例當是區別聲調的不同。

7) 麴義兵伏楯下不動。（三，34）

《釋文辯誤》：「史炤《釋文》曰：楯，殊閏切。余謂史炤之誤，猶四十九卷章帝元初元年音『板楯』之誤也。楯，當音食尹翻。讀《通鑑》者，可以意求其音，後不重出。」

按：殊閏切，禪諄合三去臻；食尹翻，船諄合三上臻。胡註船禪不分，此處區別的是聲調。

8）詔徹樂減膳。（十一，161）

　　《釋文辯誤》：「史炤《釋文》曰：膳，音善。具食曰膳，膳之言善也。余謂膳之言善者，古有此義，然未嘗音膳爲善。膳當讀從去聲。」

按：善，禪仙開三上山。胡註讀去聲。此處也是在區別全濁上聲與全濁去聲的不同。

9）河決，浸汴、曹、單、濮、郫五州之境。（十二，182）

　　《釋文辯誤》：「史炤《釋文》曰：單，時戰切。余按單州音單父縣以名州，單，音善。從去聲者，蜀人土音之訛也。」

按：時戰切，禪仙開三去山；善，禪仙開三上山。此處區別聲調的不同：前者是全濁去聲，後者是全濁上聲。單縣，地名，當從古音讀上聲。

胡三省對於全濁上聲和去聲的這種分辨，說明其時全濁上聲與去聲有別。這項材料分辨對於我們確定《通鑑音註》的調類有很大的幫助。

結合上文所探討的全濁上聲字的變化問題，我們認爲《通鑑音註》的全濁上聲字也有變作去聲的，此項音變尚處於變化之中，全濁上聲與去聲依然有別。

蔣冀騁、吳福祥（1997）認爲，全濁上聲變去聲，始於中晚唐，五代以後蔚爲大觀，成爲一種較爲普遍的語言現象。但眞正被文人所認可、反映在音註等著作中，則是宋代的事。全濁上聲變去聲是宋代共同語的聲調特點。有四種材料反映濁上變去的特點，這些材料是：（1）宋張麟之《韻鏡凡例》「上聲去音字」下說：「凡以平側呼字，至上聲多相犯（如東同皆繼以董聲，刀陶皆繼以禱聲之類）。」「今逐韻上聲濁位並當呼爲去聲，觀者熟思，乃知古人製韻，端有深旨。」（2）宋嚴粲《詩緝說》：「四聲唯上聲全濁者讀如去聲，謂之重道。蓋四聲皆全濁者，『動』字雖上聲，以其爲上聲濁音，唯讀如『洞』字。今日調四聲者，誤云『同桶痛禿』，不知『同』爲全濁，『桶痛禿』皆爲次清，清濁不倫矣。」（3）宋人《九經直音》〔註8〕有不少濁上歸去的語言材料。（4）洪興祖《楚

〔註8〕撰者不詳，據陸心源考證，此書作者很可能是孫奕。雖無法確認，但此書爲北宋、南宋間人撰作，應無疑義。

辭補註》中也有濁上變去的例子。全濁上聲變去聲是宋代語音在聲調方面的重要特徵。

《通鑑音註》是宋末元初的共同語體系的著作，其全濁上聲變去聲的特點是北宋、南宋這一特點的傳承和繼續。但是，存在著「濁上變去」不等於《通鑑音註》中的濁上已經變成了去聲。《通鑑音註》全濁聲母字共有 2013 條，其中全濁上聲字的註音有 370 條音註，其中上聲字自註 339 條，全濁上變去的 10 例，自註的次數遠遠高於混註的次數，這說明濁上變去依然處在變化之中，這一音變並沒有完成。這種演變狀態下，已經發生變化的和尚未發生變化的詞彙都共同存在於一個共時語音體系當中。

二、關於平分陰陽的探討

中古的平聲在《中原音韻》裏分化爲陰平和陽平，分化的條件是聲母的清濁，其規律是：清音變陰平，濁音變陽平。《通鑑音註》中，平聲字的註音共有 2776 條，平聲自註約 2586 條；清音平聲字有 1149 條音註，其中有 55 條胡三省用濁音字爲之註音；濁音平聲字音註有 1484 條（全濁平 774 條，次濁平 710 條），其中有 64 條胡三省用清音字爲之註音。也就是說，在《通鑑音註》中，有 119 條平聲字不分清平和濁平，有 2586 條則都是清平和濁平分明的〔註9〕，平聲自註約占總數的 93.1％，平聲清濁混註 119 例，占總數的 4.2％。自註的數量和比例遠大於混註的數量和比例，說明平聲調內的清濁是有區別的。

表5-2：《通鑑音註》平聲字清濁自註與混註統計表

	清平	全濁平	次濁平	清平／濁平混註次數與比例
清　平	1004	64	—	
全濁平	55	684	—	119
次濁平	—	—	660	
自註百分比	87.4％	88.4％	93.0％	4.2％

〔註 9〕依照馮蒸先生，近代漢語音韻文獻和漢語方言中影母有全清和次濁兩種發展方向，我們也把影母算作次濁加以統計。但是匣母還是作爲全濁音來處理。詳見《〈爾雅音圖〉的聲調》（《語言研究》，1997 年第 1 期，第 148～159 頁）。

這裏需要說明的是：

1、平聲的清類和濁類的自註趨勢至爲明顯，從數量和比例上看，二者幾乎各占一半。胡註中全濁聲母字共有 2013 個，胡三省以全清和次清聲母字爲之作註的有 140 次，清化的平均比例約是 7.0%。除了俟母外，濁音清化發生在每一個全濁聲母當中。

2、從表 5-2 的數據可以看到，平聲清註清、濁註濁的比例在 87% 以上，而清濁混註的占總數的 4.2%。自註的數量和比例遠大於混註的數量和比例，說明平聲調內的清濁是有區別的。這一區別即是陰平和陽平的區別。我們認爲《通鑑音註》的平聲有陰平和陽平兩個調類。

三、關於入聲字的演變方向的探討

胡三省音註中入聲字的音註有 1577 條，其中全濁入聲字的音註有 346 條。全濁入聲字不變平聲字，也不變上聲字，但有變到去聲的例子，次數是 6 次（其中有 4 例是爲假借字註音，1 例是四聲別義）。次濁入聲變去聲有 6 例；清音入聲字變上聲有 3 例（其中有 2 例都是對「曲遇」這一地名的分析，胡三省認爲「曲」讀如字，則當視爲入聲字），變去聲的有 10 例。胡註入聲的變化趨勢與《中原音韻》的「入派三聲」不同：《中原音韻》清入歸上，次濁入歸去，全濁入歸陽平，而胡註的入聲的變化趨勢則是清入歸去，全濁入歸去，次濁入歸去。

表 5-3：入聲字與平、上、去三聲混註統計表

		平	上	去
入（1578）	清入（718）	3	3	10
	全濁入（346）	0	0	6
	次濁入（333）	0	2	6

《通鑑音註》中入聲與平上去三聲的混註例：

1、入聲字變平聲字

這裏說的「入聲字變平聲字」，指的是胡三省用平聲字給中古入聲字註音，反映出了該字語音發生變化的信息。下文其他的說法如「入聲字變去聲字」、「入聲字變上聲字」都與此類似，下文不再說明。

清入變平（3 例）：

1）礭 口交 溪 肴 開 二 平 效 ‖苦角 溪 覺 開 二 入 江 【克角】

2）礭 口勞 溪 豪 開 一 平 效 ‖苦角 溪 覺 開 二 入 江 【克角】

3）蓨 音條 定 蕭 開 四 平 效 ‖他歷 透 錫 開 四 入 梗 【他彫ʼ】

2、入聲字變上聲字

清入變上（3 例）：

1）曲 音齲 溪 虞 合 三 上 遇 ‖丘玉 溪 燭 合 三 入 通 【顆羽ʼ】

2）曲 丘羽 溪 虞 合 三 上 遇 ‖丘玉 溪 燭 合 三 入 通 【顆羽】

3）猲 食爾 船 支 開 三 上 止 ‖吐盍 透 盍 開 一 入 咸 【甚尔】

次濁入變上（2 例）：

1）忸 女九 娘 尤 開 三 上 流 ‖女六 娘 屋 合 三 入 通 【女九】

2）忸 尼丑 娘 尤 開 三 上 流 ‖女六 娘 屋 合 三 入 通 【女九】

3、入聲字變去聲字

清入變去（10 例）：

1）浩 音告 見 豪 開 一 去 效 ‖古沓 見 合 開 一 入 咸 【葛合】

2）浩 音誥 見 豪 開 一 去 效 ‖古沓 見 合 開 一 入 咸 【葛合】

3）橐 章夜 章 麻 開 三 去 假 ‖他各 透 鐸 開 一 入 宕 【之夜】

4）惙 丑例 徹 祭 開 三 去 蟹 ‖陟劣 知 薛 合 三 入 山 【丑芮】

5）曲 區句 溪 虞 合 三 去 遇 ‖丘玉 溪 燭 合 三 入 通 【顆羽】

6）乞 丘計 溪 齊 開 四 去 蟹 ‖去訖 溪 迄 開 三 入 臻 【丘既】

7）乞 音氣 溪 微 開 三 去 止 ‖去訖 溪 迄 開 三 入 臻 【丘既ʼ】

8）褐 徒計 定 齊 開 四 去 蟹 ‖先擊 心 錫 開 四 入 梗 【他計】

9）摭 章恕 章 魚 合 三 去 遇 ‖之石 章 昔 開 三 入 梗 【之石】

10）鑷 丑例 徹 祭 開 三 去 蟹 ‖式涉 書 葉 開 三 入 咸 【實攝】

全濁入變去（6 例）：

1）萆 音蔽 幫 祭 開 重四 去 蟹 ‖房益 並 昔 開 三 入 梗 【必袂ʼ】

2）瘠 音漬 從 支 開 三 去 止 ‖秦昔 從 昔 開 三 入 梗 【秦昔】

3）疐 竹二 知 脂 開 三 去 止 ‖疾葉 從 葉 開 三 入 咸 【陟利】

4）族 音奏 精 侯 開 一 去 流 ‖昨木 從 屋 合 一 入 通 【千候】

5）食 音嗣 邪 之 開 三 去 止 ‖乘力 船 職 開 三 入 曾 【祥吏'】

6）食 祥吏 邪 之 開 三 去 止 ‖乘力 船 職 開 三 入 曾 【祥吏】

次濁入變去（6例）：

1）嫚 音漫 明 桓 合 一 去 山 ‖莫結 明 屑 開 四 入 山 【暮見】

2）茢 音例 來 祭 開 三 去 蟹 ‖良薛 來 薛 開 三 入 山 【力制】

3）錄 力具 來 虞 合 三 去 遇 ‖力玉 來 燭 合 三 入 通 【良據】

4）肉 疾僦 從 尤 開 三 去 流 ‖如六 日 屋 合 三 入 通 【如又】

5）肉 而救 日 尤 開 三 去 流 ‖如六 日 屋 合 三 入 通 【如又】

6）掖 音夜 以 麻 開 三 去 假 ‖羊益 以 昔 開 三 入 梗 【夷益'】

　　以上 27 個例子均是胡三省用舒聲字給中古入聲字註音的例子，這些例子中包含有給假借字註音（如「族」、「食」）、給古地名註音（如「蓨」、「碻」、「浩」、「鞏」、「曲」）等。而且，這些被註字的音，往往是有爭議的，例如：

　　「碻」，碻磝，杜佑曰：碻，口交翻，磝音敖；楊正衡曰：碻，口勞翻，磝五勞翻；毛晃曰：碻，丘交翻，磝牛交翻；或曰：碻，音確，磝，音爻（p.3124）。

　　又如：「曲」，曲遇，蘇林曰：曲，音齲。遇，音顒。師古曰：丘羽翻（p.288）。而曲逆，胡三省曰：曲、逆，皆如字（p.378）。

　　再如，「嫚」，孟康曰：嫚，音漫。師古曰：嫚，音秣，謂塗染也。

　　這些例子在韻母部分入聲韻一節已經分析過，此處不再贅述。

　　《通鑑音註》中古入聲調的演變不與《中原音韻》相同。即便有上述例子，也不能說其音系中入聲調已經發生了變化。入聲調字派作平上去聲字，是近代漢語音韻學史上的大事，但在《通鑑音註》中，這種變化只是發生在個別字裡，其原因大概是《資治通鑑》所反映的是書面語言而《中原音韻》反映的是口頭語言。

第三節　《資治通鑑音註》的四聲八調系統

一、四聲八調的理論依據

　　音韻學界一般認爲上古漢語的聲調有平、上、入三聲。發展到中古，入聲中的長入變成了去聲，這樣就形成了中古平、上、去、入四聲的格局。但漢語

明顯有平、上、去、入四個聲調的區分始於齊梁時代。當時盛行駢體文，講究聲韻，於是「四聲」等說法廣泛應用於詩歌創作和韻書的編製等領域，並且出現了按照聲調來編排韻字的方式。《南史·陸厥傳》：「時盛爲文章。吳興沈約、陳郡謝朓、琅邪王融以氣類相推轂，汝南周顒善識音韻。約等爲文皆用宮商，將平、上、去、入四聲，以此製韻，有平頭、上尾、蜂腰、鶴膝。五字之中，音韻悉異，兩句之內，角徵不同，不可增減。世呼爲『永明體』。」〔註10〕「（約）又撰《四聲譜》，以爲『在昔詞人累千載而不悟，而獨得胸衿，窮其妙旨』。自謂入神之作。武帝雅不好焉，嘗問周捨曰：『何謂四聲？』捨曰：『「天子聖哲」是也。』然帝竟不甚遵用約也。」〔註11〕中古的韻書、韻圖如《切韻》、《廣韻》、《韻鏡》、《七音略》等都按照平、上、去、入四聲編排韻字，其後宋元明清的韻書、韻圖也都是按照平、上、去、入四聲編排韻字的。中古的四聲在《中原音韻》裏發生了平分陰陽、濁上聲變去、入派三聲的變化。而現代漢語方言的聲調數目，也是從三個到九個不等：廣州話平、上、去各有陰陽，入聲有上陰入、下陰入、陽入的區別，共9個調 ；溫州話四聲皆分陰陽，8個調；廈門話除陽上變陽去以外，平、去、入各分陰陽，7 個調；梅縣話平、入分陰陽，6個調；長沙話平、去分陰陽，6個調；合肥話、揚州話上、去、入不分陰陽，5個調；太原話平、上、去不分陰陽，入分陰陽，5 個調；北京話、武漢話、成都話無入聲，平分陰陽，4 個調〔註12〕，表現出聲調在其演變過程中的不平衡性。

　　高本漢在《中國音韻學研究》中將中古的四聲按照聲母的清濁分成了八調，即陰平、陽平、陰上、陽上、陰去、陽去、陰入、陽入〔註13〕，並且認爲現代漢語方言的聲調的多少都是依照這種體系分調類的。李榮認爲粵語、閩語、吳語的「四聲大多數因古聲母的清濁分出陰陽調。」〔註14〕四聲分陰陽和古聲母的清濁有直接關係。關於中古漢語聲調有陰陽以及聲調與聲母清濁的關係，孫

〔註10〕 〔唐〕毛延壽：《南史》，中華書局，1975 年版，第 1195 頁。

〔註11〕 〔唐〕毛延壽：《南史》，中華書局，1975 年版，第 1414 頁。

〔註12〕 北京大學中國語言文學系語言學教研室編：《漢語方音字彙》（第二版重排本），語文出版社，2003 年版，第 7～41 頁。

〔註13〕 高本漢：《中國音韻學研究》，商務印書館，2003 年版，第 438 頁。

〔註14〕 李榮：《切韻音系》，科學出版社，1956 年版，第 152 頁。

恬《唐韻序》（751）云：「切韻者，本乎四聲，……引字調音，各自有清濁。」
〔註15〕日本僧人安然《悉曇藏・定異音》（880）云：

> 我日本國元傳二音：表則平聲直低，有輕有重；上聲直昂，有
> 輕無重；去聲稍引，無輕無重；入聲徑止，無內無外。平中怒聲與
> 重無別，上中重音與去不分。金則聲勢低昂與表不殊，但以上聲之
> 重稍似相合，平聲輕重，始重終輕，呼之爲異。唇舌之間亦有差升。

> 承和之末年，正法師來，初習洛陽，中聽太原，終學長安，聲勢
> 大奇。四聲之中，各有輕重。平有輕重，輕亦輕重，輕之重者，金怒
> 聲也。上有輕重，輕似相合金聲平輕，上輕始平終上呼之，重似金聲
> 上重，不突呼之。去有輕重，重長輕短。入有輕重，重低輕昂。元慶
> 之初，聰法師來，久住長安，委搜進士，亦遊南北，熟知風音。四聲
> 皆有輕重。著力平入輕重同正和上。上聲之輕似正和上上聲之重，上
> 聲之重似正和上平聲之重。平輕之重，金怒聲也，但呼著力爲今別也。
> 去之輕重，似自上重，但以角引爲去聲也。音響之終，妙有輕重，直
> 止爲輕，稍昂爲重。此中著力，亦怒聲也。〔註16〕

這裏的「表」指表信公，由他傳到日本的漢字讀音是漢音，「金」指金禮信，所
傳爲吳音。「正和上」即「正法師」，「正法師」和「聰法師」傳到日本的漢字讀
音是唐代的音。「輕」、「重」分別指的是聲母的清與濁。「怒聲」指濁聲母。「承
和之末」是唐宣宗大中元年（847），「元慶之初」指的是日本元慶四年（880），
相當於唐代僖宗廣明元年。從安然的敘述中可以看出，漢語的平、上、去、入
四聲各自有兩種類型，這兩種調類的不同在於聲母的清濁不同。葛毅卿《隋唐
音研究》認爲中古長安音有平、上、去、入四個聲調，「每調各分陰陽，陰調基
本上是清聲母開頭調字，陽調基本上是濁聲母開頭的字。」〔註17〕周祖謨《關
於唐代方言中四聲讀法的一些資料》云「平上去入四聲在唐代已經因爲聲母清
濁之不同而有了不同的讀法，調類的數目也有增加」，「唐代有些方言四聲各有

〔註15〕孫恬：《唐韻序》，載《宋本廣韻》北京市中國書店，1982 年版，第 4～6 頁。

〔註16〕轉引自周祖謨《關於唐代方言中四聲讀法的一些資料》，載周祖謨《問學集》（上
　　　冊），中華書局，2004 年版，第 496～497 頁。

〔註17〕葛毅卿：《隋唐音研究》，南京師範大學出版，2003 年版，第 393 頁。

輕重，跟現代吳語粵語四聲各分陰陽相似」。〔註18〕鄭張尚芳先生指出「四聲分八調唐時已然」，理由是：「（1）從中古期四聲到近代期陰、陽、上、去、入五聲，或陰、陽、上、去四聲之間，必須有一個四聲八調時期來過渡。（2）沒有陽上和陽去，怎能發生『濁上變去』現象？（3）日釋安然880年著《悉曇藏》卷五記錄了八世紀時日本人聽到的四種漢語聲調念法，其中惟正法師的洛陽音就是四聲八調的。」〔註19〕

唐代漢語有四聲八調，還有漢越語的材料可以證明。漢越語是越南漢字的讀音，一般認爲形成於公元9世紀，其來源是由唐入宋的漢語。有八個聲調，其與中古漢語四聲的對應如下表：

表5-4：中古漢語四聲與漢越南語八聲對照表〔註20〕

	全　清	次　清	全　濁	次　濁
平	陰平（平）	陰平（平）	陽平（玄）	陰平（平）
上	陰上（問）	陰上（問）	陽上（跌）	陽上（跌）
去	陰去（銳）	陰去（銳）	陽去（重）	陽去（重）
入	陰入（銳入）	陰入（銳入）	陽入（重入）	陽入（重入）

附註：括號裏的字表示聲調名稱。「銳入」指收-p、-t、-k韻尾的入聲，「重入」指收-p、-t、-k韻尾的重聲。

據上文所述，唐代的聲調已經是四聲八調。論及四聲八調的材料還有元世祖時日本僧人了尊撰寫的《悉曇輪略圖抄》（1287）。該書卷一《論八聲事》對當時漢語聲調的描述也是八個調：「《私頌》云：平聲重初後俱低，平聲輕初昂後低，上聲重初低後昂，上聲輕初後俱昂，去聲重初低後偃，去聲輕初昂後偃，入聲重初後俱低，入聲輕初後俱昂。」〔註21〕聲調輕、重的分別跟聲母的清濁相關聯，四聲因其聲母的清濁而各有輕重，那就是八個調。羅常培說：「從音韻

〔註18〕 周祖謨：《關於唐代方言中四聲讀法的一些資料》，周祖謨《問學集》(上冊)，中華書局，2004年版，第494-500頁，引述見第500頁。

〔註19〕 鄭張尚芳：《〈蒙古字韻〉所代表的音系及八思巴字一些撰寫問題》，載《李新魁教授紀念文集》，中華書局，1998年版，第164～181頁，引述見第171頁。

〔註20〕 花玉山：《漢越音與字喃研究》，博士學位論文，南京師範大學，2005年，第72頁。

〔註21〕 轉引自周祖謨《關於唐代方言中四聲讀法的一些資料》，周祖謨《問學集》（上冊），中華書局，2004年版，引述見第499頁。

的沿革上看，除去很少的僻字以外，陰調都由古清聲字變來，陽調都由古濁字變來」〔註22〕。可見元代初年漢語也是四聲八調，平上去入各分陰陽是確定無疑的。根據了尊的敘述，鄭張尚芳先生認為：「近古期以迄元初已有四聲八調，陰陽各分平上去入的情形已無可疑……《字韻》仍存濁上，當也屬於相似的四聲八調系統。」〔註23〕此後，《中原音韻》平聲分陰陽，明代范善溱《中州全韻》、清初王鵕《音韻輯要》又分平、去、入之陰陽，清周昂《增訂中州全韻》四聲悉分陰陽，明確顯示漢語聲調為平、上、去、入各分陰陽的四聲八調系統〔註24〕。現代溫州話保留了古全濁聲母字，聲調平、上、去、入各分陰陽，可視為四聲八調系統在方言中的存古形式。

胡三省1285年撰寫的《通鑑音註》是讀書音體系，其音系是承襲自五代、北宋、南宋、金代以來遞相傳承的讀書人的雅音系統，其所處的時代與《蒙古字韻》（成書不晚於1269）、《悉曇輪略圖抄》（1287）相同，也是四聲八調系統。

二、《通鑑音註》四聲分陰陽的討論

《通鑑音註》成書於1285年，其所處的時代與《蒙古字韻》、《悉曇輪略圖抄》大致相同。胡三省音系中，古全濁聲母完整保留（有濁音輕化的現象，但所占比例甚小），入聲韻有7個韻部21個韻母，-p、-t、-k尾完整保留。從上文的研究可知《通鑑音註》語音系統中有平、上、去、入四個聲調，這四個聲調是否因為聲母的清濁而分為陰調和陽調？我們按照清音字自註、全濁音字自註、次濁音字自註、清濁音字混註幾項指標來考察《通鑑音註》的聲調類型。本章第二節中我們已經探討了《通鑑音註》平聲分陰陽的問題，認為平分陰陽是《通鑑音註》聲調系統的一個特點。下面我們繼續探討上、去、入聲分陰陽的問題。

（一）上聲分陰陽

《通鑑音註》中上聲字的音註有 1588 條，其中清音上聲字的音註有 644

〔註22〕羅常培：《京劇中的幾個音韻問題》，載《羅常培語言學論文集》，商務印書館，2004年版，第424～450頁，引述見第440頁。

〔註23〕鄭張尚芳：《〈蒙古字韻〉所代表的音系及八思巴字一些撰寫問題》，載《李新魁教授紀念文集》，中華書局，1998年版，第164～181頁，引述見第171頁。

〔註24〕羅常培：《從「四聲」說到「九聲」》，載《羅常培語言學論文集》，商務印書館，2004年版，第461～474頁，引述見第466～471頁。

條，清上註清上的註音有 562 條，《廣韻》清音上聲字而以全濁上聲字註音的有 15 條；全濁上聲字的音註有 372 條，其中全濁上註全濁上的有 306 條，《廣韻》全濁上聲字而以清音上聲字註音的有 21 條；次濁上聲字有 394 條音註，其中次濁上註次濁上的有 338 條。清音上聲字與濁音上聲字混註的有 38 條。還有上聲變作其他聲調的，不在此列。

表 5-5：《通鑑音註》上聲字清濁自註與混註統計表

	清上	全濁上	次濁上	清上／濁上混註次數與比例
清　上	562	15	—	
全濁上	21	306	—	38
次濁上	—	—	338	
自註百分比	87.3%	82.3%	85.8%	2.6%

從表 5 可以看到，上聲清註清、濁註濁的比例在 82% 以上，而清濁相混註音的占總數的 2.6%。清濁自註的數量和比例遠大於混註的數量和比例，說明上聲因聲母的清濁而有區別，上聲因聲母的清濁而分為陰上和陽上兩個調類。

本章第二節已經述及，《通鑑音註》中，全濁上聲字有 370 例，有 10 例全濁上聲字變作去聲。全濁上變去在兩宋是語音演變的大勢，幾乎所有的語音材料都在顯示著這一特點，但在《通鑑音註》中，上聲依舊獨立，且依照聲母的清濁而分陰上和陽上。

（二）去聲分陰陽

《通鑑音註》中去聲字的音註有 2170，其中清音去聲字的音註有 922 條，清去自註 830 條；全濁去聲字 520 條，自註 454 條；次濁去 493 條，自註 437 條。另外《廣韻》清音去聲字而以全濁去聲字註音的有 28 條，《廣韻》全濁去聲字而以清音去聲字作註的有 28 條。

表 5-6：《通鑑音註》去聲字清濁自註與混註統計表

	清去	全濁去	次濁去	清去／濁去混註次數與比例
清　去	830	28	—	
全濁去	28	454	—	56
次濁去	—	—	437	
自註百分比	90.0%	87.3%	88.7%	2.8%

統計數據顯示，清、濁去聲自註的比例遠遠高於混註的比例，說明《通鑑音註》中去聲因聲母的清濁而有分別，即去聲分陰去和陽去兩個調類。

胡三省音註中還有用全濁上聲字給中古全濁去聲字註音的情況，有 12 條材料。這一情況和上文的《廣韻》全濁上聲字而用全濁去聲字註音一樣，是屬於濁上變去的音變現象，這說明在胡三省《音註》中，濁上變去也在發生，但總體來說只是在個別字上發生了這種音變，還沒有形成大勢。

（三）入聲分陰陽

《通鑑音註》中入聲字的音註有 1577 條，清音入聲字有 718 條，全濁入聲字有 346 條，次濁入聲字有 333 條。其中，清音入聲自註 666 條，全濁入聲字自註 306 條，次濁入聲字自註 311 條。

表 5-7：《通鑑音註》入聲字清濁自註與混註統計表

	清入	全濁入	次濁入	清入／濁入
清　入	666			
全濁入		306		68
次濁入			311	
自註百分比	92.8%	88.4%	93.4%	4.3%

統計數據表明，《通鑑音註》的入聲因聲母的清濁而有分別，即分為陰入和陽入。這一特點與《中原音韻》的聲調特點不一樣。我們考察《通鑑音註》入聲的變化，發現只有 12 例次濁入聲字與去聲相混的例子，清音入聲字與上聲字相混的有 2 例，全濁入聲字與全濁的平聲字沒有相混的例子。

從上文的分析可以看出，《通鑑音註》屬於四聲八調系統，即平、上、去、入各分陰陽。這種陰陽調的分別與其語音系統全濁聲母字的完整保留有直接的關係。

《通鑑音註》與《中原音韻》的成書相隔不到 40 年。中古的聲調在《中原音韻》裏所發生的變化是平分陰陽、全濁上變去、入派三聲（我們認為《中原音韻》有入聲的存在）。平分陰陽也是胡三省《音註》的特點，全濁上變去有所體現，但發生變化的字為數甚少；入派三聲幾乎沒有體現出來。究其原因，主要在於二者的音系性質不同。《通鑑音註》音系屬於讀書人的雅音系統，反映的是唐宋以來的讀書音體系。《中原音韻》是元代北方曲語的代表，其以當時實際

唱曲的語音系統爲基礎。讀書音的變化總是滯後於實際口語的變化。胡三省的《音註》成書雖然已經到了宋末元初，但與其他讀書音系列的著作一樣，屬於四聲八調系統，這一特點順應了自唐以來漢語聲調的發展規律。

第六章 《通鑑音註》的音系性質

第一節 《通鑑音註》音切的性質

胡三省爲《資治通鑑》所作的《音註》不是韻書，而是隨文釋義的訓詁書。韻書和訓詁書是不同的。方孝岳說：「謂韻書取材於書音者，乃就其大略而言。實則二者性質迴然不同。書音者訓詁學，韻書者音韻學。韻書所以備日常語言之用，書音則臨文誦讀，各有專門。師說不同，則音讀隨之而異。往往字形爲此而音讀爲彼，其中有關古今對應或假借異文、經師讀破等等，就字論音有非當時一般習慣所具有者，皆韻書所不收也。所謂漢師音讀不見於韻書者多，往往即爲此種，而此種實皆訓詁之資料，而非專門辨析音韻之資料。」〔註1〕這段話明確指出訓詁書中的音切的性質是不同於專門韻書：訓詁書中的音切是爲了以音辨義，是爲了通訓詁，其音註中除了涉及方言異讀、古今音變等語音問題，也涉及到假借、異文等文字問題，還涉及到經師破讀等語義或語法問題。《通鑑音註》旨在通訓詁，破通假，遵師說，存異文，是一部關於訓詁方面的書，專門針對古書的音義作註，其目的並不在於描述一套完整的語音系統。但是，通過對胡三省的《音註》中的文字音讀材料的研究，我們已經構建起一個完整的語音體系——《通鑑音註》音系，因此我們能夠就其音系性質進行探討與研究了。

〔註1〕方孝岳：《論〈經典釋文〉的音切和版本》，《中山大學學報》，1979年第3期。

　　《通鑑音註》中有關文字音讀的材料約有 76486 條，其的註音方式主要有反切和直音，另外還有少量的紐四聲法的材料。除此之外，還有揭示假借、如字以及形式如「近，音附近之近」、「儋，音負擔之擔」、「疵，音庇廗之庇」等以詞彙的形式限定其意義、同時也反映文字音讀的方式的材料。這些材料雖然是屬於訓詁範疇，但也為我們研究語音提供了一定的幫助。胡三省常為一些很常用的字註音，如「好」、「惡」、「高」、「近」、「先」、「後」、「深」、「廣」、「朝」、「降」、「敗」等，這些詞的註音反復出現，重複率極高，其用意在於提醒讀者這些字在語言環境中不可以讀成如字，否則就曲解了文意。《通鑑音註》的旨趣決定了作者必須審音讀，通訓詁，所以儘管是一些常見常用的字，但因為其存在著兩個或兩個以上的讀音，作者的這種辨析工作就非得認真仔細了。

　　胡三省的註音是有其標準的，他所認同的標準音就是共同語的讀書音。理由是：

　　第一，胡三省以陸德明的《經典釋文》為依據，參以服虔、應劭、顏師古、李賢、徐廣、裴駰等註釋家的註文以及《廣韻》、《集韻》、《說文》等韻書、字書為《通鑑》作註，他所遵從的是代代相傳的讀書音系統。而且，他在《新註資治通鑑序》的結尾說：「世運推遷，文公儒師從而凋謝，吾無從而取正。或勉以北學於中國……」〔註2〕，既「勉以北學」，則其所宗正顯矣。

　　第二，胡三省所著的十二卷《通鑑釋文辯誤》中，有批評史炤《資治通鑑釋文》中因其蜀地方言而訛誤註音的言論：

　　　　六年　春，正月，詔曰：「凡供薦新味，多非其節，或鬱養強孰。」頁一五八八

　　　　史炤《釋文》曰：強，去聲。（費本同。）余謂鬱養強孰者，言物非其時，未及成熟，為土室，蓄火其下，使土氣蒸暖，鬱而養之，強使先成熟也。強，音其兩翻，讀從上聲，不從去聲。自此之後，凡勉強之強，炤多從去聲，蓋蜀人土音之訛也。

　　　　元初元年　羌豪號多鈔掠武都、漢中、巴郡，板楯蠻救之。頁一五九一

〔註 2〕 胡三省：《新註資治通鑑序》，載《資治通鑑》（第 1 冊），中華書局，1956 年版，第 27～30 頁。

史炤《釋文》曰：楯，音順。（海陵本同。）余按楯，音食伊翻，未嘗有順音。《廣韻》二十二稕韻內有「揗」字，音順，摩也。其旁從「手」不從「木」。此亦炤操土音之訛。板楯蠻以木板爲楯，故名。

〔註3〕

這樣的例子很多，說明胡三省在做《音註》時，十分重視共同語的音讀，所以對史炤的「土音之訛」屢有所辯。

第三，我們將胡三省的音註中的反切和直音與《廣韻》（《集韻》）進行了對比，發現二者的音韻地位完全相同的占到 83.98%，而且胡三省所作的音註與其字在《集韻》中的反切上字、反切下字完全相同的、以及在《集韻》中被註字與註音字收在同一個小韻裏的大約共有 355 條例證。由此看胡三省的音註都有所本，而不是他自己的創造。《通鑑音註》中註音方法有反切，有直音，而且同一個字有幾個反切時，有的只是用字的不同，實際上是同音的。

第二節 《通鑑音註》音系的語音基礎

《四庫全書總目提要》云：「《資治通鑑》，宋司馬光撰，元胡三省音註。」關於作者的時代，我們認爲應當定位在宋末元初。胡三省 1230 年生，1256 年中進士，中進士後即奉父命撰寫《音註》，前後持續了 30 年。其間因爲戰亂，「稿三失」，復購他本重新作註。而且前後《音註》的體例也有不同：先前的註依照陸德明《經典釋文》的做法，註與原文分開，共有 97 卷，名之爲《廣註》，惜其已佚；後來的《註》將註文放在原文之下，又將司馬光的《通鑑考異》放在註文之後。

胡三省是吳語區人，他中進士之時（1256 年），北方已經淪陷了 22 年。南宋小朝廷偏安江南（1127～1279），以臨安爲政治中心，持續了 150 餘年，才爲蒙元政權所統一。蒙元政權統一中國之時，距他完成《音註》只不過 6 年時間。此時胡三省已經 49 歲，他的語音形成時期、受教育的時期、人生的青壯年時期都是在南宋時期度過的，因此即便是他口裏的「普通話」，也是帶有吳音的色彩。胡三省做過小吏，走過一些地方，但主要是在南宋的疆域之中。入元後隱居鄉

〔註 3〕胡三省：《通鑑釋文辯誤》，載《資治通鑑》(第 20 冊)，中華書局，1956 年版，第 28 頁。

里，不再出仕。他平常口裏說的是吳語，書之於紙上的是共同語讀書音。《通鑑音註》中，保留全濁聲母，照系不分莊章組，梗曾合一、江宕合一、有入聲韻且入聲承陰聲韻，鐸、覺承效攝而不承果假攝，這些特點與《切韻指掌圖》、《四聲等子》相類似〔註4〕，因此，《通鑑音註》音系基本上還屬於宋、金雅音系統，雖身處宋末元初，其語音所反映的時代比起歷史時代應當滯後而不應當提前。在其後出現的《中原音韻》（1324）則是其時北方口語音的代表作，而《通鑑音註》音系則反映的是宋末元初（甚至更前一點）的傳統讀書音，兩者反映的不是同一時期的語音特點。

漢語自古就有共同語和方音的區別，共同語有讀書音和口語音的分別，方音也有官話音和非官話音的分別。胡三省是吳語區人，日常生活中他口裏說的定是吳語。但是，與任何一個知識分子一樣，他在著書立說時，用的是書面語，即讀書音。他的讀書音的語音形成是在南宋，所遵從的還是由五代、北宋、南宋、金代遞相傳承的讀書人的雅音系統，即中州汴洛之音。胡三省爲《資治通鑑》作音註，就是因爲當時幾個版本的註釋舛謬乖互，其中尤以史炤的《通鑑釋文》中的錯訛爲最。《資治通鑑》是一部卷帙浩繁的大書，能夠通讀一遍的人已經相當了不起，胡三省不但讀了，而且校訂、註音、釋義、考證、辨誤，做了大量的工作。我們看胡三省的《音註》，是將其放在漢語語音史的角度，認爲它是反映宋末元初共同語讀書音的文獻材料。

研究漢語音韻，南方之音與北方之音的差異常爲人談及。漢語的確有南北方音的差異，那麼，胡三省的語音體系是否也有吳語的特點呢？宋室南遷之時（1127年），大批官僚士族隨之南遷，也將汴梁一帶的中原之音攜帶進入南方。明人陳全之《蓬窗日錄》卷一說：「杭州類汴人種族，自南渡時至者，故多汴音。」〔註5〕杭州本是吳語區，自南宋之後，轉而使用北方傳入的官話作爲交際的工具。這種官話雖來自北宋的汴梁，南宋150年，久浸吳地，其官話語音必然受到吳語的影響。使用共同語的人，由於時代、地域的音素，所操的正音之中也不免會雜入方言土語。胡三省也不例外。

〔註4〕鄭張尚芳：《〈蒙古字韻〉所代表的音系及八思巴字一些轉寫問題》，載《李新魁教授紀念文集》，中華書局，1998年版，第164～181頁。

〔註5〕李新魁：《近代漢語南北音之大界》，載《李新魁音韻學論集》，汕頭大學出版社，1999年版，第228～266頁。

第三節　《通鑑音註》音系的性質

　　胡三省的音註首先是讀書音體系，是承襲自五代、北宋、南宋、金代遞相傳承的讀書人的雅音系統，即中州汴洛之音。但是南宋小朝廷偏安吳地150年之久，久染吳音，南下北音受吳語的影響是必然的，胡三省時代的官方的語音裏不免要帶有吳語的特點，胡三省的音註也就不免要帶有吳方言讀書音色彩。因此《通鑑音註》音系是帶有吳語色彩的讀書音。

　　從《音註》與中古音的比較看，胡註與《廣韻》、《集韻》音韻地位完全相同的約占到83.98％，與《廣韻》、《集韻》都不相同的占12.87％，這一基本情況反映了胡註主要是遵從傳統讀書音的體系爲《資治通鑑》做音註，同時在聲母方面有知、莊、章、精合爲一組即「知照歸精」的現象，由此顯示出吳方言的特點，因而我們認爲胡三省音系的性質由五代、北宋、南宋遞相傳承的讀書人的雅音系統，即宋金時期的讀書音，但間有吳方言的語音特點。

一、內部證據

　　我們參照李無未先生主編的《漢語音韻學通論》之「由三十六字母到近代漢語聲母系統的演變大勢」、「由中古到近代漢語韻母系統的演變大勢」、「漢語聲調及其演變」所列出的幾項演變作爲比較的對象，把胡三省《通鑑音註》音系特點與當時的共同語讀書音韻書《蒙古字韻》音系以及共同語口語音的代表《中原音韻》音系特點加以比較，考察它們的異同。

（一）聲母方面

表6-1：《通鑑音註》聲母特點與《蒙古字韻》、《中原音韻》比較表

比較範圍	《通鑑音註》	《蒙古字韻》	《中原音韻》
全濁聲母的消變	有清化現象，清化的平均比例是7.0％，但全濁聲母保留	有清化現象，但全濁聲母保留	普遍清化
輕脣音非敷奉的合併	非敷合流，奉母獨立，奉母與微母有混同的現象	非敷不分，奉、微獨立，微母中有影母字「尪」	非敷奉合流，微母獨立；微母中收云母的「維惟」
知照合流	知照合流	知照合流	知照合流〔註6〕

〔註 6〕楊耐思：《中原音韻音系》，中國社會科學院，1981年版，第25～27頁。

比較範圍	《通鑑音註》	《蒙古字韻》	《中原音韻》
零聲母的擴大	部分影喻合流為零聲母。日母字也有變成零聲母的個別現象	《字韻》影母沒有變作零聲母，但八思巴碑刻中幺母與喻母沒有分別	影喻合流，變成了零聲母（除了「惟維」變成了微母）
泥娘合流，疑母的一部分也變成了[n]	泥娘合流，疑母的一部分也變成了[n]	泥、娘母分立；只有個別二等字娘母變成了泥母	泥娘合流
見精系三四等字尚未腭化	見、精系三、四等開口字尚未腭化	見、精系三、四等開口字尚未腭化	見、精系三、四等開口字尚未腭化
疑母	疑母獨立，有與曉匣云母混註變成匣母的現象，與娘母混同的則變到泥母裏去了	疑母獨立，有些已經變同魚、喻，也有一些非疑母（云母）字變入疑母〔註7〕	一部分跟影、喻合併，一部分跟泥、娘合併，還有一小部分獨立〔註8〕

（二）韻母方面

表 6-2：《通鑑音註》韻母特點與《蒙古字韻》、《中原音韻》比較表

比較範圍	《通鑑音註》	《蒙古字韻》	《中原音韻》
入聲韻的塞音尾	-p、-t、-k 三分	入聲韻尾弱化為喉塞尾-ʔ	入派三聲
鼻音韻尾	-m、-n、-ŋ 三分	-m、-n、-ŋ 三分	-m、-n、-ŋ 三分
支思部產生	[ï（ɿ/ʅ）] 已經產生	支思部尚未分化出來	[ï（ɿ/ʅ）] 已經產生
車遮部產生	車遮部獨立	有相當於車遮部的迦、瘸字母韻	車遮部獨立
二等喉牙音開口字[i]介音產生	[i]介音已經產生；二等韻已經消失	二等的介音開口是[j]，合口是[ɯ]（僅限莊字母韻）；有獨立的二等韻	[i]介音已經產生，唯蕭豪部唇音還有二等韻

（三）聲調方面

表 6-3：《通鑑音註》聲調特點與《蒙古字韻》、《中原音韻》比較表

比較範圍	《通鑑音註》	《蒙古字韻》	《中原音韻》
平分陰陽	平聲分陰陽	平聲分陰陽	平聲分陰陽
濁上變去	全濁上聲不變去聲	全濁上聲不變去聲	全濁上聲變去聲

〔註7〕李立成：《元代漢語音系的比較研究》，外文出版社，2002年版，第18頁。

〔註8〕楊耐思：《中原音韻音系》，中國社會科學院，1981年版，第27頁。

比較範圍	《通鑑音註》	《蒙古字韻》	《中原音韻》
入派三聲	入聲獨立	入聲獨立	入派三聲
聲調類型	四聲八調	四聲八調〔註9〕	陰平、陽平、上聲、去聲

二、與南宋等韻圖《皇極經世解起數訣》音系的比較

《皇極經世解起數訣》（簡稱《起數訣》）是宋代鄱陽人祝泌於 1241 年撰成的一部等韻圖。根據李新魁的研究，這部著作所代表的基本上是《集韻》的音系，反映了一些當時的實際語音。具體表現在以下方面：（一）聲母方面，知組字與照組字已經合而為一；牀禪兩紐混而不分；照二與照三合流；泥紐與娘紐常有混同現象；喻三與喻四無別；喻紐與影紐混同；匣紐已化入影紐。（二）韻母方面，歸併了某些一等韻，如東冬、痕魂、覃談等，某些一等韻的讀音也與二等韻沒有大的差別，如歌戈與麻、唐與江、豪與爻（肴）等；二等各韻歸併；三等韻合流；三四等韻相混；三等韻字變入一等；支脂之的精組字列在一等。（三）聲調方面保持了宋代韻書的平、上、去、入四聲的格局，但由於濁音字的分化，可能在四聲上已有清、濁（即陰、陽調）的區分，但從表面看，還是四類。（四）入聲還牢固地存在著，入聲韻兼配陰聲韻、陽聲韻，它們的收尾可能已經是一個[-ʔ]。（五）有濁上變去的迹象。〔註10〕

祝書早《通鑑音註》40 餘年成書，其代表的《集韻》音系與後者反映的宋元時期的讀書音一脈相承。從上面所述的聲韻調等方面的特點看，《起數訣》的音系與《通鑑音註》音系大致相同，不同在於祝書的知照合流後不歸精組。《通鑑音註》中知照歸精是吳語的特徵。

三、與同時代的北方詞人白樸的詞曲韻部的比較

白樸，字太素，號蘭谷，祖籍隅州（今山西曲沃），1226 年生於汴京，1232 年蒙古軍南下侵金，1233 年為元好問撫養，居聊城、濟南、冠氏。1237 年回到父親身邊，此後定居眞定（今河北正定縣）。1261 年南遊，1280 居建康（今江

〔註 9〕鄭張尚芳：《〈蒙古字韻〉所代表的音系及八思巴字一些轉寫問題》，載《李新魁教授紀念文集》，中華書局，1998 年版，第 164～181 頁。

〔註10〕李新魁：《〈起數訣〉研究》，載《音韻學研究》（第三輯），中華書局，1994 年版，第 35～41 頁。

蘇南京），1306 年遊揚州，卒年無考。白樸的生活年代與胡三省幾乎相同：胡三省生於 1230 年，卒於 1302 年，不同的是兩人一南一北。我們正可以通過比較同時代但不同地域（一南一北）的文人的讀書音系統，考察他們的時代共同語讀書音的語音的特點。

表 6-4：《通鑑音註》韻部與白樸詞曲韻部比較表

中古韻攝	白樸詞韻〔註11〕	白樸曲韻〔註12〕	中原音韻	胡三省音註
果	歌戈	歌戈	歌戈	歌戈
假	家麻	家麻	家麻	家麻
	車遮	車遮	車遮	車遮
止蟹	皆來	皆來	皆來	皆來
	灰頹	齊微	齊微	齊微
	機微			
	支思	支思	支思	支思
遇	魚模	魚模	魚模	魚模
流	尤侯	尤侯	尤侯	尤侯
效	蕭豪	蕭豪	蕭豪	蕭豪
咸	監咸	×	監咸	覃鹽
	×	廉纖	廉纖	
山	寒桓	寒山	寒山	寒仙
		×	桓歡	
	先天	先天	先天	
深	侵尋	侵尋	侵尋	侵尋
臻	眞文	眞文	眞文	眞文
梗	庚青	庚青	庚青	庚青
曾				
江	江陽	江陽	江陽	江陽
宕				
通	東鍾	東鍾	東鍾	東鍾

〔註11〕 魯國堯：《白樸的詞韻和曲韻及其同異》，載《魯國堯自選集》，河南教育出版社，1994 年版。

〔註12〕 魯國堯：《白樸的詞韻和曲韻及其同異》，載《魯國堯自選集》，河南教育出版社，1994 年版。

中古韻攝	白樸詞韻〔註11〕	白樸曲韻〔註12〕	中原音韻	胡三省音註
通入	屋燭			屋燭
江宕入	×	與陰聲字互叶	派入陰聲	藥覺
梗曾臻深入	德質			德質
山咸入	月帖			月帖
25 部（入聲 9 部）	23 部（入聲 4 部）	19 部（不區別入聲）	19 部（不區別入聲）	23 部（入聲 7 部）

（註：×號表示無單獨叶此韻者，或無此韻部字）

從上表可見，白樸的曲韻與《中原音韻》極為相似：入聲與陰聲相叶，韻分 19 部。而其詞韻卻保留了入聲四個韻部，將齊微部分為機微和灰頹兩部，又將寒山與桓歡合為一部。入聲韻的分部與胡三省音註相同，不同在於中古止蟹攝、山攝、咸攝的分合上：1、胡三省的齊微部包括了中古止攝以及蟹攝的三四等以及一等合口灰韻、合口泰韻；白樸詞韻將灰韻獨立為灰頹部，其詞韻中灰頹和機微都沒有泰韻的字，泰韻字歸入皆來部。2、中古山攝諸韻在胡三省音註中合流為一個只有一個主元音的韻部，而在白樸詞韻中卻表現為一等二等以及三等元韻合口字等洪音字的合併、三四等細音字合併，共 2 個韻部，2 個主元音。

胡三省的齊微部與白樸的詞韻不同，但與《中原音韻》相同，寒仙部與白樸的詞韻、《中原音韻》都不相同。這個問題尚待進一步的研究。

另外，三者的蕭豪部所包含的範圍雖然相同，但內涵不太一樣：胡三省的蕭豪部是一個主元音，而《中原音韻》的蕭豪部是兩個主元音，白樸的詞韻中蕭豪部目前尚不能明確知道有幾個主元音，但即便與《中原音韻》一樣有 2 個主元音，它們之間還是可以押韻的。

除了以上我們指出的三點不同之外，胡三省音註與白樸的詞韻的韻部的劃分都相同。從同時代一南一北兩個文人的讀書音的對比中可以看出，胡三省音註與白樸的詞韻同多異少，這正說明了胡三省的音系是共同語讀書音，而且這一共同語是南北共承的中原雅音。

四、與元代吳語方言音系的比較

我們再將胡三省音註與元代黃岩人陶宗儀的《南村輟耕錄》的語音系統進行比較，考察同一方言區文人讀書音系統的異同，並籍此甄別出胡三省音系中

的方音成分。陶宗儀，字九成，號南村居士，浙江黃岩人，中年以後定居於吳方言區北部的松江，直至老死。除了在元時到過江漢和大都，入明後去過都城（今南京）外，其生平行蹤基本不出吳方言區。〔註13〕

　　《輟耕錄》卷十九關於「射字法」的記載，涉及吳方言語音的問題。射字法是民間流行的一種猜字的遊戲，屬於字謎一類。南宋趙與時（吳興人？1175～1231）《賓退錄》卷一云：「俗間擊鼓射字之技，莫知所始。蓋全用切韻之法，該以兩詩，詩皆七言。一篇六句，四十二字，以代三十六母，而全用五支至十二齊韻，取其聲相近，便於誦習。一篇七句，四十九字，以該平聲五十七云，而無側聲。如一字〔字〕母在第三句、第四句，則鼓節前三後四，叶韻亦如之。又以一二三四爲平上去入之別。亦有不擊鼓而揮扇之類，其實一也。詩曰：西稀低之機詩資，非卑妻欺癡梯歸，披皮肥其辭移題，攜持齊時依眉微，離爲兒儀伊鋤尼，醯雞箆溪批毗迷。此字母也。羅家瓜藍斜凌倫，思戈交勞皆來論，留連王郎龍南關，盧甘林彎雷聊隣，簾攏嬴婁參辰闌，楞根彎離驢寒間，懷橫榮鞋庚光顏。此叶韻也。」

　　陶宗儀《輟耕錄》卷十九所記錄的射字法也是這樣一種猜字遊戲，只是其詩與趙與時的《賓退錄》裏所記的詩已經不同，所表現的聲韻類別也已經不同。《輟耕錄》射字法云：

> 其法七字詩，十二句，逐句排寫，前四句括定字母，後八句括定叶韻。詩曰：輕輕牽兵兵邊平平便明明眠逢〇〇 興興掀征征煎，經經堅迎迎年娉娉偏停停田應應煙成成涎聲聲羶，清清千澄澄纏星星鮮晴晴涎丁丁顚蘗蘗虔盈盈延，能能〇稱稱千非非〇〇精精煎零零連汀汀天橙橙纏。東蒙鍾江支茲爲，微魚胡模齊乖佳，灰咍眞諄臻匡虗，元魂痕寒歡關山，先森蕭宵爻豪歌，戈麻陽唐耕斜榮，青蒸登尤侯車侵，潭譚鹽忝橫光凡。如欲切春字，清諄，清清千春，清字在第三行第一字，諄字在第七行第四字，拊掌則前三後一，少歇，又前七後四。夏字平聲爲霞，盈麻，盈盈延霞，盈字在第三行第七字，麻字在第十行第二字，拊掌則前三後七，少歇，又前十後二，少歇，又三。蓋夏字去聲，所以又三

〔註13〕魯國堯：《〈南村輟耕錄〉與元代吳方言》，載《魯國堯自選集》，河南教育出版社，1994年版。

也。若入聲，則四矣。余仿此。但字母不離二十八字，而叶韻莫逃五十六字，此爲至要。……〔註14〕（按，聲母詩每字後兩字是助紐字，加○處爲缺字）

《輟耕錄》的射字法所用的字母詩，其標註形式與在元代大爲盛行的元刊本《玉篇》所載「切字要法」及「切韻六十八字訣」很相似，可知射字法的字母詩是根據它創製或者接受它的影響而產生的。陶宗儀所記錄的字母詩的聲母字及其助紐字系統反映了元代吳方言的聲母的若干特點，李新魁考定其聲母系統爲23母：

《中原音韻》	崩 p	烹 p'		蒙 m	風 f 亡 v
射 字 法	兵 p	偋 p'	平 b	明 m	非 f 逢 v
《中原音韻》	東 t	通 t'		膿 n	龍 l
射 字 法	丁 t	汀 t'	停 d	能 n	零 l
《中原音韻》	宗 ts	聰 ts'		嵩 s	
射 字 法	精 ts	清 ts'	澄 dz	星 s	晴 z
《中原音韻》	鍾 tʂ	充 tʂ'		雙 ʂ	戎 ʐ
射 字 法					
《中原音韻》	工 k	空 k'		烘 h	邕 ʔ
射 字 法	經 k	輕 k'	檠 g	迎 ŋ	興 h 盈 ɦ 應 ʔ 〔註15〕

這個聲母系統與宋代三十六字母比，少了知、徹、澄、娘、照、穿、牀、審、禪、日、敷、奉，並且影喻合流，共少了13個聲母。與《中原音韻》比，則全濁聲母完整保留（除了奉母），知照組併入精組。《輟耕錄》射字法的聲母與胡三省音系的聲母的共同點在於知照合流後又與精組合併，讀同精組，這是吳方言的特點。不同之處在於胡三省語音系統中，奉母獨立、日母獨立，影母獨立，而且胡三省音註中所反映的知照歸精組是吳語特點。但其音系性質是共同語標準讀書音，所以知照組合流，精組獨立，共31個聲母。

〔註14〕周祖謨：《射字法與音韻》，載周祖謨《問學集》（下冊），中華書局，2004 年版，第 663～669 頁。

〔註15〕李新魁：《〈射字法〉聲類考》，載《古漢語論集》（第一輯），湖南教育出版社，1985年版，第 70～80 頁。

　　由此看，知照組併入精組是元代吳方言的語音特點。這一特點存在的時間應該比胡三省生活的時代更早之前。

　　以上我們將胡三省的音註所反映的語音系統與其同時代的共同語讀書音、同時代的北方詞人以及其方言區的語音材料四個方面進行了比較，可以論定《通鑑音註》音系是共同語讀書音系統，其聲母中知照併入精組、禪日、泥日混同、從邪不分等是吳語的特點。韻母系統大致與共同語讀書音一致，而寒仙、覃鹽以及蕭豪部的韻母之間歸併比其他材料的來得更爲寬鬆，大概是其方音的特徵。

第七章 《通鑑音註》與元代漢語語音的比較 〔註1〕

　　《蒙古字韻》是現存的第一部中文拼音韻書，是一部用八思巴字標引的按音節分排的漢字同音字表〔註2〕，所記的是中原音，是金末中原讀書音，即是五代、北宋、晚金的都城所在的中州汴洛一帶士大夫的官話正音，其性質是金元官話。當時是採用宋金人科考用的《禮部韻略》、《平水新刊韻略》來編寫漢字音表，所以開頭編時就叫《蒙古韻略》。《蒙古韻略》是與《字韻》同系統的書，已佚。16 世紀朝鮮人崔世珍《四聲通解》用朝鮮文轉寫了大量《蒙古韻略》的註音。其凡例第一條即說「《蒙古韻略》元朝所撰也，胡元入主中國，乃以國字翻漢字之音作韻書以教國人者也，其取音作字至精且切。」《蒙古韻略》後出的版本改稱《蒙古字韻》，是爲了配合八思巴字頒行而編的官書〔註3〕。《蒙古字韻》

〔註 1〕　本章內容關於《蒙古字韻》和《中原音韻》的比較大多數參考李立成《元代漢語音系的比較研究》（外文出版社，2002 年版），聲母、韻母的音值則根據鄭張先生的《從〈切韻〉音系到〈蒙古字韻〉音系的演變的對應規則》一文。

〔註 2〕　鄭張尚芳：《從〈切韻〉音系到〈蒙古字韻〉音系的演變對應法則》，（香港）《中國語文研究》，2002 年第 1 期（總第 13 期），第 51〜63 頁。

〔註 3〕　鄭張尚芳：《〈蒙古字韻〉所代表的音系八思巴字的一些轉寫問題》，載《李新魁教授紀念文集》，中華書局，1998 年版，第 164〜181 頁。

的成書年代無法確切考訂，現存《蒙古字韻》中有校訂者朱宗文在至大元年（1308）所作的序，據此可知《蒙古字韻》至少作於此前〔註4〕。朱宗文的序說：

> 聖朝宇宙廣大，方言不通，雖知字而不知聲，猶不能言也。《蒙古字韻》字與聲合，眞言語之樞機，韻學之綱領也。嘗以諸家漢韻證其是否，而率皆承訛襲舛，莫知取捨，惟《古今韻會》於每字之首必以四聲釋之，由是始知見經爲 ☴，三十六字母備於《韻會》，可謂明切也已。故用是校譯各本誤字，列於篇首，以俟大方筆削云。

朱宗文的老師劉更也作了一篇序文，劉更對朱宗文的工作給予了肯定，稱讚朱宗文爲「此書之忠臣」。根據這兩篇序文，可以知道朱宗文所作的事有兩項：一是設計了「《蒙古字韻》總括變化之圖」，劉更所謂的「增《蒙古字韻》」；二是詳校各本誤字，在篇首開列了一份「校正字樣」，指出「湖北本」、「浙東本」等的誤字。這是劉更所謂的「正《蒙古字韻》誤」。值得注意的是朱宗文校訂《蒙古字韻》的參考書之一是《古今韻會》。《古今韻會》，元至元二十九年（1292年）邵武黃公紹以《禮部韻略》訓釋簡略，故博考經史，旁及九流百家，增其註說；又採異體、異義，辨其正俗，成《古今韻會》一書。熊忠，黃公紹的館客，惜此書卷帙浩繁，四方學士不能遍覽，故刪其註說之繁，同時亦增其韻字之遺闕，於大德元年（1297年）以成《古今韻會舉要》。此書依照劉淵《壬子新刊禮部韻略》分爲一百零七韻，每韻之內，又如韓道昭《五音集韻》按字母次序排列。然此二者，僅爲其表。劉書所分，至元時有一韻之字而分入數韻者，有數韻之字而並爲一韻者，此書各以類聚，註云「已上案七音屬某字母韻」；此書三十六字母亦與韓書即傳統字母有分合之異，如疑分出魚母，影分出幺母，匣分出合母，照穿牀併入知徹澄，據之不難考出此書音類之實際〔註5〕。《蒙古字韻》的聲母影、匣、喻三母各自二分，知照合併，基本與《古今韻會舉要》相同。

根據《蒙古字韻》與《古今韻會》、《古今韻會舉要》的關係以及朱宗文作序的確切時間，我們認爲《蒙古字韻》成書不會早於1292年。從八思巴字的頒行（1269）以及組織各地官員學習八思巴字的情況看，《蒙古字韻》與《通鑑音註》是同一個時代的著作，前者是共同語讀書音的韻書，後者是反映共同語讀

〔註4〕 參見李立成《元代漢語音系的比較研究》，外文出版社，2002年版，第91頁。

〔註5〕 《古漢語知識詳解辭典》，中華書局，1996年版，第403頁。

書音的書面文獻。《通鑑音註》音系是宋末元初共同語讀書音，這個讀書音也是承襲晚唐五代、北宋以及金元時期的讀書音而來的。南宋雖偏安江南，但讀書人所公認的讀書音不是臨安話，而是中原雅音，其性質還是金元官話。《通鑑音註》寫於 1256～1285 年之間，而在 1269 年（宋度宗咸淳五年）年初，蒙元朝廷開始在其全國範圍頒行八思巴新字，拼寫蒙、漢以及維、藏、梵等多種語言，「譯寫一切文字」，因此，我們將這兩部反映共同語讀書音的著作的音系進行比較，考察它們的異同。

　　元代漢語存在著兩個標準音，一個是以《蒙古字韻》為代表的書面語音標準，一個是以《中原音韻》為代表的口語標準語。我們還將《通鑑音註》與《中原音韻》的音系進行比較。《中原音韻》代表中原之音，流行在廣大地區，適用於各種交際場合，是元代共同語的口語音，雖比《通鑑音註》晚出近 40 年，但基本上還是同一語音體系。

第一節　聲母的比較

一、聲母對照表

表 7-1：《通鑑音註》聲母系統與《蒙古字韻》、《中原音韻》的比較表

序　號	廣　韻	通鑑音註	蒙古字韻	中原音韻
1	幫 p	p	ḅ	p
		f（非敷）	hυ	f
2	滂 ph	ph	ph	ph
		f（非敷）	hυ	f
3	並 b	b	pɦ	p，ph
		v	hɦυ	f
4	明 m	m	m	m
		υ/ɱ	υ	v
5	端 t	t	ḍ	t
6	透 th	th	th	th
7	定 d	d	tɦ	t，th
8	泥 n	n	n	n
9	知 ʈ	tʃ	ḍʒ	tʃ
10	徹 ʈh	tʃh	tʃh	tʃh

序　號	廣　韻	通鑑音註	蒙古字韻	中原音韻
11	澄 ɖ	ʤ	ʧɦ	ʧ，ʧh
12	娘 ɳ	n	ɲ	n
13	精 ts	ts	dz̥	ts
14	清 tsh	tsh	tsh	tsh
15	從 dz	dz	tsɦ	ts，tsh
16	心 s	s	s	s
17	邪 z	z	sɦ	s
18	莊 ʧ	ʧ		
19	初 ʧh	ʧh		
20	崇 ʤ	ʤ		
21	生 ʃ	ʃ	ʃ	ʃ
22	俟 ʒ	ʒ	ʧɦ	ʃ
23	章 tɕ	ʧ		
24	昌 tɕh	ʧh		
25	禪 dʑ	ʤ		
26	書 ɕ	ʃ		
27	船 ʑ	ʒ		
28	見 k	k	g̊	k
29	溪 kh	kh	kh	kh
30	群 g	g	kɦ	k，kh
31	疑 ŋ	ŋ	ŋ（含喻 j，魚 øɦ）	ŋ
32	影 ʔ	ʔ	’，’j（幺）	∅
33	曉 x	h	h	x
34	匣 ɣ	ɦ	hɦ（合）（一等）／hɦj（匣）（非一等）	
35	云 ɣ	∅	øɦ（魚）	∅
36	以 j		j（喻）	
37	來 l	l	l	l
38	日 ɳʑ	ʎʒ	ʎʒ	ʒ
總計	38	31	35〔註6〕	21

〔註 6〕鄭張尚芳《從〈切韻〉音系到〈蒙古字韻〉音系的演變對應法則》（2002）說《蒙古字韻》的聲母號稱 36 個，實為 35 個。

按，此表中《廣韻》聲母的音值根據邵榮芬《切韻研究》（1982：p.109），為方便書寫將送氣符號改成了「h」，影母原先擬作「0」的則改為「ø」。《蒙古字韻》聲母的音值參考了鄭張尚芳《從〈切韻〉音系到〈蒙古字韻〉音系的演變對應法則》的構擬（2002）。同時把《中原音韻》的聲母也列在這裏。《中原音韻》的聲母音值的構擬用的是楊耐思《中原音韻音系》（1981：p.24）。

二、濁音清化

《通鑑音註》中，全濁聲母的其清化的平均比例為 7.0％，說明全濁聲母已經開始發生清化，但基本上保持著獨立。《蒙古字韻》也保留全濁聲母，但是《中原音韻》的全濁聲母已經完全清化。

三、各組聲母的對照

（一）知莊章三組聲母

《通鑑音註》中知莊章三組聲母合併為一個聲母組：知₂莊、知₃章分別合併，知₂莊組與知₃章組之間有混註現象，則說明中古知、莊、章三組聲母也已經合併為一組聲母了。《蒙古字韻》音系中，只用一套八思巴字母來譯寫知莊章三組聲母，說明它們已經合併為一套聲母。但在某些小韻的歸字上，表現為知₂莊一組、知₃章一組，與《中原音韻》的情形相似。

《通鑑音註》中知莊章三組聲母合併成了一個聲母組，不僅如此，這個聲母組又進一步演變，發生了與精組聲母合併為一組的音變。知莊章合流後又與精組合併，在《蒙古字韻》和《中原音韻》中沒有，說明這是吳方言的特點。根據耿振生《明清等韻學通論》（1998）的研究，吳方言中的確存在著知莊章三組聲母變同精組聲母的現象。

與此同時，端組也加入到知照組的演變當中來了：胡三省《通鑑音註》中端知混註 17 次，端與章混註 13 次，端莊混註 3 次，端精混註 3 次。端組字與知組、章組、莊組、精組的這些混註的現象，說明在胡三省的方音中，其口語中除了把知讀同端外，還存在著把章、莊、精也讀同端的語音現象，這些現象在《蒙古字韻》和《中原音韻》裏是沒有的。由此說明這是方言的特點，在共同語讀書音中端與精、知、莊、章並不相混。因此，我們認為，端組與精、知、莊、章的混註是其方言語音的不自覺的流露。在白話音中，精知莊章有讀同端的現象。

（二）輕唇音

《切韻》音系的唇音字在等韻三十六字母中分為重唇音幫、滂、並、明和輕唇音非、敷、奉、微。《通鑑音註》音系中非敷合流，奉母獨立，微母獨立。《蒙古字韻》也是如此。《中原音韻》全濁聲母消失，非敷奉合流，微母獨立。

（三）微母

《通鑑音註》音系中的微母字除了獨立的微母字之外，還有讀同奉母、讀同明母、讀同曉母的現象。參考以上因素，我們給微母構擬的音值是[ʋ]，也可以是[m]。《蒙古字韻》音系的微母不僅保留了中古音系中的微母，而且還將其他材料中明母東三韻系、明母尤韻系不變輕唇微母的一些字歸入微母，即將明母尤韻的「謀」、「蛑」、「牟」、「侔」、「矛」、「鍪」、「麰」、「蟊」等字，東三韻的「薨」、「夢」、「懞」等字，屋三韻的「目」、「穆」、「牧」、「睦」、「繆」等字改讀為微母〔註7〕，比中古微母的範圍要大。《中原音韻》微母字已經是一種半元音了：其「正語作詞起例」第21條有「『網』有『往』」的辨似，這是在強調微母字與零聲母字的區別；第2條指出「羊尾子」有人誤讀為「羊椅子」，「來也未」有人誤讀為「來也異」，「尾」、「未」是微母字，「椅」是影母字，「異」是喻母字，「椅」、「異」二字在《中原音韻》時已經都讀成零聲母了。把零聲母字和微母字混同，說明微母字在《中原音韻》裏是半元音[w]，而不是與輕擦音[f]相對應的濁擦音[v]。

（四）娘母

《通鑑音註》中，娘母併入泥母，而《蒙古字韻》音系中泥、娘二母的區別基本上完好地保存著，但二等韻中多數娘母變成了泥母，由此也可以知道娘母變成泥母首先是在二等裏發生的。《中原音韻》泥母與娘母完全沒有區別。《通鑑音註》中泥娘合流與《中原音韻》相同。

（五）疑母

《通鑑音註》中疑母字與泥母（娘母）有混同的現象，還有與同組的見溪混註、與喉音曉匣云混註的現象。與泥娘母混的疑母字變同泥母，與曉匣云混的疑母字變同匣母。疑母字還與舌齒音透、清、心、邪、章、來諸母混切。《蒙

〔註7〕參照李立成《元代漢語音系的比較研究》，外文出版社，2002年版，第23頁。

古字韻》只有中古一、三等韻的開口字部分保持疑母，中古一、三等合口及二、四等的疑母均已發生了變化，另外也有個別中古云母字變入疑母。《中原音韻》音系疑母字大部分與影、云、以三母合流了，個別疑母字混入娘母字。

（六）匣母

《通鑑音註》的匣母除了發生部分濁音清化外，還有匣云以合併、影匣混註等現象。清化的匣母字歸併到曉母，與匣混註的云以疑母字變到匣母，影曉匣混也是吳方言的特點。另外，匣母與見溪群混註、與透從生來諸母混註。與舌根音聲母以及與舌齒音聲母的混註反映的是上古的音韻特點。儘管有如此多的語音現象，匣母還是基本保持其獨立的全濁音的地位。《蒙古字韻》音系中，中古的匣母一分為二：洪音為合母，細音為匣母。這種分別在《通鑑音註》中不存在。《中原音韻》的匣母則已經完全清化，讀同曉母了。

（七）影母

中古的影母在《通鑑音註》中與曉、匣、云、以都有混註的現象，涉及到匣云以合流、影喻合流為零聲母等音變。《通鑑音註》中零聲母的範圍比中古音有所擴大，即除了中古的以母外，還有影、云諸母的字。《蒙古字韻》中，中古的影母也一分為二，一等、二等合口、純三等韻、普通三等韻的大部分、重紐三等韻的 B 類為影母，二等開口、重紐三等韻的 A 類、純四等變為幺母。幺母是影母的細音。《中原音韻》的影母沒有這種分別，它們全都變成了零聲母。《通鑑音註》中部分影母字與云以合流為零聲母，部分影母字依舊保持著清喉塞音的獨立。

（八）喻母

等韻三十六字母的喻母，在《切韻》音系中實際分為兩類：三等為云母，四等為以母。《通鑑音註》中云母合口字與以母合流，同時影母的一些字也變到喻母裏來了。《蒙古字韻》中，云母變為魚母，以母變為喻母，喻母是腭化音，但是在八思巴碑刻中幺母和喻母是沒有分別的。《中原音韻》影喻合流變成了零聲母，只有個別例外，如齊微部的「惟維」變成了微母字。

（九）俟母

《通鑑音註》中只有一個俟母字「漦」。「漦」，《廣韻》俟甾切，俟之開三平止；《通鑑音註》似甾翻，邪之開三平止。俟母字變同邪母。關於《切韻》俟

母獨立與否有兩種不同的看法。董同龢《漢語音韻學》（2004：p.147）、李榮《切韻音系》（1956：p.127）認為俟母是一個獨立的聲母。俟母只有「漦」、「俟」兩個小韻，《切韻》漦，俟之切；俟，漦史切；《王三》漦，俟淄切；俟，漦史切。兩書的「漦」、「俟」兩小韻都自相系聯，而且「漦」都和「茬」小韻對立，「俟」都和「士」小韻對立。《廣韻》漦，俟甾切，俟，牀史切，似乎和崇母系聯成一類，但「漦」「茬」對立，「俟」和「士」對立，與《切韻》相同，說明《廣韻》這兩個小韻也沒有和崇母合併。《七音略》、《切韻指掌圖》、《四聲等子》都把「漦」、「俟」放在禪母二等的位置，《韻鏡》沒有「漦」字，但「俟」字也是放在禪母二等的位置。現代方言「俟」和「士」往往不同聲母，如廣州話「士」讀[ʃi]，而「俟」讀[tʃi]。《蒙古字韻》以一套聲母譯寫知莊章三組聲母，看來是將中古的俟母與禪母（或船母）合併成[ʐ]了；《中原音韻》全濁聲母消失，知莊章合流，俟母也清化成[ʃ]了。這兩部著作中俟母的變化與《通鑑音註》中俟母與邪母合併的情況不同，或許是因為知莊章併入精組而表現出來的俟船禪邪混同，只是《通鑑音註》中沒有俟與船禪混的例子而已。

（十）日母

《通鑑音註》中日母的音變現象很複雜，我們將日母與舌齒音的混註及其次數羅列如下：泥日混註 7 次、娘日混註 2 次、禪日混註 12 次、從日混註 5 次、邪日混註 3 次、來日混註 1 次、章日混註 2 次、昌日混註 1 次、書日混註 1 次、船日混註 1 次、知日混註 2 次、徹日混註 1 次、崇日混註 1 次、清日混註 1 次、心日混註 2 次。從混註次數上看主要是表現在禪日、泥娘日、從邪日的混同。但日母與章、昌、船、書、知、徹、崇、清諸母以及來母混同的情況也很明顯。這是胡三省方言的特點，在《蒙古字韻》、《中原音韻》中沒有這種現象。《通鑑音註》日母也有兩個層次，共同語層次，其音值是[ʎʒ]；方音層次，其音值有幾個變體，即[n/ɲ/dʑ/dz/l]。《蒙古字韻》的日母是「介於[z]和[ʐ]之間的的一個卷舌顫音」，「《中原音韻》日母的音值是[ʐ]」。

〔註 8〕

〔註 8〕參見李立成《元代漢語音系的比較研究》，外文出版社，2002 年版，第 103 頁。

第二節　韻母的比較

一、韻母對照表

表 7-2：《通鑑音註》韻母系統與《蒙古字韻》、《中原音韻》的比較表 [註9]

中古韻攝		《通鑑音註》		《蒙古字韻》			《中原音韻》	
		韻部	韻母	韻部		韻母	韻部	韻母
通		東鍾	uŋ	東	公	uŋ	東鍾	uŋ
			iuŋ		弓	iuŋ		iuŋ
江		江陽	ɑŋ	陽	岡	aŋ	江陽	ɑŋ
宕			iɑŋ		光	waŋ		
					莊	ɯaŋ		
					江	iaŋ		iɑŋ
			uɑŋ		況	wiaŋ		uɑŋ
止	止（精莊章組、日母開口字）	支思	ï（ʅ/ɿ）	支	羈	i	支思	ï
					雞	ii		
					貲	ɨ		
	止蟹細（除支思部字）	齊微	ui		嫣	ue	齊微	i
					規	iue		ui
			i		惟	wi		ei
蟹	蟹洪	皆來	ai	佳	該	aj	皆來	ai
			iai		佳	jaj		
					乖	waj		iai
			uai		克	ij		uai
遇		魚模	u	魚	孤	u	魚模	u
			iu		居	iu		iu
臻		眞文	ən	眞	根	in	眞文	ən
			iən		巾	in		in
			uən		緊	iin		un
			iuən		昆	un		
					鈞	iun		iuən
					筠	win		

[註9]　《蒙古字韻》依据鄭張尚芳《從〈切韻〉音系到〈蒙古字韻〉音系的演變規則》一文的分韻和構擬，《中原音韻》依据宁繼福《中原音韻表稿》的分韻及構擬。

中古韻攝	《通鑑音註》		《蒙古字韻》			《中原音韻》	
	韻部	韻母	韻部		韻母	韻部	韻母
山	寒仙	an	寒	幹	an	寒山	an
							ian
				關	wan		uan
		ian		官	on	桓歡	uɔn
		uan		間	jan		
		iuan	先	堅	ian	先天	iɛn
				涓	wian		
				鞭	ɪɛn		iuɛn
				賢	iɛn		
				夯	ion		
效	蕭豪	ɑu	蕭	高	aw	蕭豪	ɑu
				交	jaw		
				郭	waw		au
				驍	iaw		
		iɑu		嚻	wiaw		iau
				驕	ɪɛw		
果	歌戈	o	歌	歌	o	歌戈	o
		io					io
		uo		戈	wo		uo
假	家麻	a	麻	牙	a	家麻	a
				嘉	ja		
				瓜	wa		
		ia		嗟	ia		ia
		ua		玦	wia		ua
	車遮	ʒi		迦	ʒɪ	車遮	ʒi
				瘸	wɪʒ		ʒui
梗	庚青	əŋ	庚	拖	ɪŋ	庚青	əŋ
				京	iŋ		
		iəŋ		經	iiŋ		iŋ
曾		uəŋ		泓	wuŋ		uəŋ
		iuəŋ		雄	iuŋ		iuəŋ

中古韻攝	《通鑑音註》		《蒙古字韻》			《中原音韻》	
	韻部	韻母	韻部		韻母	韻部	韻母
流	尤侯	əu	尤	鈎	iw	尤侯	əu
				裒	uw		
				浮	ow		iəu
				鳩	iw		
		iəu		樛	iiw		
深	侵尋	əm	侵	金	im	侵尋	əm
				愔	iim		
		iəm		簪	im		iəm
咸	覃鹽	am	覃	甘	am	監咸	am
				緘	jam		
				兼	iam		iam
		iam		箝	ıɛm		
				嫌	iɛm	廉纖	iɛm
通入	屋燭	uk	通入、臻入合口	穀匊			
		iuk					
江宕入	藥覺	ɑk	江宕入	各腳爵郭覺㲃			
		iɑk					
		uɑk					
臻入	質物	ət	臻入、梗曾入、深入（三四等韻）	訖櫛吉國橘泩聿			
		iət					
		uət					
		iuət					
山入	薛月	at	山咸入	葛括結刮戛玦厥怛訐			
		iat					
		uat					
		iuat					
梗曾入	陌職	əŋ	梗曾入（一二等韻）	額虢格克黑			
		iəŋ					
		uəŋ					
		iuəŋ					
深入	緝入	əp					
		iəp					
咸入	葉帖	ap					
		iap					

中古韻攝	《通鑑音註》		《蒙古字韻》		《中原音韻》	
	韻部	韻母	韻部	韻母	韻部	韻母
總計	23 部 61 韻母（入聲 7 部 21 個韻母）		15 韻部 67 韻母（入聲 5 部 29 個韻母）〔註10〕		19 韻部 46 韻母（無入聲韻部）	

二、舒聲韻部的比較

（一）東鍾部

《通鑑音註》的東鍾部大體上與《蒙古字韻》的東部、《中原音韻》的東鍾部相當，主要來自中古通攝諸舒聲韻。同時三者都包含了來自中古庚韻喉牙音合口字：《通鑑音註》只有一個「獷」字，《蒙古字韻》和《中原音韻》是韻書因而收字更多、更能顯示其系統性。另外，《通鑑音註》東鍾部還收有《廣韻》江韻的「淙」、「釭」、「虹」、「漴」、「戇」等字以及「梵」、「泛」等凡韻字，這一現象在《蒙古字韻》、《中原音韻》裏沒有出現。其差別的原因在於《通鑑音註》是為古文獻作隨文註釋的書，不僅涉及到傳統的讀書音，而且還有來自上古音的書面音的存在。

（二）江陽部

江陽部主要來自中古江攝和宕攝諸韻，《通鑑音註》與《蒙古字韻》、《中原音韻》的收字範圍大致相同。三者不同首先在於分韻的數目。《通鑑音註》的江陽部只有三個韻母，即開口一等、開口三等以及合口一等；沒有合口三等，因為合口三等合併到合口一等了。《中原音韻》中古江韻的唇音字已經和唐韻相同，例如「邦」和「幫」、「蚌」和「謗」、「龐」和「傍」、「龐」和「忙」都已經同空，各組前一字屬江韻，後一字屬唐韻。陽韻合口三等只有輕唇音，也與唐韻合併了。《中原音韻》中二等韻的開口字已經產生了[i]介音，江韻的喉牙音字與三四等合流，其他則與一等韻合併，「江」、「薑」同音就是江韻已經產生[i]介音的例證。

〔註10〕 註：入聲韻的分部及每部所包含的中古的韻母參照李立成的「入聲字韻母與《切韻》音系的對應情況」（2002：p.39-40）。入聲韻母的擬音情況比較複雜，在此我們就不再一一列出。

　　《蒙古字韻》的陽部有五個韻母，除了一等、三等各分開合之外，二等江韻字獨立爲一個韻——岡字母韻，與《中原音韻》江陽的一等韻相當，另外中古日母和云母的陽韻開口三等字也歸此字母韻，而這些字在《中原音韻》中歸在三等；江字母韻相當於《中原音韻》江陽的三等韻，其來源也完全相同。光字母韻來自江韻的舌齒音、唐韻陽韻合口的喉牙音（含「黃」字母韻）；莊字母韻來自陽開三莊組字；「莊」和「椿」、「瘡」和「窗」、「牀」和「撞」、「霜」和「雙」，在《中原音韻》中同音，但在《蒙古字韻》中不同音，各組前一字屬陽韻，後一字屬江韻。中古江韻的舌齒音由於後元音的影響，至此率先產生了合口介音，在《蒙古字韻》音系中，陽開三莊組字沒有跟上這個變化，只是占據了原來江韻留下的空位。況字母韻來自陽韻合口的去聲字以及陽韻合口上聲的「悅」。

　　另外，《通鑑音註》中江陽部中還有中古梗攝庚韻、青韻的一些字，反映的是上古同一來源的韻在文獻的讀書音中的保留。這種情況在《蒙古字韻》和《中原音韻》中沒有。

（三）庚青部

　　庚青部主要來自中古梗曾攝諸韻，三部著作的收字範圍大體一致，不同在於《通鑑音註》與《中原音韻》已經沒有重紐的區別，只有一、三各分開合的四個韻母；而《蒙古字韻》還有「京」、「經」二韻的開口重紐韻的區別與對立，有五個韻母：拖字母韻來自登開一、庚開二、耕開二，跟《中原音韻》的[əŋ]相當。「京」、「經」兩個字母韻跟《中原音韻》的[iŋ]相當。京字母韻主要來自庚開三、蒸開三、清開三和青韻的喉牙音，其「京」與「經」的對立是成系統的，主要原因是中古重紐的基礎及其擴大化。泓字母韻只有耕合二的「泓」字，單立一韻主要是爲了照顧語音的系統性。《中原音韻》的[uəŋ]韻母收 30 個字之多，這些字中除了「泓」外，在《蒙古字韻》中雙唇塞音歸庚部拖字母韻，作開口對待，雙唇鼻音和喉牙音均歸東部。《中原音韻》的兩韻兼收可能受到了這個方言的影響。

（四）真文部

　　《通鑑音註》的真文韻與《蒙古字韻》的真部、《中原音韻》的真文部相當。不同之處首先在於《蒙古字韻》的真部還有巾、緊二韻的開口有重紐的區別存

在，因而比另外兩書的韻母多一個。其次是另一不同在於《通鑑音註》中有一部分山攝的字，反映的是方言中的存古現象，而其他兩書中沒有這種情況。

（五）寒仙部

中古的山攝以及咸攝在《通鑑音註》、《蒙古字韻》、《中原音韻》中的分韻分歧最大。《通鑑音註》只有寒仙部4個韻母，包括《廣韻》山攝舒聲諸韻，有一等、三等以及開合的區別；《蒙古字韻》將山攝分爲寒部和先部洪細有別的兩個韻部9個韻母，並且先部中包括了「鞬」、「賢」開口的重紐區別；《中原音韻》將山攝分成了寒山、桓歡、先天三個韻部6個韻母。三書分韻的分歧在於對一等韻寒桓合流與否、一攝韻母的主元音是否相同、重紐韻是否存在三個方面。《通鑑音註》中寒桓唇音混註，說明寒桓唇音相同；而且同攝韻母的主元音已經變得相同，韻母之間的不同只在於一、三等和開合口的不同。《蒙古字韻》中保存了山攝重紐的部分特徵，且韻母的演變表現爲洪音和細音的分別合併；《中原音韻》中重紐韻的特徵也已經消失，但中古的寒韻和桓韻的主要元音不同，因而一等合口獨立爲桓歡韻，開口韻則與一二等合流，三四等合流，因而分爲主元音不同的三個韻部。

（六）侵尋部

這個韻部的情形《通鑑音註》與《中原音韻》一致，即有兩個韻，一等韻與莊組聲母相拼，三等韻與唇牙舌齒喉五組聲母都相拼。《蒙古字韻》則保持了重紐特徵，因而比前兩書多出了一個韻母。

（七）覃鹽部

中古咸攝在《通鑑音註》中同攝韻母主元音已經變得相同，原先的八個韻部由於主元音的趨同而合併爲一個韻部，兩個韻母；而《中原音韻》重，中古咸攝的一、二等合流、三等、四等合流，表現爲韻母不同的兩個韻部2個韻母；《蒙古字韻》則表現爲一等重韻合流、二等重韻合流、三等重紐的區別特徵沒有消失，但一等與二等、普通三等韻的主元音相同，不同在於二等有來自上古的 *r 〈ɣ 〈ɯ 〈j 介音，普通三等韻有 i 介音。

（八）支思部、齊微部

《通鑑音註》的支思部包括《廣韻》支脂之三韻的精組、莊組、章組、知組以及日母的開口字，齊微部主要包括來自廣韻止攝諸韻（除了進入支思部的

那些字）與蟹攝齊祭廢、灰諸韻系的字。《中原音韻》的支思部來自中古舒聲支脂之三組的精組、莊組、章組以及日母的開口字，入聲「櫛」、「澀」、「瑟」、「緝」、「塞」、「德」，以及知母脂韻的「胝」。齊微部也大致與《通鑑音註》相同。《蒙古字韻》不分支思和齊微，其支部包括六個字母，收字範圍大致來自中古的止攝和蟹攝。

（九）魚模部

《通鑑音註》的魚模部主要來自中古遇攝的字。中古遇攝諸韻在《通鑑音註》中主要元音變得相同因而變成了一個韻部，有一等和三等兩個韻母，區別只在於介音。《蒙古字韻》和《中原音韻》都與此相同。稍有不同的是：第一，《中原音韻》的魚模部收了一些中古入聲字；第二，《通鑑音註》和《中原音韻》中都有尤侯部字讀同魚模部的情況，而《蒙古字韻》沒有此種情況。

（十）皆來部

《通鑑音註》的皆來部主要包括來自《廣韻》的咍泰開、佳皆夬韻的字，還有在一些聲母後丟失了介音的三四等齊、祭、廢諸韻系的字。《中原音韻》的皆來部除了包括咍泰開、佳皆夬，還包括來自入聲陌二、麥韻字以及職韻的莊組字，還有「篩」、「則」、「刻」等字。此二書的皆來部與《蒙古字韻》的佳部相當。

（十一）蕭豪部

《通鑑音註》的蕭豪部與《中原音韻》的蕭豪部都來自中古效攝諸韻系，但是其韻母的數量不同：中古的效攝諸韻系在《通鑑音註》發生了主元音趨同音變而合流爲一個韻部，有一等和三等兩個韻母；在《中原音韻》中，中古效攝分成了三個韻母，主要是二等肴韻的唇音字跟一等豪韻字有對立，例如「包」－「褒」、「包」－「寶」、「抱」－「爆」皆不同音，齒音聲母的個別字也跟一等有對立，例如「撓」－「腦」讀音不同。所以一等與二等各自爲韻，且主元音不同，一等爲[ɑ]，二等爲[a]。而且肴韻的喉牙音也與三四等蕭宵韻有別，如「交」－「嬌」、「敲」－「撬」、「哮」－「梟」等皆不同音，所以肴韻也與三四等韻不同主元音。

邵榮芬《〈中原音韻〉音系的幾個問題》解釋說，第一，《中原音韻》其他開口二等韻的唇音字與舌齒音字都與相應的一等韻合了，只有肴韻例外，仍然

獨立，既然能承認看韻唇音及舌齒音的例外，就應該能夠承認喉牙音的例外。
第二，《中原音韻》把山攝（桓韻除外）分爲寒山、先天二韻，又把咸攝也分爲
監咸、廉纖二韻，說明那時洪細有別，主元音[a]與[ε]不能互相押韻，這一點與
元曲各家的押韻完全一致，可見有廣泛的語言基礎。如果把二等看韻喉牙音韻
母定爲[iau]，就得把來自蕭宵韻的韻母定爲[iεu]，這不僅和兩者之間可以押韻
的事實不符，也和周德清劃分韻部的通例不相符合。我們贊同邵先生的意見，
把《中原音韻》的蕭豪部劃分爲三個韻母，分別構擬爲[ɑu]、[au]、[iau] 〔註11〕。

　　《蒙古字韻》的蕭部相當於《通鑑音註》及《中原音韻》的蕭豪部，有四
個韻母：高字母韻包括中古豪韻、看韻唇音及舌齒音；交字母韻相當於《中原
音韻》的[-au]，來自中古看韻見溪曉匣四個聲母字，中古影、疑二母字在《蒙
古字韻》音系中已經歸入高字母韻。驕字母韻和驍字母韻相當於《中原音韻》
的[iau]，來自中古效攝三四等的宵、蕭。中古宵韻的 B 類歸入驕字母韻，A 類
歸入驍字母韻。

（十二）尤侯部

　　《通鑑音註》的尤侯部與《中原音韻》的尤侯部基本相同，不同在於後者
收了六個入聲字。《通鑑音註》中通攝入聲韻字也有變同尤侯部的情況，但入聲
依舊獨立爲韻。《蒙古字韻》相當於中古流攝的尤部的字分佈在五個字母韻裏：
鳩字母韻和樛字母韻相當於《中原音韻》的[iəu]，前者來自中古流攝的尤、幽、
侯的曉母字，後者來自幽和尤的曉母字。中古尤幽的關係類似於重紐韻，這兩
個字母韻對立的深層原因跟重紐有關，在《蒙古字韻》裏表現爲介音的不同。
裒字母韻來自侯尤二韻的唇音，浮字母韻來自尤韻奉母。這些字在《中原音韻》
裏有的歸入魚模，有的歸入蕭豪，有的則留在尤侯部裏，各自的分化條件不同。
鈎字母韻來自中古侯韻，相當於《中原音韻》的[-uə]，但中古侯韻的喉音字在《蒙
古字韻》中不歸入鈎字母韻，而是歸入鳩字母韻，唇音字則又歸入裒字母韻。

（十三）歌戈部

　　《通鑑音註》的歌戈部與《中原音韻》、《蒙古字韻》的歌戈部相當。元代
的官話方言有兩大支，一是《中原音韻》代表的中原官話，一是《蒙古字韻》

〔註11〕 邵榮芬：《〈中原音韻〉音系的幾個問題》，載《邵榮芬音韻學論集》，首都師範大
　　　　 學出版社，1997 年版，第 581 頁。

代表的北方官話，前者是唐末以來的標準語的最後代表，後者是元代統治者所推行的新標準音。《中原音韻》歌戈部中收有中古入聲鐸、覺、藥等 43 個字，這些字在《蒙古字韻》中只歸蕭部，可以推測，在中原官話中，中古的鐸覺藥等照例一律派入歌戈部，而在比較保守的北方官話《蒙古字韻》中，則被派入蕭豪部。

在《中原音韻》中，中古歌韻舌齒音已經與戈韻一等合流，產生了合口，但在《蒙古字韻》中這些字仍然歸開口。《蒙古字韻》沒有與[io]對應的字。

（十四）車遮部與家麻部

《通鑑音註》、《中原音韻》的車遮部、家麻部相當於《蒙古字韻》的麻部。

三、入聲韻部的比較

李立成說：「《蒙古字韻》的入聲承陰聲排列，原來收聲不同的入聲共用一個八思巴字元，說明這些入聲字已經沒有[-p]、[-t]、[-k]收聲的區別了，至於是否有喉塞音收聲[-ʔ]，或是否讀為短調，不能確知。」〔註12〕鄭張尚芳先生《從〈切韻〉音系到〈蒙古字韻〉音系的演變對應法則》（2002）的擬音也沒有入聲韻尾，只在相應的陰聲韻部後列出與之相配的入聲韻，並加「◆」用以標識。《中原音韻》沒有入聲韻部。《蒙古字韻》和《通鑑音註》都有入聲韻部，而且入聲都與陰聲韻相配，其入聲韻部的異同如下：

（一）屋燭部

《通鑑音註》的屋燭部主要來自中古通攝的入聲，與尤侯部和魚模部相配；《蒙古字韻》與此相對應的入聲韻部是穀、匊兩個字母韻，也是與魚模部相配，但是穀、匊兩個字母韻中還包括了中古臻攝合口入聲韻。

（二）藥覺部

《通鑑音註》的藥覺部主要來自於中古的江攝、宕攝的入聲韻，與蕭豪部相配；《蒙古字韻》與此相對應的入聲韻部是各、腳、爵、郭、覺、矍字母韻，也都是來自中古江宕攝入聲韻的字。

〔註12〕李立成：《元代漢語音系的比較研究》，外文出版社，2002 年版，第 12 頁。

（三）質物部

《通鑑音註》的質物部主要來自中古的臻攝的入聲字，陌職部包括來自中古梗攝、曾攝的入聲字，緝入部包括來自中古深攝的入聲韻字。《蒙古字韻》的臻攝、梗曾攝、深攝的三四等入聲韻字合流為一個韻部，一等和二等入聲韻合流為一個韻部。

在《通鑑音註》中，質物、陌職、緝入部有個別字發生混註的現象，說明-p、-t、-k 尾有交互現象，這是這三個其主元音相同的韻部開始混同、入聲尾由濁塞尾向喉塞尾轉變的前兆。並且這三個入聲韻都大致與齊微部相配。在《蒙古字韻》中，訖、櫛、吉、國、橘、汹、聿諸字母韻包含了來自中古的臻攝、梗攝、曾攝、深攝的三四等入聲，它們與陰聲韻支部相配，還有同樣來自這四攝的一二等入聲韻的字母韻額、虢、格、克、黑諸字母韻與陰聲韻部佳部相配。

（四）薛月部

《通鑑音註》的薛月部包含了來自中古山攝的入聲字，葉帖部來自中古咸攝的入聲字。《蒙古字韻》的山咸二攝入聲韻合流為一個韻部。

在《通鑑音註》中，薛月部與葉帖部有混註的情況存在，說明-p、-t 尾有交互現象，但是這種交互數量極少，並不影響-p、-t、-k 韻尾的獨立。薛月部與葉帖部與陰聲字韻混註的例子很少，我們只能粗略地指出它們與那些陰聲韻部相配。

四、總體特點的異同

（一）韻攝的合併

三者都表現出梗曾、江宕、止蟹的合流以及佳韻字進入麻韻。

（二）二等韻的消變

三者都產生了[i]介音，但二等的消失並不完全相同：《通鑑音註》的二等韻大部分與一等韻合流，開口喉牙音字與三四等韻合流；《蒙古字韻》的肴韻的變化與《中原音韻》相同。

（三）重紐問題

《通鑑音註》的重紐特征已經消失。《中原音韻》裏，只有中古的質韻字唇音還有重紐的對立，其他重紐韻已經消失了重紐的區別，而《蒙古字韻》則保持了中古的重紐韻的特徵。

（四）等位格局

《通鑑音註》表現爲「二等二呼」即韻母分一等和三等，各有開合的格局。《中原音韻》與《蒙古字韻》則由於二等韻的獨立而大體上表現爲「三等二呼」。《中原音韻》只在蕭豪部的唇音裏還保持著肴韻的獨立，《蒙古字韻》則只有庚部字的二等韻消失了，其他二等韻的介音已經變成了[j]，二等韻獨立爲一個字母韻。

第三節　聲調的比較

《通鑑音註》音系的聲調類別是四聲八調，平上去入各分陰陽，而《蒙古字韻》的聲調系統，根據鄭張先生的研究也是四聲八調：「……四聲分八調唐時已然。元代的情形，元世祖時日釋了尊 1287 年所著《悉曇輪略抄》也有記錄：

〈私頌〉云：平聲重初後俱低，平聲輕初昂後低；上聲重初低後昂，上聲輕初後俱昂；去聲重初低後偃，去聲輕初昂後偃；入聲重初後俱低，入聲輕初後俱昂。

據此描述，也是八調。其中『偃』義爲『仰僕』或『偃伏』，表示該調前仰後伏，應與聰法師去聲相近（不過末尾也許再拉長一點爲低平 11 呈偃伏狀）。現也擬值如下：

平輕	平重	上輕	上重	去輕	去重	入輕	入重
42	22	55	24	341	231	4	2

近古時期以迄元初已有四聲八調，陰陽各分平上去入的情形已可無疑。其中除表氏濁上歸去外，其他人多數還分開，至了尊還如此，不過他與聰法師的去聲都只比濁上多個降尾而已，開端部分已經很相似了。《字韻》仍存濁上，當也屬相似的四聲八調系統。」〔註13〕

《中原音韻》通常認爲是陰平、陽平、上聲、去聲，中古入聲在《中原音韻》裏派入了平、上、去三聲。但是關於《中原音韻》的聲調問題，研究者之間向來存在著分歧，分歧集中在於入聲是否存在，有幾個入聲調位。陸志韋主張《中原音韻》還有入聲，他提出三條內證：（一）全濁上聲變入去聲，周氏不

〔註13〕鄭張尚芳：《〈蒙古字韻〉所代表的音系及八思巴字一些轉寫問題》，載《李新魁教授紀念文集》，中華書局，1998年版，第164～181頁，引文見第171頁。

標「上聲作去聲」，說明它們確實已經變成去聲；入聲派入三聲，但不等於變成三聲，所以分別標明「入聲作平聲」、「入聲作上聲」、「入聲作去聲」。(二)《中原音韻》把中古的清音入聲派入上聲，與今日國音不合。但在當時清音入聲是高調的短音，差不多等於上聲的尾巴。用在曲韻，跟上聲相叶，最合適不過。就因爲清音入聲能完全派入上聲，所以知道他們不能是眞正的上聲。(三) 派入某聲的入聲字在今音可以完全不同音。〔註14〕

我們贊同陸志韋的觀點，認爲《中原音韻》的入聲還存在，只是到底有幾個調類，則還需進一步的瞭解。

〔註14〕 陸志韋《釋〈中原音韻〉》，載《陸志韋近代漢語音韻論集》，商務印書館，1988 年版，第 23～24 頁。

第八章　與江灝先生商榷的幾個問題

　　《通鑑音註》這項材料江灝先生曾經研究過，研究成果是《資治通鑑音註反切考》（湖南師範大學碩士學位論文，1982）和《〈資治通鑑音註〉反切考》（1985）。通過比較我們發現，在聲母的數量、韻部的歸併以及聲調的調類、音系性質、研究方法等問題上，我們與江灝先生都存在著一些差異，茲就這些問題與江灝先生進行商榷。

第一節　兩種研究結論

　　上文已經論證，《音註》的語音系統有如下特點：

　　聲母系統：胡三省《通鑑音註》語音系統的聲母有 31 個，其音值的構擬如下：重唇音：[p]、[ph]、[b]、[m]；輕唇音：[f]、[v]、[ʋ/ɱ]；舌頭音：[t]、[th]、[d]、[n]；牙音：[k]、[kh]、[g]、[ŋ]；喉音：[ʔ]、[h]、[ɦ]、[ø]；舌葉音：[tʃ]、[tʃh]、[ʤ]、[ʃ]、[ʒ]；齒音：[ts]、[tsh]、[ʣ]、[s]、[z]；半舌音：[l]；半齒音：[ʎʒ]。

　　韻母系統：《通鑑音註》音系中，陰聲韻 9 部，陽聲韻 7 部，入聲韻 7 部，共 23 個韻部 61 個韻母（支思部算 1 個），具體韻部和韻母如下：

　　東鍾：uŋ、iuŋ；江陽：ɑŋ、iɑŋ、uɑŋ；齊微：i、ui；支思：ï（ɣ/ɿ）；魚模：u、iu；皆來：ai、iai、uai；眞文：ən、iən、uən、iuən；寒仙：an、ian、uan、 iuan；蕭豪：ɑu、iɑu；歌戈：o、io、uo；家麻：a、ia、ua；車遮：iɛ；庚青：əŋ、iəŋ、uəŋ、iuəŋ；尤侯：əu、iəu；侵尋：əm、iəm；覃鹽：am、iam；屋燭：uk、iuk；藥覺：ɑk、iɑk、uɑk；質物：ət、iət、uət、iuət；薛月：at、iat、uat、iuat；陌職：ək、iək、uək、iuək；緝入：əp、iəp；葉帖：ap、iap。

聲調系統：《通鑑音註》的聲調是四聲八調系統。中古的平、上、去、入因聲母的清濁而各分陰、陽兩調，即陰平、陽平、陰上、陽上、陰去、陽去、陰入、陽入。

音系性質：胡三省的《音註》是讀書音體系，是承襲自五代、北宋、南宋、金代遞相傳承的讀書人的雅音系統，即中州汴洛之音。但是南宋小朝廷偏安吳地 150 年之久，久染吳音，胡三省的語音系統裏不免會帶有吳語的特點。

江灝先生的的研究結論是：聲母有 36 類，韻母有 86 類，有平上去入四個調，不分陰陽；其音系是「一個以《切韻》音系為基礎，經過簡化，並雜糅了吳方言和北方方言某些帶普遍性語音特點的混合音系」〔註1〕。聲母和韻母的具體情況如下：

1、聲母系統（36 類）：

雙唇音：補類、普類、步類、莫類。

唇齒音：甫類、房類、文類。

舌尖中音：都類、吐類、徒類、尼類、郎類。

舌面前塞、鼻音：竹類、敕類、直類、如類。

舌尖前音：則類、千類、徂類、先類。

混合舌葉音：阻類、楚類、雛類、所類。

舌面前塞擦、擦音：職類、尺類、成類、失類。

舌根音：工類、口類、其類、牛類。

喉音：因類、虛類、戶類、余類〔註2〕。

〔註 1〕江灝：《〈資治通鑑音註〉反切考》，載《古漢語論集》，湖南教育出版社，1985 年版，第 115～117 頁。

〔註 2〕江灝：《資治通鑑音註反切考》，碩士學位論文，湖南師範大學，1982 年，第 56～63 頁。

這36類聲母與宋人三十六字母對應如下：雙脣音：幫、滂、並、明；脣齒音：非敷、奉、微；舌尖中音：端、透、定、泥娘、來；舌面前塞、鼻音：知、徹、澄、日；舌尖前音：精、清、從邪、心；混合舌葉音：莊、初、崇、生；舌面前塞擦、擦音：章、昌、船禪、書；舌根音：見、溪、群、疑；喉音：影、曉、匣、喻。

2、韻母系統：《廣韻》的206韻合併成了86類：

（1）通攝——東多鍾合併成爲一類（舉平以賅上去入，下同）。

（2）江攝、宕攝——江與陽唐合爲一類。

（3）止攝、蟹攝——支脂之微齊合爲一類，它的去聲包括祭廢；皆佳合爲一類，它的去聲包括夬韻；咍韻自成一類，它的去聲包括泰韻的開口呼；灰韻自成一類，它的去聲包括泰韻的合口字。

（4）遇攝——魚虞模合爲一類。

（5）臻攝——臻眞合爲一類；諄文魂合爲一類；欣痕合爲一類。

（6）山攝——元先仙合爲一類；寒桓合爲一類；刪山合爲一類。

（7）效攝——蕭宵合爲一類；肴豪合爲一類。

（8）果攝——歌戈合爲一類。

（9）假攝——麻韻自成一類。

（10）梗攝、曾攝——庚耕清青與登蒸合爲一類。

（11）流攝——侯尤幽合爲一類。

（12）咸攝——鹽嚴咸銜合爲一類；覃談合爲一類；添韻自成一類；凡韻僅去聲有一條反切，無法系聯。

（13）深攝——侵韻自成一類〔註3〕。

以上是對於《通鑑音註》的聲母和韻母系統的研究得出的兩種結論，從中可以看出二者之間有相同之處，也有不同之處。下面我們從聲、韻、調及音系性質幾個方面進行分析討論。

〔註3〕江灝：《資治通鑑音註反切考》，碩士學位論文，湖南師範大學，1982年，第56～63頁。

第二節　聲母分析

關於聲母，我們的研究結論與江灝先生的結論不同，其主要原因有兩個方面：一是對知照組聲母分合的認識不同；二是對從邪分合、禪船分合的認識不同。江灝先生通過系聯反切得出知、照組聲母各自獨立，從邪不分、牀禪不分。與之不同的是，我們主張將《音註》的知、莊、章三組聲母合併爲一組，從邪分立、船禪分立。

一、關於知照組聲母分合的討論

用反切系聯法考求聲類肇始於陳澧，後來得以推廣。江灝用此方法考求聲類韻類從方法上講是沒有問題的，問題在於他人爲地將知、莊、章三組聲母混註的那些例子剔除在外，因而在他所系聯的反切中我們看不到三者混註的情況存在。但是三者的混註情況的確是存在的：

（一）知、莊、章三組聲母字互作反切上字

(1) 用章母字作知母字的反切上字或直音〔註4〕：蛛音朱；撾，職瓜；塚，之隴；輈，音舟；鼇，音舟；鎮，之人；縶，音執；著，職略。

(2) 用莊母字作知母字的反切上字：櫨，側加；鎮，側人；撾，側瓜；檛，側瓜。

(3) 用昌母字作徹母字的反切上字：坼，斥格；絺，充知；怵，尺律；覘，昌占；咥，昌栗。

(4) 用禪母字作澄母字的反切上字：沈，時林；澄，時陵；澄，署陵。

(5) 用知母字作莊母字的直音：簀，竹革。

(6) 用昌母字作初母字的反切上字：衰，叱雷；衰，叱回；毳，充芮；差，叱駕。

(7) 用徹母字作初母字的反切上字：齪，敕角；傖，醜亮。

(8) 用禪母字作崇母字的反切上字：鄛，上交。

(9) 用知母字作章母字的反切上字：鷙，竹二；屬，陟玉；軹，知氏；侏，張流；肫，株倫。

(10) 用徹母字作昌母字的反切上字：鴟，醜之；稱，敕陵；嗤，醜之。

(11) 用生母字作書母字的反切上字：首，所救；少，所沼。

〔註4〕 註：這裏所舉的例字，直音的註音直接用「某，音某」，反切註音則只列出反切上字和下字，每個反切都省略了「翻」字；一字有多個註音的，則分別列出。下仿此。

（二）同一個字，既用知組字註音，又用莊組或章組字註音

（1）撾：側瓜（莊母）、陟加（知母）、職瓜（章母）。

（2）著：職略（章母）、陟略（知母）、竹略（知母）。

（3）吒：初加（初母）、叱稼（昌母）。

（4）覘：昌占（昌母）、癡廉（徹母）。

（5）怵：敕律（徹母）、尺律（昌母）。

（6）歭：醜栗（徹母）、昌栗（昌母）。

（7）沈：時林（禪母）、持林（澄母）。

（8）沮：音諸（章母）、音菹（莊母）。

（9）鄛：音巢（崇母）、上交（禪母）。

（10）屬：之欲（章母）、陟玉（知母）。

（11）肫：株倫（知母）、之春（章母）。

（12）稱：敕陵（徹母）、蚩陵（昌母）。

（13）首：守又（書母）、所救（生母）。

（14）紓：山於（生母）、式居（書母）。

按照系聯反切的原則，同字有不同的反切則可以相互系聯，如此則知莊章三組聲母也能系聯爲一類。但是江灝先生所系聯的都是相同聲母的反切上字，不同聲母的則沒有系聯，如他的竹類字中將「拄」、「塚」等系聯爲一類，但「塚」還有「之隴翻」的註音，卻沒有進一步系聯，因爲很明顯「之」是章母字。同樣的例子如敕類的「覘」，除了徹母的兩個反切外，還有「昌占」一切，同樣也沒有系聯進來，因爲「昌」很顯然是昌母字。再如阻類有反切上字「側」，則應當將「檛，側加」、「鎭，側人」、「撾，側瓜」、「檛，側瓜」幾個反切上字都系聯起來，但是江灝先生卻沒有這麼做，因爲這幾個被註字都是知母字。這樣的例子還有，我們就不再一一列舉了。由此看江灝先生的系聯是將中古不同聲母的被註字剔除在外之後進行的，因此我們說他的系聯是「理論先行」，以已知的理論去指導反切系聯，系聯的結果當然與中古音十分接近了。但這樣的做法是錯誤的。運用系聯法本身沒錯，錯的是運用方法的同時沒有遵循使用方法的基本原則。錯誤的做法導致錯誤的結論，因此，我們認爲《通鑑音註》知莊章三組聲母分立是不可信的。

　　《通鑑音註》中知莊章合流爲一組聲母是不爭的事實。從《蒙古字韻》
〔註5〕、《中原音韻》〔註6〕到《四聲通解》〔註7〕、《洪武正韻》〔註8〕，這些一
脈相傳的文獻中知莊章都合流爲一組，《通鑑音註》中知莊章合流爲一組，也是
無可厚非的。

二、關於從邪、船禪分合的討論

　　江灝先生認爲從母和邪母合併爲一組，船母和禪母合併爲一組，其理由是：
「現代吳方言還完整地保留了濁塞音、濁擦音和濁塞擦音，和其他保留濁音系統
的方言一樣，吳方言也有濁塞擦音與濁擦音交混現象，因此，在《音註》中『從
邪』不分，『船禪』不分。」〔註9〕在《〈通鑑音註〉音系性質研究》一文中我們
指出：「胡三省是吳語區人，日常生活中他口裏說的定是吳語。但是，與任何一
個知識分子一樣，他在著書立說時，用的是書面語，即讀書音。他的讀書音的語
音形成是在南宋，所遵從的還是由五代、北宋、南宋、金代遞相傳承的讀書人的
雅音系統，即中州汴洛之音。胡三省爲《資治通鑑》作音註，就是因爲當時幾個
版本的註釋舛謬乖互，其中尤以史炤的《通鑑釋文》中的錯訛爲最……我們看胡
三省的《音註》，是將其放在漢語語音史的角度，認爲它是反映宋末元初共同語
讀書音的文獻材料。」〔註10〕江先生只看到吳方言中二者的混同，將牀船合爲一
類、從邪合爲一類，卻忽略了這樣一個事實：《音註》中古邪母字有69例，其中
邪母自註的有54例，與從母相混的有3例；古從母字有210例，其中從母自註
166例，與邪母相混的有4例；古禪母字有115例，其中禪母自註88例，與船
母相混的有5例；古船母字有43例，其中船母自註19例，與禪母相混的有15
例。從母與邪母自註數遠遠高於其混註數，說明通常情況下從、邪是分立的。

〔註5〕鄭張尚芳：《從〈切韻〉音系到〈蒙古字韻〉音系的演變對應法則》，（香港）《中國
　　　　語文研究》，2002年第1期，第53～61頁。

〔註6〕楊耐思：《中原音韻音系》，中國社會科學院，1981年版，第24頁。

〔註7〕張曉曼：《〈四聲通解〉研究》，齊魯書社，2005年版，第58頁。

〔註8〕蔣冀騁、吳福祥：《近代漢語綱要》，湖南教育出版社，1997年版，第165頁。

〔註9〕江灝：《〈資治通鑑音註〉反切考》，載《古漢語論集》，湖南教育出版社，1985年
　　　　版，第95頁。

〔註10〕馬君花：《〈資治通鑑音註〉音系性質研究》，《圖書館理論與實踐》，2010年第7期，
　　　　第45～47頁。

第三節 韻母分析

兩家韻母方面的分歧主要表現在以下五個方面：

一、關於止蟹二攝的分合

江灝先生將止、蟹二攝韻的變化歸爲四類：一是支脂之微齊爲一類，一是皆佳爲一類；三是咍爲一類；四是灰爲一類，並且將泰韻的開口字和合口字歸到不同的類裏。

首先，將泰韻的開口字和合口字歸到不同的類裏顯然是不對的，泰韻的開合口何以有不同的主要元音？

再者，《音註》中灰韻字已經變到齊微韻的合口了。下面是支脂微的合口字與灰韻混註、脂韻字與祭韻混註的情況：

1、支韻合口字與灰韻字混註：萎，於罪；衰，七回、倉回、叱回、倉雷、七雷、叱雷；衰、士回、吐回。

2、脂韻合口字與灰韻混註：頯，蒲回；搥，傳追；憝，直類；隊，音遂；鵻，音椎；魂，五賄；纍，盧對。

3、微韻合口字與灰韻混註：隗，音歸。

4、脂韻字與祭韻字混註：覬，幾例。

由於這些反切的存在，我們認爲灰韻字應當歸到齊微部。

第三，《音註》中尚有夬_合與泰_合混切的例字：璯，黃外。《廣韻》璯，苦夬切，夬韻合口字；胡三省的註與《集韻》同一切語。

第四，支思部已經產生。《通鑑音註》中止攝開口精組字的反切存在著用止攝開口精組字作下字的情況，止攝開口莊組、章組、知組的反切存在著用止攝開口韻的今卷舌聲母字作下字的情況；而且這些情況都發生在支、脂、之三韻系的開口韻裏。這說明胡三省《通鑑音註》音系中，止攝開口精組字已經分化出[ɿ]韻母，而且止攝開口莊組、章組、知組、日母字已經變成了[ʅ]韻母。

二、臻攝的演變

江灝先生將臻攝分成了 3 類：臻眞合爲一類；諄文魂合爲一類；欣痕合爲一類。從中可以看出合口韻變成了一類，開口韻則分成了兩類，這樣卻抹殺了中古眞諄開合不同而主元音相同的事實。儘管有學者主張《切韻》魂痕、欣文

以及灰咍等是非開合對立韻〔註 11〕，但在中古後期以及近代的語音演變中，這幾對韻的確是合流了。《音註》中有眞欣混註、諄文混註、眞臻混註的例子：

1、用欣韻字作眞韻字的反切下字：礕，許靳；彪，甫斤。

2、用眞韻字作欣韻字的反切下字：潊，於巾；近，其僅；謹，居忍。

3、用眞韻字作文韻字的反切下字：抾，羽敏。

4、用諄韻字作文韻字的反切下字：捃，居隕。

5、用文韻字作魂韻字的反切下字：輼，於云。

6、用魂韻字作諄韻字的反切下字或直音：肫，音豚、徒渾、徒昆；侖，盧昆。

這些現象的存在說明臻攝字在《音註》中，其主要元音已經變得相同了，我們主張將臻攝諸舒聲韻合併爲一個，即眞文部。

三、山攝的演變

在《通鑑音註》中，《廣韻》山攝的韻母發生如下變化：1、三四韻等合流，具體表現在：重紐韻的對立消失、先韻併入仙韻、元韻與仙韻合流；2、二等重韻合流；3、寒桓唇音合流；4、同時還存在著以下情況：（1）刪韻字與寒、桓韻字混註；（2）仙韻字與寒、桓韻字混註；（3）先韻字與寒韻字混註；（4）元韻字與桓韻字混註；（5）山韻字與先韻字混註。這些現象都反映出中古山攝諸韻的主元音已經發生了趨同音變，主要元音已經變得相同了，所以我們將山攝諸舒聲韻合併爲寒仙部，韻母有[an]、[uan]、[ian]、[iuan]4個。

江灝先生將山攝分成了堅、官、閑 3 類：堅類包括元先仙，官類包括寒桓，閑類包括刪山，他注意到了一等韻合流爲一類、二等韻合流爲一類、三四等韻合流爲一類的語音事實，但卻忽略不同等位之間的韻字也有混註的情況存在。

四、效攝的演變

中古效攝諸韻在《通鑑音註》中發生了三四等合流、一二等合流，合併後的兩組之間還存在著相互混註的情況，則說明此兩組的主要元音是相同的，其區別在於介音的不同，下面是其例證：

〔註11〕 馮蒸：《〈切韻〉「痕魂」、「欣文」、「咍灰」非開合對立韻說》，載馮蒸《漢語音韻學論文集》，首都師範大學出版社，1997 年版，第 150～183 頁。

肴韻與豪韻混註：碙，音敖、五勞；橈，奴高。

肴韻與宵韻混註：巢，音焦；漅，音巢。

豪與蕭混註：轑，音料、音遼、音聊；騷，音蕭。

以上這些反切或直音的存在，說明胡三省時代讀書音中豪、肴、宵、蕭的主要元音已經變得相同。所以我們將效攝字歸爲一個韻部——蕭豪部。

江灝先生的做法是蕭宵合爲一類、肴豪合爲一類，共兩類。這樣的分類忽略了豪韻與蕭韻混註、肴韻與蕭韻混註的實際情況。

五、假攝的分合

《通鑑音註》中麻韻二等字自註，麻韻三等字自註，我們認爲，中古的麻韻在《通鑑音註》變成了家麻和車遮兩個韻部。家麻部主要來自《廣韻》假攝的麻韻二等字。車遮部主要來自《廣韻》麻韻三等字。家麻部有[a]、[ia]、[ua]三個韻母，車遮部的韻母是[iɛ]。

江灝先生的「加類」與中古麻韻平聲相對應，他認爲麻韻字沒有發生分化。考察江先生的反切系聯，其中「遮、奢、嗟、斜、邪」並不能與「加、瓜、花、華、巴」等字系聯爲一類〔註12〕，但他卻都歸在了加類；「者類」與中古麻韻上聲相對應，其中「者、也、姐、野」也不能與「雅、瓦」系聯在一起，但是他卻沒有將它們分開；「駕類」與中古麻韻去聲相對應，其中「夜」無法與「駕嫁稼迓暇亞化」系聯到一起，但是他也將它們混放在一類裏了。因此，我們認爲江灝先生對假攝的分韻是欠妥當的。

六、咸攝的演變

江灝（1985）將中古咸攝諸韻分成了三類：鹽嚴咸銜爲一類；覃談爲一類；添韻自成一類；凡韻僅去聲有一條反切，無法系聯。具體特點表現爲一等重韻合流，二等重韻合流並和三等韻合流，四等添韻獨立爲一類。

《音註》中一等重韻合流、二等重韻合流、三等韻合流。我們想要證明的是一等韻與二等韻也已然合流、添韻與鹽韻也已然合併。

〔註12〕註：江灝先生系聯時沒有將開口和合口分開進行。此處照錄，不影響我們的結論。下同。

1、二等韻與一等韻混註：

用談韻的「暫」作銜韻的「監」的反切下字：監，古暫；用銜韻的「鑒」作談韻「瞰」的反切下字：瞰，苦鑒；用咸韻的「陷」作談韻的「陷」的反切下字：陷，徒陷。一等韻與二等韻混同的現象則說明咸攝的一、二等韻合併了。

2、「餤，于廉」、「餤，徒甘」、「襜，都甘」、「襜，蚩占」、「柑，巨炎」等反切，同一個「餤」字，既用鹽韻的「廉」作下字，又用談韻的「甘」作下字；同一個「襜」字，既可以用談韻的「甘」作下字，又可以用鹽韻的「占」作下字；談韻字「柑」用鹽韻字「炎」作反切下字，則說明覃談類是可以和鹽嚴咸銜合爲一類的，因爲其韻母已經變得相同。

3、添韻、鹽韻合併：「阽，丁念」，胡三省用添韻的「念」字作鹽韻「阽」字的反切下字；「魘，烏點」中，以添韻的點「字」作鹽韻的「魘」的反切下字，則說明添韻不應當獨立爲一類，應當併入到鹽嚴類。

4、凡韻字在《音註》中只有氾、汎、泛、梵四個。「氾」有平、去兩讀。「氾」的平聲，胡三省註「音凡」、「符咸翻」，反映的是凡韻與咸韻的混同。

據此，我們認爲，中古咸攝諸韻在《通鑑音註》中合併爲只有 1 個主元音的韻部，我們稱之爲覃鹽部，包括[am]、[iam]兩個韻母。江灝先生將中古咸攝字分爲三類韻是欠妥當的。

以上我們從 6 個方面考察了在韻母方面我們與江灝的結論的不同之處。入聲韻的區別我們不再討論，因爲入聲韻的分合變化與其所配的陽聲韻是一致的。我們認爲，江灝先生在對止蟹、臻、山、效、假、咸諸攝字進行系聯時，有時是忽略了不同等位的韻的混同（如止蟹攝、山攝、效攝以及咸攝的系聯），導致了當合而不合；有時又過於粗疏，把不能系聯的韻字放在一起（如假攝），導致了當分而不分。這些失誤導致他的結論不符合實際的語音演變。

第四節　關於聲調和音系性質的不同看法

一、聲調系統

江灝先生認爲《通鑑音註》的聲調系統有四聲，平、上、去、入不分陰陽。根據鄭張尚芳先生，四聲的分八調唐時已然，「近古時期以迄元初已有四聲八

調，陰陽各分平上去入的情形已可無疑」〔註13〕。周祖謨〔註14〕、羅常培〔註15〕都論及中古漢語的聲調是四聲分八調，且其前提條件是聲母的清濁。根據我們的研究，《通鑑音註》完整保留了中古的全濁聲母，其聲調存在著聲母清濁的對立。四聲分陰陽和古聲母的清濁有直接關係。羅常培先生說：「從音韻的沿革上看，除去很少的僻字以外，陰調都由古清聲字變來，陽調都由古濁字變來」〔註16〕。《通鑑音註》中平、上、去、入四聲各分陰陽，保留了四聲八調的特點，這一特點順應了自唐以來漢語聲調的發展。平、上、去、入四聲同調自註的情況如下：

1、平聲

《通鑑音註》清音平聲自註占 87.4%，全濁平聲字自註占 88.4%，次濁平聲自註占 93.0%。平聲清濁混註占總數的 4.2%。自註的數量和比例遠大於混註的數量和比例，說明平聲調內的清濁是有區別的。

2、上聲

《通鑑音註》清音上聲字自註占 87.3%，全濁上聲字自註占 82.3%，次濁上聲自註占 85.8%。上聲清濁混註 2.6%。清上和濁上自註的比例遠遠高於二者混註的比例，說明《通鑑音註》中上聲分陰陽。

3、去聲

《通鑑音註》清音去聲自註的占 90.0%，全濁去聲自註的占 87.3%，次濁去聲自註占 88.7%。清去和濁去混註占 2.8%。清去和濁去自註的比例遠遠高於二者混註的比例，說明《通鑑音註》中去聲分陰陽。

〔註13〕 鄭張尚芳：《〈蒙古字韻〉所代表的音系及八思巴字一些轉寫問題》，載《李新魁教授紀念文集》，中華書局，1998 年版，第 164～181 頁。

〔註14〕 周祖謨：《關於唐代方言中四聲讀法的一些資料》，載周祖謨《問學集》（上冊），中華書局，2004 年版，第 494～500 頁。

〔註15〕 羅常培：《從「四聲」說到「九聲」》，載《羅常培語言學論文集》，商務印書館，2004 年版，第 461～474 頁。

〔註16〕 羅常培：《京劇中的幾個音韻問題》，載《羅常培語言學論文集》，商務印書館，2004 年版，第 424～450 頁。

4、入聲

《通鑑音註》清音入聲自註的占 92.8%，全濁入聲自註的占 88.4%，次濁入聲自註占 93.4%。入聲清濁混註占總數的 4.3%。自註的數量和比例遠大於混註的數量和比例，說明入聲調內的清濁是有區別的。

《通鑑音註》所處的時代與《蒙古字韻》〔註17〕（成書於 1269-1292 之間）、《悉曇輪略圖抄》（1287）〔註18〕相同，其音系屬於歷代遞相傳承的讀書人的雅音系統，其聲調是四聲八調系統。

二、音系性質

關於音系性質，江灝先生認爲《通鑑音註》所反映的不是一時一地之音。胡三省作《音註》時，大量引用了前人的反切，同時他也不可避免地要受吳語的影響，而且南宋的杭州，當時本身就是北方中州之音與吳語的融合之地，所以他認爲《音註》是「一個以《切韻》音系爲基礎，經過簡化，並雜糅了吳方言和北方方言某些帶普遍性語音特點的混合音系」〔註19〕。對此，我們首先要強調的是胡三省是個有志於著書立說的讀書人。他的日常交流使用的當然是他的方言，而他的撰述肯定是讀書音，否則他站在什麼立場去批評史炤的「土音之訛」呢！我們認爲《音註》所反映的是承襲自五代、北宋、南宋、金代遞相傳承的讀書人的雅音系統，即中州汴洛之音〔註20〕。但是南宋小朝廷偏安吳地 150 年之久，久染吳音，胡三省時代讀書音不免會摻帶吳語的一些點，這是宋末元初讀書音的共同特點。

〔註17〕 鄭張尚芳：《〈蒙古字韻〉所代表的音系及八思巴字一些撰寫問題》，載《李新魁教授紀念文集》，中華書局，1998 年版，第 164～181 頁。

〔註18〕 轉引自周祖謨《關於唐代方言中四聲讀法的一些資料》，載周祖謨《問學集》（上冊），中華書局，2004 年版，第 494～500 頁。

〔註19〕 江灝：《〈資治通鑑音註〉反切考》，載《古漢語論集》，湖南教育出版社，1985 年版，第 117 頁。

〔註20〕 馬君花：《〈資治通鑑音註〉音系性質研究》，《圖書館理論與實踐》，2010 年第 7 期，第 45～47 頁。

第五節　研究方法的探討

同一則材料研究方法的不同，導致了結論有所不同。江灝先生用的是系聯法，我們主要用的是反切比較法。那麼何以我們堅信是江灝先生的結論存在問題呢？下面介紹一下我們的研究方法。

一、窮盡性的語料分析法

《資治通鑑》卷帙浩繁，胡三省的音註材料繁雜，重複率又極高。有鑒於此，筆者利用 Microsoft Office Access 建立了一個命名爲「通鑑音註」的語料資料庫。以文淵閣《四庫全書》電子版《資治通鑑》爲底本，校以中華書局 1956 年印的胡註元刻本《資治通鑑》（全二十冊）標點本，共得到約 76486 條記錄（有又音的音註，又音與其正音爲同一編號，即不再爲又音另外編號；同時，古字與異文等沒有收錄進來，如「鬴，古釜字」、「朝，古朝字」、「虖，古乎字」、「遫，古速字」、「鼀，與蛙同」、「蠭，與蜂同」之類）。通過篩選，去掉重複的內容，我們提煉出了約 8406 條有效音註，其中包括反切、直音、假借、如字、紐四聲法等多種材料，其中反切約 6278 條，直音約 1353 條。我們主要研究的是反切和直音，也利用如字和紐四聲法以及通假等材料輔助說明一些問題。

二、反切比較法

在語料庫的基礎上，我們建立了一個命名爲「統計分析表」的資料表。統計分析表囊括 8406 條音註材料。運用反切比較法，以中古音作爲比較的標準，分析每個被註音字的音韻地位（每一項細化爲聲母、韻母、等位、聲調、開合、韻攝），從聲、韻、調三方面跟《廣韻》（《廣韻》不收的字查《集韻》）作比較，以瞭解從《廣韻》到《通鑑音註》漢語語音系統的演變。

通過反切比較，得出胡註反切（或直音）的音韻地位與《廣韻》完全相同的約有 6391 條，不同的有 1240 條；與《廣韻》音韻地位不同但與《集韻》音韻地位相同的約有 672 條；與《廣韻》和《集韻》的音韻地位都不相同的約有 982 條；在《廣韻》和《集韻》中沒有收的被註字有 9 個，註音 13 條。胡註與《廣韻》、《集韻》音韻地位完全相同的約占到 83.98％，胡註與《廣韻》、《集韻》都不相同的約占總數的 12.87％。

三、層次分析法

《資治通鑑》涵蓋的歷史長達一千三百餘年，由於文獻的性質，胡三省的音系中記錄了各個時代的語音，大而統之，有上古音的特點，也有中古音的特點，還有近代音的特點，還有作者方言的特點。我們在研究《通鑑音註》的音系特點時，將其與代表中古音的《廣韻》、《集韻》以及代表近代音的《蒙古字韻》、《中原音韻》諸音系進行了對比，分出了代表胡三省時代的讀書音層次與方音層次。

基於窮盡性的語料整理和反切比較法以及層次剝離法，使得我們得出了較為科學的結論。

我們知道系聯法是研究中古韻書反切的有效方法。胡三省的《通鑑音註》是宋末元初的註釋類作品，不是專門的韻書，而且由於距離《廣韻》近 300 年的時間，語音發生了很大的變化，加之方言因素、存古成分、一字多讀等情況的存在，表現出知莊章的合流，精組聲母與知莊章聲母又有混同現象。並且送氣音與不送氣音、塞音與同部位的鼻音、塞擦音與同部位的擦音都有混註的情況等等，這些都會影響我們的系聯的結果。我們曾經用系聯法去考求聲類，但因為上述因素的存在使得我們的系聯的結果混亂不堪。江灝先生用系聯法系聯出胡三省的《音註》的聲類有 36 個，知、莊、章三組各自獨立，精組獨立。但考察他的系聯過程，發現他是將那些反映知、莊、章混註的例子排除在外才得到這個結論的。而且他的結論既不符合宋末元初共同語的特點，也沒有區別出吳方音的特點。因此考求胡三省《通鑑音註》的語音系統，單純使用系聯之法是不可行的。或者，在使用系聯法時要定出一些原則，比如只以反切上字為系聯的依據，而不把被註字考慮進來，因為同一被註字有時會用其他聲母作反切上字，但這樣就犯了理論先行的錯誤，即用已知的結論去排比反切，結果當然與中古音是很接近的了，如此則無法反映語音實際，看不出音變現象。我們認為還是反切比較法更為直接和科學。

參考文獻

1. 〔宋〕司馬光編著、〔元〕胡三省音註《資治通鑑》，中華書局，1956。

2. 《宋本廣韻》，北京中國書店，1982。

3. 《宋刻集韻》，中華書局，2005。

4. 《漢語方音字彙》（第二版重排本），北京大學中文系語言學教研室編，語文出版社，2003。

5. 儲泰松《隋唐音義反切研究的觀念與方法之檢討》，復旦學報，2002年第4期。

6. 柴德賡《資治通鑑介紹》，求實出版社，1981。

7. 陳垣《通鑑胡註表微》，商務印書館，2011。

8. 戴昭銘《天臺方言初探》，中國社會科學出版社，2003。

9. 丁邦新《丁邦新語言學論文集》，商務印書館，1998。

10. 丁鋒《〈同文備考〉音系》，〔日本〕中國書店，2001。

11. 董同龢《漢語音韻學》，中華書局，2004。

12. 董同龢《切韻指掌圖中幾個問題》，《史語所集刊》（第17本），1948。

13. 方孝岳《廣韻韻圖》，中華書局，2005。

14. 馮蒸《〈爾雅音圖〉音註所反映的宋初四項韻母音變》，載《宋元明漢語研究》（程湘清主編），山東教育出版社，1992。

15. 馮蒸《〈爾雅音圖〉音註所反映的宋初非敷奉三母合流》，《雲夢學刊》，1994年第4期。

16. 馮蒸《〈爾雅音圖〉音註所反映的五代宋初等位演變：兼論〈音圖〉江／宕、梗／曾兩組韻攝的合流問題》，《語言研究》1996年增刊。

17. 馮蒸《漢語音韻學論文集》，首都師範大學出版社，1997。

18. 馮蒸《馮蒸音韻論集》，學苑出版社，2006。

19. 郭錫良《漢字古音手冊》，北京大學出版社，1986。

20. 耿振生《明清等韻學通論》，語文出版社，1998。

21. 管燮初《從〈說文〉中的諧聲字看上古漢語聲類》，《中國語文》，1983 年第 1 期。

22. 哈平安《五代兩宋詞的入聲韻部》，載《語言與語言障礙論集》，首都師範大學出版社，1996。

23. 胡明揚《〈老乞大諺解〉和〈朴通事諺解〉中所見的〈通考〉對音》、《〈老乞大諺解〉和〈朴通事諺解〉中所見的漢語、朝鮮語對音》，載《胡明揚語言論集》，商務印書館，2003。

24. 黃典誠《從〈詩〉音到〈切韻〉》，《廈門大學學報》，1983 年第 1 期。

25. 黃侃《文字音韻訓詁筆記》，上海古籍出版社，1983。

26. 黃坤堯《音義闡微》，上海古籍出版社，1998。

27. 黃易青《論上古喉牙音向齒頭音的演變及古明母音值——兼與梅祖麟教授商榷》，《古漢語研究》，2004 年第 1 期。

28. 簡啓賢《反切比較法補說》，載《音韻論集》，中華書局，2006 年版。

29. 金周生《談-m 尾韻母字於宋詞中的押韻現象》，載《聲韻論叢》（第三輯），臺灣學生書局，1991。

30. 金有景《論日母》，載《羅常培紀念論文集》，商務印書館，1984 年版。

31. 金有景《漢語史上[ɿ]（ʅ, ʯ）音的產生年代》，《徐州師範大學學報》（哲學社會科學版），1998。

32. 江灝《〈資治通鑑音註〉音切研究》，湖南師範學院碩士學位論文，1982。

33. 江灝《〈資治通鑑音註〉反切考》，《古漢語論集》，湖南教育出版社，1985。

34. 蔣冀騁《近代漢語音韻研究》，湖南師範大學出版社，1997。

35. 蔣冀騁、吳福祥《近代漢語綱要》，湖南教育出版社，1997。

36. 蔣冀騁《論〈中原音韻〉中知照莊三系的分合》，《湖南師範大學社會科學學報》，1997 年第 6 期。

37. 蔣冀騁《朱熹反切音系中已有舌尖前高元音說質疑》，《古漢語研究》，2001 年第 4 期。

38. 蔣希文《整理反切的方法》，《貴州大學學報》，1992 年第 2 期。

39. 賴江基《從〈詩集傳〉的叶音看朱熹音的韻系》，載《音韻學研究》（第二輯），中華書局，1986 年。

40. 李紅《〈九經直音〉中所反映的知、章、莊、精組聲母讀如/t/現象》，《延邊大學學報》（社會科學版），2005 年第 4 期。

41. 李方桂《上古音研究》，商務印書館，1980。

42. 李惠昌《遇攝韻在唐代的演變》，《汕頭大學學報》（人文科學版），1989 年第 4 期。

43. 李立成《元代漢語音系的比較研究》，外文出版社，2002。

44. 李榮《切韻音系》，科學出版社，1956。

45. 李榮《溫嶺方言的語音分析》，載《語文論衡》，商務印書館，1985。

46. 黎新第《南方系官話方言的提出及其在宋元時期的語音特點》，《重慶師院學報》（哲社版），1995 年第 1 期。

47. 黎新第《近百年來元代漢語共同語語音研究述略》，《重慶師範大學學報》（哲學社會科學版），2005 年第 1 期。

48. 李行杰《〈韻補〉聲類與南宋聲母》，《徐州師範學院學報》（哲學社會科學版），1983 年第 1 期。

49. 李行杰《知莊章流變考論》，《青島師專學報》，1994 年第 6 期。

50. 李新魁《〈中原音韻〉音系研究》，中州書畫社，1983。

51. 李新魁《〈射字法〉聲類考》，《古漢語論集》（第一輯），湖南教育出版社，1985。

52. 李新魁《吳語的形成和發展》，《學術研究》，1987 年第 5 期。

53. 李新魁《〈起數訣〉研究》，載《音韻學研究》（第三輯），中華書局，1994 年版。

54. 李新魁《李新魁自選集》，大象出版社，1999。

55. 李新魁《李新魁音韻學論集》，汕頭大學出版社，1999。

56. 李無未《音韻文獻與音韻文存》，吉林文史出版社，2005。

57. 李無未《漢語音韻學通論》，高等教育出版社，2006。

58. 劉曉南《〈韻會〉貲字母考論》，《中國語文》，2005 年第 2 期。

59. 魯國堯《宋詞陰入通叶現象的考察》，載《音韻學研究》（第二輯），中華書局，1986 年版。

60. 魯國堯《魯國堯自選集》，河南教育出版社，1994。

61. 魯國堯《「顏之推迷題」及其半解》（下），《中國語文》，2003 年第 2 期。

62. 陸志韋《陸志韋語言學著作集》（一），中華書局，1985。

63. 陸志韋《釋〈中原音韻〉》，《陸志韋近代漢語音韻論集》，商務印書館，1988。

64. 羅常培《〈中原音韻〉聲類考》，《羅常培語言學論文集》，商務印書館，2004。

65. 羅常培、王均《普通語音學綱要》，商務印書館，2004。

66. 麥耘《音韻與方言研究》，廣東人民出版社，1995。

67. 麥耘《漢語語音史上的ï韻母》，《音韻論叢》，齊魯書社，2004。

68. 甯繼福《中原音韻表稿》，吉林文史出版社，1985。

69. 寧忌浮《古今韻會舉要及相關韻書》，中華書局，2000。

70. 潘悟雲、朱曉農《漢越語和〈切韻〉唇音字》，《語言文字研究專輯》（上），海古籍出版社，1982。

71. 潘悟雲《中古漢語輕唇化年代考》，《溫州師專學報》，1983 年第 2 期。

72. 潘悟雲《諧聲現象的重新解釋》，《溫州師院學報》，1987 年第 4 期。

73. 潘悟雲《喉音考》,《民族語文》,1997 年第 5 期。

74. 潘悟雲《漢藏語中的次要音節》,載《中國語言學的新拓展——慶祝王士元教授六十五歲華誕》,香港城市大學出版社,1999。

75. 潘悟雲《流音考》,載《東方語言與文化》1 輯,東方出版中心,2000。

76. 潘悟雲《漢語歷史音韻學》,上海教育出版社,2000。

77. 朴柔宣《從宋元時期用韻材料看吳語中的-n、-ŋ 韻尾相押》,《紹興文理學院學報》,2005 年第 4 期。

78. 錢乃榮《當代吳語的研究》,上海教育出版社,1992。

79. 邵榮芬《切韻研究》,中國社會科學出版社,1982。

80. 邵榮芬《〈中原音韻〉音系的幾個問題》,載《〈中原音韻〉新論》,北京大學出版社,1991。

81. 邵榮芬《匣母字上古一分爲二試析》,《邵榮芬音韻學論集》,首都師範大學出版社,1997。

82. 沈兼士《廣韻聲系》,中華書局,2004。

83. 沈建民《〈經典釋文〉音切研究》,中華書局,2007。

84. 施向東《玄奘譯著中的梵漢對譯和唐初中原方音》,《語言研究》,1983 年第 4 期。

85. 辻本春彥《廣韻切韻譜》(第三版),均社單刊第二種。

86. 松尾良樹著(1975)、馮蒸譯《論〈廣韻〉反切的類相關》,載《語言》(第一卷),首都師範大學出版社,1999。

87. 唐作藩《晚唐尤韻唇音字轉入虞韻補正》,載《紀念王力先生九十誕辰文集》,山東教育出版社,1992。

88. 王士元《競爭性演變是殘留的原因》、《詞彙擴散的動態描寫》,載《王士元語言學論文集》,商務印書館,2002。

89. 王力《現代漢語語音分析中的幾個問題》,《王力語言學論文集》,商務印書館,2003。

90. 王力《漢語史稿》(重排本),中華書局,2005 年第 10 版。

91. 王力《龍蟲並雕齋文集》(第三冊),中華書局,1982。

92. 王力《漢語語音史》,《王力文集》(第十卷),山東教育出版社,1987。

93. 許寶華、潘悟雲《釋二等》,載《音韻學研究》第三輯,中華書局,1994。

94. 薛鳳生《論支思部的形成和演進》,《漢語音韻學十講》,華語教學出版社,1999。

95. 徐通鏘《漢語研究方法論初探》,商務印書館,2004。

96. 徐通鏘《歷史語言學》,商務印書館,1996。

97. 楊劍橋《現代漢語音韻學》,復旦大學出版社,1998。

98. 楊劍橋《漢語音韻學講義》,復旦大學出版社,2005。

99. 楊耐思《中原音韻音系》,中國社會科學院,1981。

100. 遠藤光曉《論〈切韻〉唇音開合》,載《音史新論》,學苑出版社,2005。

101. 張潔《再論輕唇音的分化》，載《音史新論》，學苑出版社，2005。

102. 張曉曼《〈四聲通解〉研究》，齊魯書社，2005。

103. 張衛東《論中古知照系部分字今讀同精組》，《深圳大學學報》（創刊號），1984。

104. 張玉來《論近代漢語官話韻書音系的複雜性成因分析》，《山東師大學報》（社會科學版），1998 年第 1 期。

105. 張玉來《近代漢語共同語的構成特點及其發展》，《古漢語研究》，2000 年第 2 期。

106. 趙元任《現代吳語的研究》，科學出版社，1956。

107. 趙振鐸《〈廣韻〉的又讀字》，載《音韻學研究》（第一輯），中華書局，1984。

108. 鄭張尚芳《溫州音系》，《中國語文》，1964 年第 1 期。

109. 鄭張尚芳《上古音構擬小議》，載《語言學論叢》（第十四輯），商務印書館，1987。

110. 鄭張尚芳《重紐的來源及其反映》，載《第四屆國際暨第十三屆全國聲韻學學術研討會論文集》，1995。

111. 鄭張尚芳《方言中的舒聲促化現象》，《中國語言學報》，1995 年第 5 期。

112. 鄭張尚芳《上古漢語韻母系統及聲調的發源》，1996 年北京語言學院講稿，據刊登在 1987 年《溫州師院學報》第 4 期《上古韻母系統和四等、介音、聲調的發源問題》一文改訂。

113. 鄭張尚芳《〈蒙古字韻〉所代表的音系及八思巴字一些轉寫問題》，《李新魁教授紀念文集》，中華書局，1998。

114. 鄭張尚芳《漢語史上展唇後央高元音 ɯ、ɨ 的分佈》，《語言研究》（音韻學研究專輯），1998。

115. 鄭張尚芳《中古音的分期與擬音問題》，載《中國音韻學研究會第十一屆學術討論會漢語音韻學第六屆國際學術研討會論文集》，（香港）文化教育出版社有限公司 2000。

116. 鄭張尚芳《從〈切韻〉音系到〈蒙古字韻〉音系的演變對應法則》，（香港）《中國語文研究》，2002 年第 1 期。

117. 鄭張尚芳《中古三等專有聲母非、章組、日喻邪等母的來源》，《語言研究》，2003 年第 2 期。

118. 鄭張尚芳《上古音系》，上海教育出版社，2003。

119. 周長楫《濁音和濁音清化芻議》，載《音韻學研究》（第三輯），中華書局，1994。

120. 周祖謨《周祖謨語言文史論集》，浙江古籍出版社，1988。

121. 周祖謨《周祖謨學術論著自選集》，北京師範學院出版社，1993。

122. 周祖謨《問學集》（上、下），中華書局，2004。

123. 周祖謨《廣韻校本》（上、下），中華書局，2004。

124. 朱聲琦《從古代註音及一字兩讀等看喉牙聲轉》，《聊城師範學院學報》（哲學社會科學版），1997 年第 4 期。

125. 朱聲琦《從古今字、通假字等看喉牙音轉》,《徐州師範大學學報》(哲學社會科學版),1998 年第 3 期。

126. 朱聲琦《從漢字的諧聲系統看喉牙聲轉——兼評「上古音曉匣歸見溪群」說》,《南京師大學報》(社會科學版),1998 年第 2 期。

127. 朱聲琦《百音之極,必歸喉牙》,《江蘇教育學院學報》(社會科學版),2000 年第 10 期。

128. 竺家寧《近代音史上的舌尖韻母》,載《近代音論集》(中國語文叢刊),臺灣學生書局,1994。

129. 竺家寧《論皇極經世聲音唱和圖之韻母系統》,載《近代音論集》,(中國語文叢刊),臺灣學生書局,1994。